D1922396

Mitten ins Herz ...getroffen

Ein Mann entdeckt das Fühlen...
Autobiographischer Denkanstoß für das „wahre Leben“

Auf dem Weg zu mir selbst!

STEFAN HEMGESBERG

© 2022 Stefan Hemgesberg

ISBN Softcover: 978-3-347-78563-2
ISBN Hardcover: 978-3-347-78541-0
ISBN E-Book: 978-3-347-78542-7

Druck und Distribution im Auftrag des Autors:
tredition GmbH, Heinz-Beusen-Stieg 5, 22926 Ahrensburg, Germany

Das Werk, einschließlich seiner Teile, ist urheberrechtlich geschützt. Für die Inhalte ist der Autor verantwortlich. Jede Verwertung ist ohne seine Zustimmung unzulässig. Die Publikation und Verbreitung erfolgen im Auftrag des Autors, zu erreichen unter: tredition GmbH, Abteilung "Impressumservice", Heinz-Beusen-Stieg 5, D-22926 Ahrensburg.

tredition

Die Idee zum Buch entstand an der wunderschönen Mosel im Sonnensommer 2003, durfte in Form von Texten, Notizen und vielen Verfeinerungen reifen bis ins Jahr 2015, um letztlich etwa sieben Jahre später seine Verwirklichung zu erlangen.

Widmung

Meinen Eltern ganz besonders, auch meinen Geschwistern, ebenso einem weinbaulich-landwirtschaftlichen Umfeld am Fluss der Mosel ist dieses Buch gewidmet. Ihre Einflüsse prägten mich in meiner Jugend und dienten als Basis, mich meine Würde und Einzigartigkeit erkennen zu lassen. Viele bereichernde Erfahrungen und interessante Menschen begegneten mir auf meinem weiteren Weg. Währenddessen reifte die Erkenntnis in mir, jenes loslassen oder umwandeln zu dürfen, was nicht zu mir gehörte. Heute schaue ich sehr dankbar auf eine spannende und intensive Lebensreise zurück, die mich wahrlich *'Mitten ins Herz'* führte. Liebe Agnes, lieber Jupp, Ihr ward streng mit mir und für Euch war vieles richtig und wichtig, was ich heute anders sehe. Gemeinsam haben wir eine bewegte Zeit durchlebt, in der ich werden und wachsen durfte zu dem, der ich bin. Heute fühle ich Liebe für Euch und bin froh und stolz, Euch meine Eltern nennen zu dürfen. Besonders freue ich mich darüber, dass meine Wurzeln im heimischen Nest immer wieder Nahrung fanden, um tiefer in den Grund und Boden meines Lebens wachsen zu können. In meinem Herzen bin ich dankbar und gerne bei Euch!

Stefan

Zum Einstimmen:

Ich gehe diesen Weg
nur ein einziges Mal;
alles Gute und Freundliche,
das ich irgendeinem Menschen
erweisen oder bezeigen kann,
lasst mich deshalb sogleich tun.
Lasst es mich nicht hinausschieben
und nicht vernachlässigen,
denn ich werde diesen Weg
kein zweites Mal gehen.

>*Verfasser unbekannt*<

Inhalt:

Ein Gedankenkarussell zum Einstieg

Klasse – immer schon wollte ich ein Buch schreiben! Jetzt endlich zu Beginn des 3. Jahrtausends, gab mir das Leben den erforderlichen und ganz besonderen Anstoß, es zu tun. Wie kam es dazu? Seit langem schon reifte angesichts unserer gesellschaftlichen Entwicklung der Impuls in mir, die Menschen mit den mir zur Verfügung stehenden bescheidenen Mitteln – ich möchte fast sagen – wachzurütteln. Nenne es mutig, belächle es, oder nenne es anmaßend. Alles wird seine Berechtigung haben. Und da ich Mensch bin, wird es unvermeidlich sein, dass die Objektivität manchmal im Schatten meiner subjektiven Gedankengänge steht. Menschlich halt und deshalb ...danke vorab für dein Verständnis!

Schon in jungen Jahren begeisterten mich sinnige Sprüche und Weisheiten von philosophisch-weiser Natur aus aller Welt. Ja, sie hinterließen eine Spur in mir, und ich begann, sie zu sammeln, zu archivieren und mit zunehmender Reife, selbst welche zu kreieren. Einige prägten sich mir ein, und oft dienten sie mir als Leitfaden, als Lebensweisheiten, als Gesprächsaufhänger, als Kraftspender oder auch nur als aufheiternder Denkanstoß in Menschenrunden. Stets war ich gerne 'literarisch' unterwegs und habe damals wie heute so manches aufgenommen, was hängen blieb. Habe mir manche Meinung gebildet, die lange in mir reifte und die ich nun in Form dieses Buches den Lesern/Innen als ihre eigene Denkaufgabe übergeben möchte. Dabei wünsche ich viele interessante Erkenntnisse!

'Früher'... *einmal wurde mir der Spruch zugetragen – sinngemäß: „Viele Menschen würden gerne ein Buch über ihre Geschichte schreiben, wenn sie denn eine zu erzählen hätten.“ Das fand ich (be)merkenswert und habe es mir ...gemerkt ☺. Dem bleibt meinerseits anzumerken, dass wohl jeder, männlich wie weiblich, seine Geschichte hat, doch den wenigsten ist sie als solche bewusst, und vor allen Dingen fehlt ihnen der Zugang und Mut zu so viel Ehrlichkeit und Vertrauen, um die eigene tiefe, innere Wahrheit niederzuschreiben.*

'Heute'... *ist es 'in', dass vor allem prominente Menschen ein Buch über ihren 'Werdegang' schreiben (...lassen!). Darin aber nicht viel über ihre wirkliche Geschichte sagen bzw. sich selbst im Weg stehen, um diese überhaupt sehen zu können. Deshalb ist es meist profitorientiertes, wichtigtuerisches 'Promi-Geschreibsel' und vermittelt oft nicht viel mehr – und vor allem auf gleichem Niveau – als das, was wir aus der Journaille schon kennen. Schade, dass geldgierige Medien (Menschen) es schaffen, immer mehr Menschen zu diesem Niveau zu erziehen, sonst wäre solche Literatur fast unverkäuflich!*

'Jetzt'... *will ich mitmachen, auch mal schreiben – selber schreiben! Denn ich glaube, dass ich der Menschheit etwas zu sagen habe, was wenig mit einer Karriere, Profitdenken oder Aufmerksamkeitssuche, sondern viel mit dem Leben und den Gefühlen eines jeden Einzelnen zu tun hat. Und weil nach meiner Meinung die Menschen mit dem besonderen Niveau in heutiger Zeit in der Minderzahl sind, ist meine Devise eher: Klasse statt Masse! Denn nicht der Trend, sondern der Stil zeigt den Geschmack.*

Beginnen will ich mit einigen anfangs erwähnten, tiefsinnigen Sprüchen. Es ist ein kleiner, essenzieller Auszug aus meiner Sammlung, doch die Berührung mit der Weisheit ihres Inhaltes begleitete, bekräftigte, belehrte und beeindruckte mich fortwährend. Ihr symbolischer Charakter wird dir auf zahlreichen Seiten begegnen, und deshalb darfst du jetzt im Vorfeld schon entscheiden, ob diese Lektüre für dich geschrieben ist:

„Es gibt in der Welt einen einzigen Weg, auf welchem niemand gehen kann ausser dir: Wohin er führt? Frage nicht, gehe ihn!“

> Friedrich Nietzsche, dtsch. Philosoph u. Komponist <

„Um der Welt zu helfen, müssen wir uns auf eine persönliche Reise begeben. Es liegt an jedem von uns, den Sinn einer erleuchteten Gesellschaft zu erkennen und herauszufinden, wie sie sich verwirklichen lässt.“

> Chögyam Trungpa Rinpoche, buddhistischer Lehrer <

„Die Männer waren nicht wirklich der Feind – sie waren Opfer, genauso wie wir Frauen und litten unter einem altmodischen Männlichkeitsnimbus, der in ihnen ein völlig unnötiges Minderwertigkeitsgefühl aufkommen ließ, sobald es nicht den Bärentöter zu spielen galt.“

> Betty Friedan, am. Feministen/Publizistin <

„Der Mensch hat das Netz des Lebens nicht gewebt, er ist nur ein Strang davon. Was immer er dem Netz antut, tut er sich selbst an."

> Häuptling Seattle, Anführer v. Ökologie- u. Friedensbewegung <

„Es gibt nur einen Weg, eine Prüfung zu bestehen – man muss sich ihr stellen. Dies ist unumgänglich!"

> Königlicher Schwarzer Schwan, Aborigine-Ältester <

„Genau genommen leben sehr wenige Menschen in der Gegenwart, die meisten bereiten sich darauf vor, demnächst zu leben."

> Jonathan Swift, ir. Schriftsteller u. Satiriker <

„Was hinter uns liegt und was vor uns liegt, sind kleine Angelegenheiten verglichen mit dem, was in uns liegt."

> Ralph-Waldo Emerson, am. Philosoph u. Schriftsteller <

„Sich selbst zu lieben ist der Beginn einer lebenslangen Romanze."

> Oscar Wilde, ir. Lyriker u. Schriftsteller <

„Wollen wir etwas für unsere Zukunft tun, dann gilt es, viel mehr in das Bewusstsein und die Gefühle unserer Kinder zu investieren, als in Wissenschaft und Technik, die fast ausschließlich dem Anhäufen von Wissen und der Bequemlichkeit dienen."

> Stefan Hemgesberg, Winzer u. Autor <

Sind es nicht Beispiele für Wahrheiten, die unglaublich viel aussagen? Die in ihrer Tiefe das treffen, was heute 'schieflӓuft'? Ich glaube sogar, dass die Inhalte uns sehr berühren, doch ihre Botschaften werden durch die Hürden von Wohlstand, Angst und Bequemlichkeit auf Abstand gehalten. Aus dieser (sicheren) Distanz betrachtet, können wir dem zwar zustimmen, aber mal ehrlich – wieviel tragen wir dazu bei, das eigene Leben danach auszurichten? Fast alle nehmen die wachsenden Missstände um uns herum wahr, doch nur wenige steuern dagegen oder äussern sich öffentlich dazu. Und das wiederum gibt mir zu denken ...oder tun sich etwa verborgene Dinge auf, von denen kaum jemand weiss? Das würde mich freuen!

Wie auch immer, es schwingt ein Hoffnungsschimmer mit, und gleichzeitig sagt mir eine höhere Macht, dass ich für eine gute Sache schreibe. Und weil das so ist, behalte ich ein ruhiges Gewissen, und ein gutes Gefühl bestärkt mich am Schreibtisch. Ich spüre, dass ich neben anderen, ebenso unauffälligen Gleichgesinnten, nur einer der einsamen Streiter im Hintergrund bin. Ein 'Nicht-in-der-Spur-Läufer', ein 'Ins-Fettnäpfchen-Treter' oder einfach ein 'Anders-Denkender'. Doch es tut gut zu wissen, einen Schneeball mit angeschoben zu haben, aus dem eine Lawine werden kann. All das, was es mit sich bringt, betrachte ich voller guter Hoffnung als meine eigene, kleine, liebevolle Revolution und lege sinnbildlich ein Samenkorn der Liebe in den Acker unserer betäubten Gefühle. Wer weiss...! Aus Afrika kommt der Spruch: *„Verlache den kleinen Kern nicht, eines Tages wird er eine Palme sein.“*

Bevor das Themenkarussell sich sortiert, noch ein paar allgemeine Gedanken und persönliche Sichtweisen...

Denn auch über Gefühle, insbesondere die der Männer, möchte ich berichten und mich mit meiner eigenen Lebensgeschichte beschäftigen. In diesem Kontext stellt sich mir die Aufgabe, immer wieder die Balance zu finden zwischen einer auszugsweisen Autobiographie sowie allgemeinen Wahrnehmungen und spirituellen Erkenntnissen, die sich im sozialen Miteinander als auch in der Gefühlswelt eines jeden einzelnen Menschen abspielen.

Was sich mir in anfänglichen, weisen Zitaten offenbart, sind Wahrheiten, die über uns und die Zukunft unserer(?) Erde berichten. 'Unsere Erde' ...heisst das etwa, dass sie uns gehört, oder wir gar die Verantwortung dafür tragen? Tragen wir sie wirklich, oder überschätzt unser Ego damit wieder einmal die menschliche Wichtigkeit, weil wir letztendlich nur die Verantwortung für uns selber tragen? Das ist gerade schon genug und für manchen schon zu viel! Die Erde lebt auch ohne uns, aber was machen wir ohne sie? Welche Qualität hat diese Aussage für die Menschheit, und wie bewusst sind wir uns darüber? Wie gehen wir mit unserer Verantwortung gegenüber all dem um, was wir auf diesem Planeten geschaffen haben, oder was er uns zur Verfügung stellt? Welche Aufgabe haben wir in diesem Erdenleben? Wer sind wir überhaupt, dass wir uns als Herrscher über das Universum aufspielen? Meines Erachtens haben sich unsere Wahrnehmung, Wichtigkeit und der Umgang damit total in Richtung 'Arroganz' verdreht – oder etwa nicht? Man könnte es auch so sehen, dass wir die Erde nicht von unseren Vorfahren erben, sondern wir sie viel mehr unseren Kindern als Lebensstätte (vor-)bereiten. Sehr sinnig würde sich so der Umgang damit, somit die Sichtweise und die Priorität verlagern. Oh-ha!

Was ist denn nun der Sinn von alledem? Wie gehen wir mit unseren Mitmenschen und den Themen Würde, Anstand und Achtsamkeit um? Haben sie/wir diesen vernachlässigenden Umgang verdient, und wo bleibt unsere eigene Verantwortung dafür? Können wir unsere Gefühle zu alle dem noch einordnen? Wie gut kennen wir uns selbst? Wie funktionieren wir in diesem Erden-System, umgeben von all den seltsamen Aufgaben, Reizen und Energien, die uns beeinflussen? Erachten wir unsere Intelligenz (unseren Kopf/Verstand) nicht meist wichtiger als alles, was wir fühlen? Männer(!), warum tun sie sich so schwer im Umgang mit ihren Gefühlen? Frauen(!), warum leben sie angeblich in einer 'anderen Welt'? Weshalb sind wir so, wie wir sind und jeder für sich als Einzelstück?

Liebe Leserinnen und Leser, hier taucht ihr in eine Lektüre ein, die euch phasenweise sehr nah an mich und auch an euch selbst heranführt. Aber nicht nur das, ich möchte auch ein bisschen auf manche 'gesellschaftlichen Wunden' schauen sowie aufrufen zum Nachdenken und Hinterfragen. Wichtig erscheint mir auch ein kurzer Blick auf die Wurzeln in der Jugend, weil dort die Ursachen von so vielem verborgen liegen, was ich dringend als verbesserungswürdig empfinde. Und im ganz Besonderen möchte ich die Männer dazu aufrufen, einen Gang zurückzuschalten, innezuhalten, nachzudenken und zur Ruhe zu kommen. Da steht nämlich ein offenes Geheimnis im

Raum, das ich euch jetzt schon verraten möchte und welches im 'normalen Leben' gerne völlig unbeachtet übergangen wird:

„Pssst... auch wir Männer können fühlen!“ Wir trauen uns nur nicht, weil es für die meisten von uns ein absolutes Fremdland ist. Oder sogar, weil der ein oder andere glaubt, dass er in dieser Disziplin seinem 'Weibchen' unterlegen sei. Und Unterlegensein ist etwas, was einem Mann als alleiniger Grund schon ausreicht, die Finger von solchem Thema zu lassen. Aaaber... weil dieses eventuelle Unterlegensein von den bequemen 'Männchen' auf diese Weise tatsächlich wahrgenommen (gefühlt!) wird, ist es gleichzeitig auch ein Gefühl! Ja... und allein als solches schon der Beweis dafür, dass Fühlen auch für Männer wirklich möglich ist ...ahaaa! Allerdings ein angsterregendes Eingeständnis für einen gesellschaftlich modern geprägten harten Mann, welches die Welt seiner Ratio fast schon aus den Angeln hebt. Nein, für manchen scheint das sogar existenzbedrohend! Ja, auch ich schmunzle gerade (...☺).

Das Ansprechen dieser Fragen und Themen sehe ich im Hinblick und Zusammenhang persönlicher Erfahrungen – wovon ein jeder von euch seine eigenen hat – in vielerlei Hinsicht als äusserst wichtig an. Manche Zeilen regen auch zum Umbruch mit neuen Sichtweisen an, und du findest eine Erzählung über Lebenslektionen vor, wie sie unserer Spezies, also auch dir, früher oder später begegnen können, oder es sogar schon sind. In manchen Abschnitten bringe ich den Mut auf, dir soweit zu vertrauen, dass du tief in mich hineinblicken darfst – schau, was du dort entdecken kannst (...☺). Lektionen, die mich lehrten, dass ich aus dem, in das ich hineingeboren wurde, herausgewachsen war, viele Facetten des Lebens betrachten durfte, damit spielen und umgehen lernte. Dennoch konnte ich nicht verhindern, dass ich irgendwann in einem schmerzhaften, seelischen Tief landete, welches mich lehrte, Stück für Stück zu mir selbst, meiner schrittweisen, seelischen Heilung und somit dorthin zurückzufinden, wo alles begann... *zur Liebe...!*

Ich glaube, wir alle tun gut daran, aus den Erfahrungen und Weisheiten anderer Leute zu lernen und Kraft daraus zu schöpfen. Wir haben stets die Wahl, das anzunehmen was uns gut tut, oder das abzulehnen was uns nicht so gut tut. Auf diese Weise kommen wir dem näher, was wir 'Bewusstheit' nennen. Kombiniert mit dem Wissen aus der eigenen geistigen 'Schatztruhe' sehe ich darin eine Art zu leben, die uns auf liebevollem Weg zu persönlichem Erfolg und einem von Gesundheit, Glück und Frieden erfüllten Leben führen kann.

So oft ignorieren wir das, was wir fühlen. Anscheinend bemerkt es kaum jemand, dass unsere Gesellschaft schon seit längerer Zeit, ganz unauffällig und geschickt, auch den Frauen das Fühlen abgewöhnen will. Gefühlskalte, abgebrühte, 'gleichgestellte' *Karrierefrauen* (wie im Film) sind das Ziel. Wir wollen ihnen die bis heute typischen Männereigenschaften antrainieren und das ihnen ureigene Gefühlsleben – viel stärker ausgeprägt als bei uns Männern – nach und nach ersticken. Weshalb lassen wir diesen rein gesellschaftlich-kopfgesteuerten Wandel – weg vom guten Gefühl – fast voll umfänglich zu? Wobei doch gerade das *gute Gefühl* viel wichtiger ist als 'unsere Meinungsmacher' uns glauben machen wollen. Die bisherige Erfahrung zeigt, dass wir die wahren geschlechtsspezifischen Eigenschaften nicht wirklich wesentlich verändern können. Dennoch formuliert sich kritischen Zeitgenossen die Frage: Welche unbekannte, schlechte und mysteriöse Energie beeinflusst uns, damit wir es dulden, die ureigenen menschlichen Instinkte, Eigenschaften und elementar-genetischen Anlagen wie Güte, Hilfsbereitschaft, Ehrlichkeit, Verantwortung, Frohsinn, Anstand, Mitgefühl, Freiheit, Vertrauen, Respekt, Geduld, Freude und vieles mehr, was dem Oberbegriff der *Liebe* zuzuordnen ist, mehr und mehr zu vernachlässigen?

Das Resultat dessen sieh als Einladung und Hilfe, manches was um dich herum geschieht, anzuschauen, besser zu verstehen und damit umgehen zu können. Offener zu sein für Geschehnisse, die der Verstand nicht begreift. Für Vorgänge, die ausserhalb des erlernten Denkmusters und unserer Kontrolle liegen. Eingebettet in autobiographisch berührende Plauderphasen wollen gelebte Erfahrungen in diesem Buch ein Stück weit dazu beitragen, verdrängte Gefühle wiederzufinden. Manches, was du als 'hochtrabendes Fachgesimpel' irgendwelcher, meist 'selbsternannter Spezialisten' kennst und akzeptierst, will ich laienhaft einfach und natürlich so vor dir ausbreiten, dass du es verstehen kannst oder hinterfragen lernst. Ebenso erfordert das ein oder andere ein Höchstmaß deines Mitgefühls – Toleranz –, wenn aus meiner Sicht einige gesellschaftliche Missstände ziemlich gnadenlos offengelegt werden. Also, es kommt 'etwas' auf dich zu! Andererseits werden dir Schilderungen begegnen, die dich vielleicht sogar mit so manchem 'Aha-Effekt' – an deine persönlich durchlebte Geschichte erinnern.

Über vieles aus dem Buchinhalt können wir verschiedener Meinung sein, und wenn wir uns diese Verschiedenheit beiderseitig zugestehen und offen für die Ansicht des Anderen sind, dann werden wir in dieser Lektüre bis zum Schluss in einem interessanten Geben und Nehmen miteinander verweilen. Darüber freue ich mich genauso, wie dass einige mich beeindruckende, berührende und bereichernde sowie prägende 'Menschenbekanntschaften' und Freundschaften mit den Jahren – so wie auch du als Leser/In – zu mir fanden. Für meine Persönlichkeitsentwicklung waren sie teilweise so wichtig, dass ich sie als Teil der Basis dieses Buches betrachte. Darunter einige ganz aussergewöhnliche Frauen, die, jede für sich und auf ihre eigene Art, mir den Einstieg in diese einmalige Welt, in die *Welt der Gefühle*, die mir als männlichem Wesen vorher ziemlich fremd war, möglich machten.

Wer sonst als unsere Frauen, die früher ganz selbstverständlich als 'Weiber' bezeichnet wurden, kann uns Männer mehr über Gefühle lehren? Und die Bezeichnung 'Weib' schlechthin hat für mein Dafürhalten überhaupt nichts Negatives. Viel mehr wurde dieses Wort von uns Männern fürwahr in den Dreck gezogen und als die geltende Geschlechterbezeichnung verunglimpft. 'Weiblich' darf es sein, aber Weiber kennen wir nur noch in der Schimpfwortform. Schon ein bisschen seltsam und oft fragwürdig, wie unsere Sprache – meist von Männern und von der Kirche (was ja fast das Gleiche ist) beeinflusst, verdreht und manchmal sogar verunstaltet und missbraucht wird. Für mich jedenfalls war es einmalig schön, von den verschiedensten weiblichen Wesen so gefühlvoll durchs Leben geführt und begleitet zu werden. Euch *weiblichen Frauen* (deren Namen im weiteren Verlauf geändert sind) gilt mein *Dankeschön von ganzem Herzen*, weil ein jeder weiss, wie schwer wir Männer uns tun, sobald es um Gefühle geht. Doch wem sage ich das!

Ein neuerlicher Spruch, der mir so gut gefällt, aber dessen Verfasser/In mir unbekannt ist, lautet: *„Schatz, hol' schon mal den Wein, wir müssen über Gefühle reden."*

Lehren nicht unsere Medien dieses offensichtlich falsche Verhalten und drängen uns immer tiefer in den Sumpf von Gleichgültigkeit, Gewalt, Rücksichtslosigkeit, Habgier, Hass, Neid, Ignoranz und Intrigen? Kann es sein, dass wir es tief in unserer Seele gar nicht gut finden, wenn wir dieser eisigen Gefühlskälte im täglichen Leben und im 'coolen' Umgang miteinander immer häufiger begegnen? Was treibt uns in die Komfortzone der schier endlosen Bequemlichkeit, die – koste es was es wolle – einer ständigen Förderung und Steigerung unterliegt? Die meisten von uns machen dieses Spielchen mit. Doch weshalb und wem wollen wir damit gefallen *(imponieren)*? In Wirklichkeit niemand anderem als uns selbst – oder vielleicht sogar den Partner-, Nachbar- oder Kollegen/ Innen? Als wüssten wir nicht, dass unsere Kinder den wahren Schaden davontragen, denn sie übernehmen unser 'Vorbildverhalten'. Gerade so, wie auch wir unbewusst die Verhaltensmuster unserer Eltern übernommen haben und mit zunehmendem Alter mehr – auch leben. Wer diese Aussage ablehnend belächelt, bekommt noch Gelegenheit darüber nachzudenken.

Immer wieder ist festzustellen und der Literatur wahrhaft

weiser Menschen zu entnehmen, dass wir in unserem Kulturkreis dahin geprägt sind, unseren wirklichen Wert nicht fühlen zu dürfen. Mit offenem Geist und Herzen wirst auch Du in deiner Tiefe erkennen, dass da eine Botschaft in uns lauert, die es verbietet dauerhaft glücklich zu sein, weil wir glauben, vollumfängliche Zufriedenheit und Glück nicht verdient zu haben. Schon als Kinder lernen wir durch unwürdige Behandlung, Bestrafung, manchmal unverständliches Regelwerk, bis hin zu Misshandlung, fehlender Anerkennung, Zuneigung und Liebe, uns klein und wertlos zu fühlen. Opferrollen mit unsinnigem Verhalten, welche uns aus der angeborenen guten Balance bringen. Es lehrt uns, unbewusst Schuld zu tragen sowie Selbstwertlosigkeit, um folglich Leid und sogar Krankheit zu erfahren. Was zuhause beginnt, nimmt seinen Fortgang in der Schule, in die wir Kinder mit schwer beladenen (Schuld-) 'Rucksäcken' gezwungen werden. Auch hier bereits eine Form von Kindesmisshandlung! Unter der Last des Schulwissens gebeugt – wiederum aus der aufrechten Balance gebracht – nur um später festzustellen, dass das Erlernte mindestens zur Hälfte im wahren Leben nicht gebraucht wird. Würde es nicht reichen, in den ersten Jahren Lesen, Schreiben, Rechnen zu lernen? Alles andere sollte auf die individuellen Talente, Begabungen, Fähigkeiten des Einzelnen abgestimmt sein. Warum gibt es im offiziellen Bildungssystem keine Schulfächer wie 'Glück', 'Natur', 'Zwischenmenschlichkeit', 'Spiritualität' und ähnliches, um nur einige zu nennen die sinnvoller wären, als sich z. B. geschichtliche Kriegsdaten in die Hirne zu zwingen. Wer braucht das im wahren Leben? Und falls jemand wirklich seine Berufung darin erkennt, sich solchen Fächern zu widmen, der/die könnte es als Wahlfach belegen – ganz einfach!

Mitten aus unserem Zivilisationschaos heraus wendet sich mein Aufruf an jeden Einzelnen sowie an unsere gesamte 'schein-heilige' Gesellschaft mit der Aufforderung, endlich einen Richtungswechsel einzuleiten, anstatt den Ernst der Lage – so wie es Politiker und andere sozial Verantwortliche bevorzugen – ständig schönzureden, zu verharmlosen, Schuld zuzuweisen und/oder einfach zu ignorieren! Dabei ist es so einfach! Jeder kann die ihm zur Verfügung stehenden Möglichkeiten nutzen, um so seinen Teil zu einer neuen und für die gesamte Menschheit vorteilhafteren Entwicklung beizutragen. So wie sich anfangs völlig unscheinbar viele, viele Wassertropfen zu einem Rinnsal, einem Bach, einem Fluss, einem Strom und schließlich einem Meer vereinigen, genau so kann sich die gute Energie – die Liebe – unter den Menschen verbreiten und wachsen und wachsen, bis dieser Strom die Erdbevölkerung mit einer großen, neuen und besseren Erkenntnis überflutet und den ganzen derzeit (un-)wichtigen, geistigen und materiellen 'Wohlstands-Müll' beiseite schwemmt.

So wie wir die aktuelle, negative 'Flutwelle', bestehend aus Angst, Gewalt, Korruption, Lüge, und, und, und..., selbst geschaffen haben, so haben wir die Chance, eine positive Flutwelle zu schaffen. Jeder kann sich beteiligen, und es liegt nur an uns; unser aller Wille ist im Stande, die bevorstehende 'Überflutung' ausschließlich auf den Wellen der Liebe basieren und wirken zu lassen. Das hört sich doch gut an – oder? Aber es ist wie immer und bei allem im Leben: Das konsequente WOLLEN und anschließende HANDELN ist entscheidend, denn nichts geschieht, wenn ich nichts tue und nicht bei mir selbst anfange mit der Veränderung! Raus aus der bequemen

Komfortzone, auch wenn's unangenehm und schmerzhaft ist oder mit sogenannten Einschränkungen, gefühlten Rechtfertigungen und der Einbuße vorgegaukelter Sicherheit zu tun hat.

Endlich weg von der Einstellung: *„So kann das tatsächlich nicht weitergehen, es muss sich etwas verändern, ...aber nicht bei mir.“* Das funktioniert so nicht!

Viele meiner Wahrnehmungen treffen *'Mitten ins Herz'* einiger sogenannter Zeitzeichen und damit derzeit wichtiger Themen, die uns alle berühren. Das ist das Eine und das geht nicht ohne ein Anderes, wobei es um das Herz deiner Gefühle geht und das Herz deines Verstandes, das Herz deiner Erziehung und deines Verhaltens, das Herz deiner Phantasie, deiner Leichtigkeit und deiner Gedanken, das Herz deiner Gesundheit und deines Glaubens, das Herz deiner Zufriedenheit, der Wahrheit, Freiheit, der Freude und des Vertrauens. Das Herz deines physischen Körpers, deiner Familie und der Gesellschaft, das Herz der Zivilisation und der gesamten Menschheit. Das Herz der Natur, der Erde und des unendlichen Universums. Die Summe all dieses 'Herzlichen', das ich meine, möchte ich als unsere gemeinsame SEELE bezeichnen, um die es schlussendlich geht, denn sie ist das Herz allen Seins. Und als deren 'Werkzeug' fühle ich die Liebe, auf die wir überall treffen, wenn wir uns einmal dafür geöffnet haben, und wir haben es verdient, dass sie uns auf wunderbare Weise ihre Erfüllung schenkt. So wie der Sauerstoff, das Licht und die Nahrung unseren Körper (die Materie/das Rationale) am Leben erhalten, so gehört die Liebe mit in diesen Kreislauf des menschlichen Lebens- oder Gesamtsystems. Sie brauchen wir, um unser aller Seele (die verbindenden Gefühle) am Leben zu erhalten und vergessen gerne, dass die Seele mit ihrer allumfassenden Liebe nicht nur genauso wichtig ist wie Körper und Geist, sondern auch für deren gesunde Konstitution mitverantwortlich ist. Liebe gehört untrennbar zu uns, bis der physische Tod die geistige Wahrnehmung des Gefühlten enden lässt (und darüber hinaus).

„Statt sich zu fragen, mit welchen Mitteln und Strategien wir die Welt retten oder verbessern können, sollten wir uns fragen: Welche Gedanken und Taten rufen Liebe hervor und öffnen die Herzen der Menschen?“

> *Carla Maria Langenfeld* <

Die Liebe ist also ein sehr zentrales Thema, welches unser Sein umgibt wie die Luft, die wir zum Atmen brauchen. Keine körperliche Liebe oder das, was uns heute meist als Liebe eingeredet, 'verkauft' oder vorgeführt wird. Sondern ich meine viel mehr die reine Liebe als überirdische Macht, als eine Schwingung, ein Gefühl und eine Energie, die alles in unserem Universum miteinander verbindet, alles eins sein lässt. Eine Frequenz, zu der wir Menschen überwiegend die Verbindung verloren haben, weil viele *Sender* auf anderen Frequenzen sie lautstark übertönen und uns profitgierig beeinflussen *(manipulieren)* wollen. Doch Liebe macht keinen Lärm, sie drängt sich nicht auf, sie ist, so wie die Luft zum Atmen, einfach nur da, immerwährend und überall, und es gilt, sie wieder zu spüren, 'auf-zu-spüren'. Jeder kann Kontakt zu ihr haben, doch die Fähigkeit und das Gefühl dafür gehen uns immer mehr verloren. Trotzdem ist die Liebe in uns drin, um uns herum, Teil von uns, um nicht zu sagen: Wir sind Liebe! Und wer das in seinem Leben erkennen durfte, geht bewusster auf seinem Weg, sieht mit anderen Augen, hört mit anderen Ohren, riecht mit anderer Nase, schmeckt mit anderem Mund, spürt mit anderer Haut, fühlt mit anderem Herzen – l(i)ebt anders.

Ein unendliches Thema, das mich dazu veranlasste, mir hier so manch Gefühltes 'von der Seele' zu schreiben. Auf diesem Weg kommen wir einander näher, und es ist mit ein Grund, warum ich die 'Du-Form' beim Schreiben wählte. Als persönliche Anmerkung möchte ich einflechten, dass alle *kursiv* gedruckten Sprüche, eingefügten Texte, Gedichte und Weisheiten, die keine Autorenangabe ausweisen, aus eigener Feder stammen und schon lange vor diesem Buch unsere gemeinsame Seele durch meinen Körper verließen (...☺). 'Fremdworte' will ich möglichst meiden, und eines wird beim Lesen klar: Es gibt noch viel zu lernen – für uns alle. Schön, dass gerade du dich auf diese spannende Reise begibst – viel Freude, Vertrauen und Wohlgefühl dabei, während du dich genüsslich zurücklehnen darfst!

Es gibt etwas – unbegreiflich, vollkommen,
vor Himmel und Erde entstanden. So still, so gestaltlos.
Es alleine beharrt und wandelt sich nicht.
Man kann es ansehen als der Welt Mutter.
Ich kenne nicht seinen Namen.
Bezeichne ich es, nenne ich es - LIEBE!

> Verfasser/In unbekannt <

Als ich das Licht der Welt erblickte

Im Winter 2003/04 hatte ich einen Text verfasst, der gut an diese Stelle passt, um das Kapitel zu eröffnen...

„An dem Tag, an dem ich geboren wurde, konnte ich nicht sprechen, aber eigentlich wollte ich sagen: Hey, da bin ich, aber wo bin ich hier, was mache ich hier, ...was ist der Sinn?

Neun Monate war ich mit mir alleine, kannte nur mich, alles funktionierte prächtig, alles bestens organisiert in Mamas Bauch. Dann drängte mich die Reife hinaus, um Licht und Leben zu entdecken und das Neue zu erforschen. In meinem eigenen irdischen Leben angekommen, ging es weiter im angenehm-alten Trott. Ich wurde ständig umsorgt, behütet, geachtet und beachtet, selbst bei der kleinsten Andeutung – immer war jemand zur Stelle und kümmerte sich. Ich konnte blind vertrauen – es war zum Drangewöhnen!

Doch dann lernte ich den Zeigefinger meiner Eltern kennen. Mit der Zeit kamen Regeln ins Spiel, und es wurden immer mehr. Daran musste ich mich gewöhnen, während ich, so wie jeder andere auch, in ein sehr spezielles Familien- und Verhaltenssystem hineinwuchs. Vertrauen genügte nicht mehr – manchmal wurde es sogar missbraucht, ...nur noch nach den sogenannten gesellschaftlichen Normen musste ich funktionieren. Anpassen, Berechnen, Planen, Analysieren, Bewerten und Kontrollieren wurde mir durch die Jahre antrainiert. Die Sprache lernte ich so geschickt einzusetzen, dass ich damit sogar manipulieren konnte, stets auf eigene (Schein-)Vorteile bedacht. Vieles wollte ich gar nicht wirklich, doch brav gehorchte ich, so wie ich es gelernt hatte. Schließlich wollte ich Teil unserer zivilisierten und intelligenten Gesellschaft sein, um dadurch Lob und Anerkennung zu erfahren. Das machten schließlich alle so, denn ohne diese Regeln funktionierte das soziale Miteinander nicht – anscheinend. Gerne wäre ich manchmal geflohen aus diesen Regeln, doch dann hieß es: Das darfst du nicht, das macht man nicht, was sagen die Leute dazu! Tja, und was soll ich sagen – wie bei Menschen üblich, ich gehorchte und verbog mich, ließ mich verbiegen und lernte, andere zu verbiegen. Niemand stellte sich die Frage, ob es gut ist, was die Menschen tun, ob es richtig ist, was sie ihre Nachkommen lehren. Sie tun es einfach – blind, weil es immer schon so oder so ähnlich gemacht wurde. Auch ich machte das Spielchen mit, weil es einfach so üblich war, es so zu machen, jeder in seinem jeweiligen Aufgabenspektrum. Ab und zu kam in mir die Frage hoch: Will ich das eigentlich, und fühle ich mich wohl dabei? Komischerweise führten solche Augenblicke mich zur ersten Frage meines Lebens:

„Hey, da bin ich, aber wo bin ich hier, was mache ich hier, ...was ist der Sinn?“

Sicherlich eine Frage, die in ihrer Tiefe die ganze Menschheit irgendwann einmal beschäftigte. Wie ist es heute bei mir, bei uns, was denken wir uns bei diesen Worten? Will überhaupt noch jemand den Sinn verstehen? 'Veränderung' heisst das Zauberwort, vor dem wir so gerne davonlaufen. Oder?

Gedanken – doch sie verflogen, so wie sie kamen. Die Zeit, die Hektik, die Pflichten und der Stress erlaubten es nicht, dass ich mich damit beschäftigte. Also funktionierte ich weiter in meinem Gefühle ignorierenden System. Ich selbst, meine Kreativität und das, was mir Freude machte, Dinge die ich so gerne tat, sie blieben auf der Strecke und tief in mir drin, tat es mir nicht wirklich gut, in diesen selbstgebastelten Systemen funktionieren zu müssen. Ausbrechen ging nicht, zu tief war ich schon hineingewachsen. Oder doch? Ja doch, es ging, und es begann damit, dass ich wenigstens manchmal, wenn liebe Menschen um mich waren, oder wenn ich mir die Zeit nahm, mir selbst etwas Gutes zu tun, oder wenn ich nur im Garten, in der Natur oder an meinem Lieblingsplatz war, dann entdeckte ich, was es heisst, zufrieden zu sein. Zumindest bis das Telefon klingelte, mich jemand rief, oder ich vom Lärm der Zivilisation aus meinem Traum vom Leben gerissen wurde. Plötzlich wusste ich: Das ist mein Weg, auf ihm will ich bleiben, und so fand ich immer mehr von diesen guten Eindrücken. Das Gefühl dafür keimte auf, und ich entdeckte Wegweiser, die ich vorher nicht sah, begegnete Menschen, die ich vorher nicht wahrnahm. Mein Leben wurde zunehmend lebenswerter, sinnvoller, beschaulicher, achtsamer, friedlicher – wahrhaftiger! Und so entdeckte ich immer mehr von dem wunderbarsten Schatz, den ein jeder Mensch in sich trägt: Es ist die Liebe, die eine verzeihende, verbindende und heilende Kraft in sich birgt und im Stande ist, alles zu verändern. Von dieser guten Energie beschützt und getragen, werde ich älter, Jahr für Jahr, und manchmal kommt dieser Satz wieder in mir hoch, der inzwischen immer öfter auf Resonanz und Antwort stößt:

„Hey, da bin ich, aber wo bin ich hier, was mache ich hier, ...was ist der Sinn?“

Ich fühle und verstehe immer mehr und treffe häufig auf Menschen, die sich eben auch mit dieser Frage beschäftigen. Manchmal kann ich ihnen helfen und manchmal wird mir geholfen, und es tut mir gut, gemeinsam mit vielen anderen das gleiche Gefühl zu haben: Eine besondere, wohltuende, verbindende Energie macht sich breit und breiter – nun weiss ich es und bin mir sicher – sie heisst Liebe – und nur sie ist der Schlüssel zum Glück eines jeden Menschen!

Hier ist die Geschichte zu Ende, und das Leben geht weiter ...schön, dass es so ist, wie es ist und jeder Tag neue Bereicherung bringt."

Aus alle dem blinzelt so ein kleines Bisschen ein kluger Satz hervor, der uns alle einladen darf, um darüber nachzudenken:

„Am Anfang lernt der Mensch zu laufen und zu sprechen, und später dann, lernt er still zu sitzen und den Mund zu halten!" (...☺) Ist das nicht Wahrheit und Paradoxon zugleich?

1959 – was für ein Weinjahr! Wer sich mit Wein beschäftigt, der weiss um die Einmaligkeit dieses sogenannten 'Jahrhundertjahrgangs' mitteleuropäischer Weine. Doch nicht nur das, sondern aus heutiger Sicht war dieses Jahr für mich so etwas wie die Krönung überhaupt, denn in diesem besonderen Sonnenjahr wurde ich sowohl gezeugt als auch geboren. Dafür ein herzliches Dankeschön an meine Eltern, von denen ich letztlich doch vieles mit auf meinen Weg bekommen habe. Vor allem vieles von dem, was ich heute erst sehen und spüren kann.

Ich hatte das Privileg, zuhause 'per Hebamme' das Licht der Welt als erster von vier Söhnen in einer Winzerfamilie auf dem Land zu erblicken. Diese Art Geburt war damals so normal und unspektakulär wie heute ein Kaiserschnitt. Niemand wusste etwas von Ultraschallbildern, Schwangerschaftsgymnastik, Geburtsvorbereitungen, Mutter-Kind-Seminaren oder gar was eine angemessene, berufliche Auszeit war. Auf dem Land rief draussen die Arbeit, und wer zuhause und körperlich gesund war, musste mit anpacken, denn es gab immer etwas zu tun. Das galt auch für die schwangeren Frauen, solange sie dazu in der Lage waren. Es war halt so, dass die Schwangerschaft noch nicht den Status einer Krankheit hatte. Zumindest kommt es mir heute manchmal so vor.

Wir hatten einen kleinen, landwirtschaftlich gemischten Betrieb mit angegliedertem Weinbau. Wie damals üblich versorgte man sich selbst. Neben Getreide und Kartoffeln (die übrigens unvergleichlich köstlich schmeckten) hatten wir noch ein paar wenige Schweine, ...und die Kühe, sowohl als Zugtiere als auch als Milchlieferanten, wurden zu dieser Zeit gerade abgeschafft. Ein Traktor trat an ihre Stelle, den brauchte man nicht täglich zu umsorgen, und euterfrische Milch gab's immer noch im Dorf. Das Grundstück um unser Haus herum bot den Bäumen Platz für wohlschmeckende Äpfel, Birnen, Kirschen, Zwetschgen und Mirabellen. Salat und Gemüse gab es natürlich aus dem eigenen Garten, Küchenkräuter und Blumen sowieso. Nahe am Haus ein Schuppen, in dem Vater verschiedene landwirtschaftliche Gerätschaften aufbewahrte, und wo auch das Brennholzlager seinen Platz hatte, denn heute übliche Heizungsanlagen gab es nicht. Zwischen alledem waren die Wäscheleinen gespannt, und es gab einen Extraplatz mit einem Sandkasten für uns Kinder, der oftmals von uns eigenhändig und zweckgebunden hinein in den unbefestigten Hof erweitert wurde. Unweit davon – so erinnere ich mich – der Misthaufen, dessen auffällig-duftende Eigenarten ich kaum beschreiben muss. Ebenfalls an diesem 'Geruchsdepot' – aus heutiger Sicht eine besondere Attraktion – ein kleines quadratisches Häuschen. In seinen Abmessungen gerade so groß, dass seine Frontseite einer mit ausgeschnittenem Herzlein verzierten Tür als Ein- und Ausgang Platz bot – ein 'Plumsklo' (...☺).

Es waren die 1960er Jahre, von denen ich erzähle – noch gar nicht wirklich so lange her, und wenn ich bedenke, in welch rasanter Geschwindigkeit sich unsere Welt bis heute verändert hat, und ich das alles miterleben durfte, dann kommt mir vieles in seiner Entwicklung, die oftmals als Fortschritt benannt wird, doch sehr merkwürdig, oder gar fragwürdig vor. Etwas von Menschen Geschaffenes, ihnen wahrhaft Dienendes im Sinne davon, dass sie sich näher kommen und liebevoller miteinander umgehen, ist über zwei bis drei Generationen hinweg, sage und schreibe, kaum etwas entstanden, ...so meine ich. Geschweige denn irgendetwas, das in der Lage wäre, sie evolutionär wirklich weiterzubringen. Eher gegenteilig – kurzer Zeitsprung – schauen wir uns doch nur um in unserer Welt voller Verpackungsmüll, voller Medikamente, Giftgase, Chemikalien und atomarer Abfälle; Rassen- und Völkerhass, machtgieriger Industrievorstände und korrupter Politik. Voller liebloser, rein funktionaler, technischer und medizinischer Neuheiten sowie diverser elektronischer Kommunikationsmöglichkeiten und Medien, die uns Menschen manipulieren und kontrollieren. Weiterhin verseuchen sie unseren Organismus mit schädlichen Funkwellen/Strahlungen, überwiegend völlig überflüssigen Daten, Informationen und daraus entstehenden seltsamen Verhaltensweisen. Soll das etwa Fortschritt sein?

Ist es etwa Fortschritt, dass es in der Menschheitsgeschichte bisher, so denke ich mir, kaum eine Generation gab, in der so wenige Menschen noch in der Lage sind, weitestgehend autark zu leben? Einen kleinen Garten zu bestellen, in dem das Nötigste angebaut wird... Salat, Gemüse, Kräuter, ein paar Sträucher und Obstbäume. Mehr braucht der Mensch eigentlich nicht zum Leben... und wer mag, noch ein Stück Vieh dazu. Seit dem letzten Krieg wurden wir sehr erfolgreich dahin erzogen, dass wir alles kaufen müssen, was wir zum Leben brauchen, und uns kurioserweise sogar solche Dinge anschaffen, die wir überhaupt nicht brauchen!

Die Salatköpfe wachsen aus Plastiksteigen, Kartoffeln gedeihen in Säckchen, die Kräuter winden sich aus den Plastikbechern, und hochglanzlackiertes Obst erntet man aus Kisten. Aus meiner persönlichen Sicht und mit Blick in meinen Nutzgarten ist es doch ein Witz, was da mit uns gemacht wird. Warum können wir unsere Lebensmittel nicht wenigstens regional beziehen? Weshalb sagt mir die Europäische Union, wieviele Eier ich statistisch zu essen habe und wie eine Gurke geformt sein muss, damit sie durch die computergesteuerten Sortieranlagen passt, um dem weiteren, klug durchdachten Verarbeitungsablauf bis ins Supermarktregal gerecht zu sein. So viel menschengemachter Schwachsinn greift in die moderne Erzeugung von Lebensmitteln ein, nur damit alles in der Norm bleibt und der weltweite 'Nahrungsmittel-Schrott-Handel' mit ausnahmslos minderwertigen Produkten weiterhin gut bezahlt und aufrecht erhalten wird. Mal ganz davon abgesehen, welche Umweltschäden und sonstigen Unsinnigkeiten der Anbau, profitgierige Gedanken, chemische Behandlungen, die Weiterverarbeitung und immense Transportwege verursachen, ohne auf die daraus resultierenden Abfallberge (Müll) zu schauen.

Ja ich weiss – so lange wir die leidvollen Auswirkungen nicht sehr schmerzvoll am eigenen Leibe spüren und mehr oder weniger gut in diesem perversen Wahnsinn leben können, sehen wir locker darüber hinweg! Denn weiterhin wollen die von diesen Errungenschaften verwöhnten Körper sich in der über alles geliebten Bequemlichkeit suhlen, ohne sich die Hände schmutzig zu machen. Wahre Meister sind wir darin geworden, das Negative und Unangenehme zu ignorieren, unser wahres Wohlergehen mit Füßen zu treten und die Gefühle für alles Liebevolle von uns abzuspalten. Erfahrungsgemäß tun wir das, solange wir noch Möglichkeiten finden, unser vom Schein geblendetes Leben dem anzupassen. So ziemlich alles Menschlich-Gefühlvolle wird den Machtstrukturen der Politik, den Konzernen und Firmen geopfert, ...der Ratio und nicht zuletzt der So-tun-als-ob-(...es mir gut geht)-Mentalität.

Dieser Entwicklung wohnte ich über Jahrzehnte aktiv und auch passiv bei, erlebte von Jahr zu Jahr die Steigerung dieses Desasters mit, wuchs hinein, während ich die nächste 'Neuerung' schon auf mich zukommen und einwirken ließ, ohne wirklich Einfluss darauf zu haben. So gesehen bin ich in der glücklichen Situation, die Anfänge dieser für mich (aus heutiger Sicht) fragwürdig-chaotischen Entwicklung mit ihren Vor- und Nachteilen bis hin zum Pro und Contra der Neuzeit miterlebt haben zu dürfen. Bin gefühlt also eines der lebenden, menschlichen Bindeglieder innerhalb einer interessanten Zeitkette von damals, nach dem Krieg bei fast Null beginnend, bis heute. Rückblickend darf ich diese verrückte Entwicklung, von einem sehr zwiespältigen Gefühl begleitet, Revue passieren lassen. Es veranlasst mich dazu, die Generationen nach mir dazu einzuladen, ernsthaft über diese Zusammenhänge nachzudenken, bevor auch sie sich ohne jedes Hinterfragen, von zuckersüßen Annehmlichkeiten geködert, auf die nächst schmackhafte Neuheit oder Modernisierung einlassen.

Die wahren Gefühle füreinander und untereinander hatten und haben in der zunehmend kälter werdenden Funktionswelt immer weniger Platz. Heute erkenne ich, dass sich Männer wie auch Frauen jeder Generation und Gesellschaftsschicht mit Vorliebe den Dingen öffnen und hingeben, die in irgendeiner Form der eigenen Bequemlichkeit dienen – koste es was es wolle – unter Umständen sogar einen teuren Bankkredit! Vor allem wir Deutsche sind Weltmeister darin, der gesamten Welt unsere geschönten Glitzerfassaden als Wahrheit zu präsentieren. Hauptsache es wirkt wohlhabend und dazu passend nimmt man teil am Konsum und kann mitreden und -machen, denn mit krankhaft verblendetem Blick nach vorne gibt es ja immer noch 'Schlimmeres'. So wird es uns suggeriert, während die Völker dieser Erde sich amüsieren über ein sich unglaubwürdig und lächerlich machendes deutsches Volk und vor allem das, was es alles widerspruchslos mit sich machen lässt! Die Wahrheit ignorieren bedeutet Selbstbetrug(!) – und daraus resultierend – ein sinnloses Aufopfern eines gesund geborenen ICH's, auf einem langen Leidensweg bis hin zum Tod!

Woher diese Einstellung eines fast kompletten Menschenvolkes? Aus der Geschichte heraus gewachsen hat Deutschland nach dem letzten Weltkrieg quasi aus den Trümmern heraus mit fast Nichts angefangen. Von der Wirtschaft wurde die Bevölkerung, welche heute so gerne als 'Verbraucher' und 'Steuerzahler' bezeichnet wird, anfangs verschämt und mit Schmeicheleffekt, dann unverschämt und eindringlich bis hin zu schamlos und inzwischen eiskalt, rücksichtslos, betrügerisch und profitgierig – sogar von der eigenen Regierung – getäuscht und ausgebeutet! Wen wundert's, es betrifft schließlich die ohnmächtige Gutgläubig- und Obrigkeitshörigkeit einer 'Kriegs-Verlierer-Nation', die sich vor weiterer Bestrafung fürchtet. Verhaltensweisen, die zusätzlich von der Kirche sehr menschenentwürdigend gutgeheissen und unterstützt wurden.

Vielleicht wird deshalb der 'deutsche Michel' – wenn ich das recht in Erinnerung habe – stets mit einer Schlafmütze abgebildet (...☺). Kannst du den blanken Wahnsinn dieser Energien fühlen, welche hier nachwirken und wie wir gehorsamen Deutschen uns unterordnen und alles mit uns machen lassen. Unter Aufsicht strenger Beobachtung und Kontrolle der sogenannten 'Siegermächte' kuschten wir ehrfürchtig und suchten Anerkennung als Folge von Fleiss, Zuverlässigkeit und blindem Gehorsam bis hin zur Selbstverachtung – Selbstwertlosigkeit! Völlig angstbesetzte Eigenschaften, die heute noch unbeachtet und tief in deutschen Genen wirken und völlig unbemerkt an die Folgegenerationen weitergegeben werden!

Zu Beginn getarnt als Wirtschaftswunder und Fortschritt haben wir uns bis hin zu einem der führenden Industriestaaten 'gemausert'. Auf Kosten unserer Gesundheit, guter Sozialstrukturen, deutscher Wertarbeit, der bäuerlichen Landwirtschaft und mindestens so wichtig: ...dem liebevollen menschlichen Umgang miteinander! Dennoch lassen wir uns mehr als je zuvor ganz unauffällig über all diese Jahre hinweg und immer noch, gegen jeden gesunden Menschenverstand von unseren 'Führern' hinters Licht führen. Es beherrscht uns eine Ohnmacht, die ich nach wie vor in unser aller Verhalten spüre und mich gleichzeitig frage, ob es überhaupt möglich ist, wieder in die eigene, unabhängige Macht zu kommen? Und das, ohne kriegerische Pfade einzuschlagen oder an den Folgen dieses Zustandes von aufopferndem 'Alles-mit-sich-machen-lassens' sich aussaugen, sich an der Nase herumführen oder traktieren zu lassen und in Folge der Steigerung dessen, irgendwann völlig handlungsunfähig als Volk und Staat zu zerbrechen und sich in eine absolute Wertlosigkeit – in Nichts – aufzulösen?

Diese Wahrnehmungen begegnen mir aktuell 2015. Doch nun wieder zurück in die Vergangenheit mit der Frage, wie meine damalige Jugend verlaufen ist? Als Ältester von vier Jungs bin ich aufgewachsen in einer Zeitepoche des immer mehr rationalen Funktionierens und hatte wenig Gelegenheit, mit Gefühlen in Berührung zu kommen – am allerwenigsten mit weiblichen – naja! Wo auch unter vier Brüdern plus dem Vater sollte das typisch Weibliche seinen Platz beanspruchen – fast unmöglich? In diese Ecke gedrängt und sich dessen kaum bewusst blieb meiner Mutter oft keine andere Wahl, als die Folgen dieses Schicksals zwangsweise allerbestens zu verbergen. Meine Mutter – die zwar intelligent war, aber irgendwie aus heutiger Sicht auf andere Weise eine Sonderposition in unserer Familie hatte. Eine Frau unter fünf männlichen Wesen – vier Söhne und ein Ehemann. Eines war klar, sie hatte eine absolut schwierige Rolle in dieser Zeit zu meistern. Dieser begegnete sie zum Beispiel durch das unaufhörliche Nörgeln an unserem Vater. Obwohl sie ihrem Umfeld damit nur klar machen wollte – so spüre ich es heute als ihr Sohn – was sie von der Männerüberzahl in unserer Familie hielt. Und so versuchte sie immer dann, wenn es um vor- und nachteilige Verhaltensmuster ging, uns vier Söhne durch ihr eigenes 'gutes Vorbild' auf ihre Seite zu ziehen und Vater als 'schlecht' dastehen zu lassen. Auf diese Weise gelang es ihr ziemlich gut, nach aussen ein Familienbild zu demonstrieren, das nicht so ganz der Wahrheit entsprach. ...Und natürlich so manchen Zorn in unserem Vater entstehen ließ.

Ich sehe es als eine von vielen Verhaltensweisen, die Menschen sich aneignen, um sich das Leben so angenehm wie möglich... zumindest erscheinen zu lassen. Oft funktioniert das auch, denn diese insgeheimen und völlig unbewussten Rollenspiele finden ja meist nur dann statt, wenn es nach aussen etwas zu demonstrieren gibt. Wenn also Besuch da ist, man unter Menschen geht, oder weil lediglich im Gespräch mit anderen ein guter Eindruck erweckt werden will. Es muss alles gut aussehen, denn schließlich ist die eigene Familie – solange dem nichts Einschneidendes entgegensteht – im Kopf der Eltern stets ein Aushängeschild. So war das auch bei uns und es hat anfangs gut funktioniert, denn auch Liebe durften wir spüren. Doch mit den Jahren und der Pubertät der Kinder haben meine Eltern sich verändert – wir Kinder natürlich auch. Spürbar hat sich Liebe völlig unbemerkt in Erziehung, Kontrolle und Strenge gewandelt. Aus meiner Kindersicht in Abstand, Zwang und gedeckelte Ausbruchsenergie. Die manchmal daraus resultierenden Bestrafungen/Schläge taten ein Weiteres dazu, das 'Gegeneinander' zu schüren. Aus heutiger Sicht muss ich ein wenig schmunzeln darüber, weil sich all das völlig unbewusst, unbemerkt und eigentlich grundlos ins Familienleben einschlich, nur um alte Verhaltensmuster zu bedienen.

Meine sogenannte Muttersprache nennt sich 'Moselfränkisch'. Es ist der regionale Dialekt, der sich von der Mosel ausgehend, mit leichten Abwandlungen nach Norden in die Eifel und nach Süden linksrheinisch über den Hunsrück ausbreitet. Auch wird er im Saarland, im gesamten Luxembourg, in Teilen des angrenzenden französischen Lothringens – manchmal etwas abgewandelt – aber doch gesprochen und verstanden. Damit bin ich aufgewachsen und ein 'richtiges Deutsch', das durfte ich erst in der Schule lernen. Schon spannend, das eigene Heranwachsen, und alles was in diese Zeit mit hineinspielte mit aktuell neuen, reiferen Beobachteraugen zu sehen. Insbesondere dann, wenn die vergleichenden Blicke zu anderen Familien hinüberschweifen, welche damals ihre eigenen Lebens- und Erziehungsmethoden ebenso hartnäckig, unbewusst und als 'normal' vertraten. Jeder glaubte, und das ist wohl auch heute noch so, dass seine Methode die richtigere sei. Und meist steckt darin wiederum ein wesentlicher Teil des Charakters und der Erziehungsmethoden der eigenen Eltern – einfach so und unbewusst übernommen. Menschlich halt, und schön, dass ich es heute so sehen kann.

Zu Anfang gab es über etliche Jahre noch eine zusätzliche zweite weibliche Person im Haushalt – meines Vaters Mutter. Mit ihr als Schwiegermutter hatte Mutter es nicht so einfach, denn sie bot eine Präsenz sowohl körperlich als auch ihre Position als alte 'Hausherrin' verteidigend, die ihresgleichen suchte – ihr Ehemann (mein Opa väterlicherseits) war früh verstorben. Alles in allem ein zusätzliches Erschwernis, um eine junge Familie ohne Fremdeinfluss gedeihen zu lassen. In meiner Erinnerung war Oma nur in seltenen Fällen eine Kraft weiblicher Unterstützung. Aber ich erinnere mich, dass sie wunderbar warme Socken strickte, uns Kindern sehr oft gekocht hat, in den Dorfladen zum Einkaufen ging, auch schon mal mit uns spielte oder uns beaufsichtigte, wenn die Eltern auf dem Feld und im Weinberg waren. So hatte jeder seine Rolle zu erfüllen, und wir vier Jungs wuchsen innerhalb dieser Familien-Bühne auf, übernahmen viele Rollen und Eigenschaften, die uns vorgelebt oder aufgetragen wurden. Damit hatten wir unser 'Los' gezogen, um in unser jeweiliges Leben hineinzuwachsen. Gerade so, wie es in den 1950er, '60er und '70er Jahren in den ländlichen Familien an der Mosel üblich war. Unsere Situation war also nicht wirklich eine besondere, sondern eine von vielen.

Dennoch waren es Umstände, die ihre Prägung hinterließen, denn zum einen waren die Menschen zu der Zeit und in der Region um Trier herum sehr, sehr katholisch, was mir schon als Kind stets ein seltsam-mulmiges Gefühl bereitete, und zum anderen waren sie zu einem Großteil landwirtschaftlich selbständig, was mir wiederum sehr gut gefiel. Folglich gab niemand ausser der Natur uns den Arbeitsrhythmus vor. Es waren ziemlich schwere Zeiten, weil der Krieg erst kurz vorher zu Ende ging, und seine Spuren nicht nur an der Infrastruktur, sondern auch an manchen Landstrichen, Ortschaften, Häusern, Körpern und Seelen hinterlassen hatte. Wichtige, aber meist unbewusste Aspekte in einer menschlichen Entwicklung dieser Zeit. In meiner Erinnerung blieben diesbezügliche Wahrnehmungen zum Beispiel in Form von auffälligen, körperlichen Verstümmelungen so manch alter Kriegsheimkehrer erhalten, die mir als Kind doch ziemlich absonderlich erschienen.

Ungute Gefühle und starke Abneigung habe ich in den 1970er und '80er Jahren gegen Kampfflugzeuge entwickelt. Begleitet von ohrenbetäubendem Lärm flogen sie in einer solchen Häufigkeit über die Landschaft und unsere Köpfe hinweg, wie man es sich heute nicht mehr vorstellen kann. Einfach nur angsterregend, wenn die sogenannten 'Besatzer' uns tagtäglich die Macht ihrer Kriegsmaschinerie zur Einschüchterung demonstrierten. Desweiteren waren die Zeitzeugen des vergangenen, sinnlosen und menschenopfernden Gemetzels entlang der französischen Grenze ganz in der Nähe in Form von Betonbunkern, Schützengräben oder Bombentrichtern als Narben in der Landschaft übrig geblieben. Obwohl das Kriegsgeschehen unsere Region sehr verschonte, erinnere ich mich an ein zweifingergroßes Loch in unserem Scheunentor, welches von einem Granatsplitter herrührte ...so wurde mir erzählt. Gesprochen wurde über diese Ereignisse nur sehr spärlich, und wir Kinder hätten eh nichts mit diesen Gesprächen anfangen können. Dennoch kannte ich diese Erzählungen, denn immer wenn der Bruder meiner Oma und mein Opa aus dem Nachbarort bei uns aufeinander trafen, dann steuerte die

Unterhaltung, begleitet von einem guten Wein'chen, fast ausnahmslos auf das Thema ihrer Kriegserlebnisse zu die sie als Soldaten hatten. Vorher saßen sie meist um den warmen Ofen und ich lauschte ihren Geschichten. Das war überwiegend im Winter, weil im Sommer die landwirtschaftlichen Aussenarbeiten keine Zeit für ein langes Geplauder ließen.

Es war ein Männerhaus bei uns, denn abgesehen von meiner Mutter hatte die Oma für mein Empfinden nicht viele weibliche (Vor-)Züge. Beste Voraussetzungen für mich, um also sehr 'männlich' zu werden, denn wo sollten weibliche Eigenschaften Einfluss nehmen. Mutter war katholisch-streng erzogen und streng katholisch wollte sie es an uns weitergeben (...☺). Manchmal scheiterte es daran, dass sie ständig in den Arbeitsablauf des Betriebes eingespannt war und somit wenig Zeit für uns Kinder hatte. Allerdings erinnere ich mich, dass sie in jeder freien Minute irgendetwas Liebevolles für uns machte, handarbeitete, bastelte, nähte, häkelte, strickte oder den Sonntagskuchen backte. Dies alles in der Freizeit, die es eigentlich gar nicht gab. Wann und wie also sollten Gefühle in unserer Familie kommuniziert und gelebt werden. Kaum eine Chance, und heute verstehe ich, wie meine Mutter unter dieser Situation gelitten haben muss, bevor sie sich irgendwann ihrem Schicksal ergab und einfach 'mitmachte', indem sie sich und ihre Fähigkeiten in das Familiengefüge einbrachte..., so wie sie es in damaliger Zeit gelernt hatte *„...bis dass der Tod euch scheidet“*.

So wirklich reiche Leute gab es damals sehr wenige – jedenfalls gehörten wir nicht dazu. Und bis unsere Oma uns in

Richtung Friedhof verließ, waren wir eine siebenköpfige Familie, und was das zu der Zeit bedeutete, das konnte ich mir erst viel später ausmalen. Zu essen hatten wir zwar genug, aber da gab es die vielen Dinge des täglichen Lebens, die gekauft werden mussten, und dafür wurde Geld gebraucht, welches der kleine Betrieb manchmal nur spärlich abwarf. Mein Vater hatte bei Zeiten die Zeichen der Zeit erkannt und setzte Ende der 1960er Jahre voll auf den Weinbau. Er richtete sich anfangs zwar bescheiden, aber entsprechend der Betriebsgröße ganz gut darauf ein, und irgendwie begann ein neues Leben. Im ganzen Land begann ein neues Leben, denn es war nach heutiger Erkenntnis der Beginn des Konsumzeitalters.

Es war so ziemlich alles wieder aufgebaut, was der Krieg zerstört hatte, und die fleissigen, perfektionistischen, nach Lob und Anerkennung strebenden Deutschen witterten neue Möglichkeiten, witterten Geschäfte, Geld, Ansehen und Macht. Aus meiner Sicht haben sich allerdings so ein paar wenige Eigenschaften, die alles andere als bewundernswert sind, aus der Zeit der verlorenen Kriege bis heute bei der Mehrzahl der Bürger gehalten: die 'Duckmäusigkeit' oder fast widerstandslose Obrigkeitshörigkeit, lähmende Ohnmachtsgefühle in den Herzen und Körpern, und nicht zu vergessen... der entwürdigten Deutschen liebstes Kind – sinnlose Sparsamkeit und damit das Horten von Gütern und Reichtum für die Nachkommen, die sich darüber ins berühmte Fäustchen lachen. Übrigens eine der besten Methoden, seinen Kindern solche Eigenschaften wie Selbständigkeit, Verantwortungsbewusstsein oder auch Zielstrebigkeit komplett abzuerziehen. Derweil sind manche nachkommenlose Hirnströmungen gar derart manipuliert, verdorben und verdreht, dass sie ihr Vermögen eher einer sogenannten 'sozialen Einrichtung' oder der Kirche hinterlassen, statt es vertrauensvollen Projekten zur Verfügung zu stellen, die dem wahrhaft menschlichen Wohlbefinden oder der Erhaltung und Gestaltung natürlicher Lebensräume dienen.

Nun ja, irgendwie waren wir auf einem guten Weg und zu Anfang der 1970er Jahre bauten und gestalteten wir Haus und Hof um und erweiterten den Betrieb um einige Weinberge sowie eine unterkellerte Halle. Eine tolle Sache für damalige Winzerverhältnisse, wenngleich die schöne Spielwiese hinterm Haus diesem Projekt weichen musste. Die Finanzierung dessen war sehr problemlos, denn das Weingeschäft florierte. Ich wuchs in den Betrieb hinein und musste als Ältester helfen, wo es nur ging. Meine Brüder zwar auch, aber die nahmen es damit nicht so genau und schlugen später auch völlig andere berufliche Richtungen ein. Heute taucht in mir eine Frage auf, die damals unausgesprochen in der Luft lag und lautete: Wurde für mich als Kind zu der Zeit eigentlich der Schulbesuch oder die Arbeit zuhause als das Wichtigere angesehen? Nach Abschluss der Schulzeit stand es vielleicht auch deshalb für mich nicht wirklich fest, den Winzerberuf zu erlernen.

Erstaunlicherweise habe ich heute das Gefühl, als wollten meine Eltern, insbesondere meine Mutter, mir noch ein paar Türen offen halten und schickten mich nach der Hauptschule zur kaufmännischen Berufsfachschule (Handelsschule) nach Trier. Das war im Übrigen eine Supersache, denn das dort Gelernte konnte ich schon so oft in meinem Leben gebrauchen und anwenden. Gerade denke ich daran, dass ich die in diesem

Moment vor mir liegende Schreibtastatur ebenso tadellos mit allen Fingern beherrsche wie damals die mechanische Schreibmaschine. Ohlala, eine mechanische Schreibmaschine, begleitet von der Lehre der Stenographie – prähistorisch(!) – ja, das waren noch Zeiten.

Kurz danach stellten sich wie von selbst plötzlich die Weichen, und das Winzersein wurde mir regelrecht in den Schoß gelegt. Eines kam zum anderen, ein Rädchen griff ins andere, und ohne lange Umschweife hatte ich nach der Ausbildung im Nachbarort meine Gesellenprüfung im Weinbau erfolgreich abgelegt. Das Einzige, was mir meinen Werdegang immer wieder erschweren wollte, war der berühmte Generationenkonflikt mit dem Vater. Gegen seine Gedanken fehlte mir meist jede Möglichkeit, meine eigenen Pläne und Ideen durchzusetzen. Ganz nach dem alten Motto – *„...solange du die Füße unter meinen Tisch stellst...“* usw. Zudem hatte er nicht gerade nachahmenswerte pädagogische Fähigkeiten, wenngleich er seine Arbeit sehr gut machte. Lobesreden hörte ich so selten, dass sich die Klänge dieser Worte in den Windungen meiner Gehörgänge fast wie eine Fremdsprache anhörten.

Diese meine persönliche 'Notsituation' in Sachen Zuwendung und Lob ließ mich eine Eigenart entwickeln, um die ich heute sehr froh bin. Auf der Suche nach Anerkennung probierte ich vieles aus, ...machte einfach: handwerkte herum, hämmerte, schraubte, nagelte, sägte, bohrte, mauerte, verputzte, tapezierte, malerte, installierte, pflasterte, gestaltete, baute, reparierte alles mögliche. Auf diese Weise konnte ich umfangreiche Fähigkeiten in mir entdecken und praktisch umsetzen, welche ich etliche Jahre zuvor schon als Kind draussen in Wind und Wetter spielerisch erprobte. Nun war die Zeit, diese Talente ins *wahre Leben* einzubringen, zu perfektionieren und Prioritäten zu setzen. In damaliger Kinderzeit nutzten wir so ziemlich alle Freiheiten, Materialien und Möglichkeiten, die sich uns boten, um kreativ zu sein. Wir waren neugierig, und überall dabei wo etwas Aussergewöhnliches stattfand. Dies ist in diesem Ausmaß heutzutage unvorstellbar, weil die in den vergangenen Jahrzehnten erfolgreich antrainierten, ausufernden, elterlichen Angstgebärden das nicht mehr zulassen!

In meiner Kinderzeit begeisteren mich Malen und Zeichnen sehr und es war wohl Ausdruck kindlicher Beschäftigung, die mich noch lange begleitete. Auch allerlei handwerkliches Arbeiten interessierte mich immer. Vorher schon wurde mir die Blockflöte – später Klarinette – wohl deshalb aufgenötigt, weil auch Vater sie in Kombination mit Saxophon spielte. Heute würde man sagen in einer Band, doch damals waren es einfach nur einige begeisterte junge Musiker, die Tanzmusik machten. Dann trat ich gemeinsam mit einigen Gleichaltrigen in den örtlichen Musikverein ein und es nahte eine Zeit, die manchmal Disziplin erforderte, die uns junge Leute aber auch verband und ein bisschen herumkommen ließ. In diesen Jahren hat mich wahrscheinlich die Muse geküsst und wollte viel später in meinem Leben erst wieder Beachtung finden.

Soviel zum verhältnismäßig harmlosen Zeitvertreib, der im freiheitlichen Trieb seinen Ausgleich suchte. Auch dazu einige Beispiele aus meiner Kinderzeit: Im Rückblick in diese frühe Jugend war Fußballspielen immer mein Ding. So ziemlich jede freie Stunde ausserhalb des betrieblichen 'Helfen-müssens' (...☺) war damit ausgefüllt. Der Bolzplatz war nah an unserem Haus, und allnachmittaglich trafen sich dort die Jungs aus dem Dorf. Von da wurde so manche 'Verletzung' gut getarnt nachhause getragen und möglichst unauffällig auskuriert. Schnell hatte sich herausgestellt wer welches Talent hatte, und wer an welcher Position in der Jugendmannschaft spielen sollte.

Auf der Suche nach 'Abenteuern' war natürlich das Ums-Dorf-Herumstreunen sehr beliebt. Auch Cowboy- und Indianerspiele waren stets sehr gefragt (die Einflüsse des Fernsehers machten sich damals schon bemerkbar). Auf einer Wiese nah am Bolzplatz wurden die Tippis gebaut. Stangen oder Weinbergpfähle als Untergerüst waren schnell organisiert, und abgedeckt wurde das Ganze mit zurechtgeschnittenen Plastiktüten, alten Düngersäcken oder zuhause unbrauchbar gewordenen Planen. Tatsächlich waren diese Konstruktionen stabil, regenfest und supertolle Spielplätze für uns. Dort wurden Lagerfeuer gemacht, und reihum brachte jeder mal Kartoffeln mit die in der Glut gegart wurden. Pfeil und Bogen wurden geschnitzt – Karl May wäre neidisch geworden (...☺). Auch das Radfahren hatte mit den Jahren einen wichtigen Status erreicht, um entweder die Gegend zu erkunden oder kurze Strecken schneller zurücklegen zu können. Ein Fahrrad gab es meist zur Kommunion.

Und direkt am Dorf war der Fluss – die Mosel! Sie hinterließ in allen Erzählungen darüber oftmals etwas Mystisches. Die Erwachsenen verstanden es, uns mit ihren verschiedenen angsteinflößenden Geschichten, Respekt davor beizubringen.

Naja, so ganz ungefährlich war das Spielen an diesem für Kinder doch recht großen Fluss tatsächlich nicht. Seit der Moselkanalisation, die von Ende der 1950er bis zu Anfang der 1960er Jahre andauerte, war sie aufgrund der besseren Schiffbarkeit ausgebaggert, und das Wasser deshalb tiefer geworden als es unseren Eltern aus deren Jugend vertraut war. Die Uferbefestigungen waren glitschig und alles andere als kinderfreundlich angelegt – wozu auch! Doch natürlich war gerade das der Reiz, mit selbstgebastelten Angeln an fußballfreien Tagen (...☺), die Fische herauszuziehen. Auch wenn es, oder gerade weil es verboten war!

Es war auch das Wasser der Mosel, das oft zum Baden einlud. Ein neues Freibad zum Schwimmenlernen gab es zwar in wenigen Kilometern Entfernung, doch der Weg dorthin war uns Kindern meist zu mühsam. Vor allem deshalb, weil wir selten dort hingebracht wurden, sondern wir mussten die Strecke mit dem Fahrrad zurücklegen und Gangschaltung war noch nicht die Norm. Das war beschwerlich, weil der letzte Kilometer steil den Berg hinauf führte, und da es uns weniger um die schöne Aussicht von da oben ging, blieb als Alternative die Mosel. Dort hatten wir einige seichte Stellen ausgekundschaftet, an denen die diversen Wasserspiele uns an heissen Tagen nicht ganz so gefährlich erschienen. Weil bei solchen Gelegenheiten immer viele Jugendliche – ältere und jüngere – beisammen waren, konnten die Eltern das akzeptieren. Mit den Jahren und zunehmendem Alter wurde der Schwimmstil verbessert, wir wurden sicherer und mutiger und die Gefährlichkeit verlor an Brisanz. Die absolute Krönung und Mutprobe war es, als Jugendlicher schwimmend den

Fluss zu überqueren. Ja, das gab Selbstbewusstsein und ein erhabenes Gefühl – Stolz – auf dem Weg zum Mannwerden. Mädchen waren an und in der Mosel eher selten dabei.

Die Zeiten des Hochwassers – meist im Winter – waren für die davon Betroffenen zwar sehr unangenehm, aber auch immer wieder spannend. Als Kinder gewährte man uns dazu eher selten Zugang, doch als Jugendliche genossen wir schon etwas mehr Freiheit, die wir oftmals nass bis an die Knie, auch nutzten. Ganz schön mutig waren wir manchmal, und ebenso froh, dass die Eltern nichts von unseren 'geheimen Hochwassererfahrungen' wussten. Ohmann! Trotz manch tragischer Überschwemmungen war es alljährlich auch immer wieder so etwas wie eine Attraktion, insbesondere für die Medien. Und es gab viel zu erleben und zu sehen: Dorfbewohner wie sie Dämme bauten, Sandsäcke schleppten, Türen und Tore vor Wasser und allerlei angeschwemmtem Unrat sicherten, Feuerwehrleute die Keller auspumpten und Scheunen oder Wohnungen die geräumt wurden. Wir sahen wie in manch betroffenem Haus das Mobiliar eine Etage höher gebracht wurde oder halfen sogar dabei. Und immer wieder wurde so viel interesssantes Treibgut angeschwemmt, was sich uns Jugendlichen oft auf irgendeine Weise als 'brauchbar' erwies.

Mit Blick zurück würde ich trotz so manch heikler Situationen sagen, dass die damalige Kinderzeit nicht gefährlicher war als heutige Zeiten, in denen man ohne Risiko kaum noch eine Straße überqueren kann. Autos waren damals eher die Seltenheit und heute wird man in vielerlei Lebenssituationen mit Gefahren konfrontiert, an die früher keiner dachte. Ich finde es sogar schade, dass Kinder kaum noch den Umgang mit realer Gefahr kennen oder gar lernen. Heute, wo sie ängstlich und zugleich staunend aber teilnahmslos vor einem Schrott- oder Schutthaufen stehen, der für uns früher ein gefundener Spielplatz gewesen wäre. Moderne Kinder – virtuell bewältigen sie durch einen Knopfdruck alles mögliche und sind darin topfit, doch wenn es mal eine Backpfeife von Gleichaltrigen gibt, oder sie zum Anpacken aufgefordert werden, dann greifen die meisten schon zum Handy um 'Hilfe' zu rufen, anstatt sich angemessen mit der Situation auseinanderzusetzen. Die Verhaltensformen sind ein wesentlicher Unterschied zu 'früher', und die Erfahrung zeigt, dass sich prägende charakterliche Auswirkungen der Kindheit erst im Erwachsensein zeigen.

Die Spielkinder

Vor langer Zeit, als die Kinderwelt der noch nicht mit Computern, Mobiltelefonen und batteriebetriebenen, bunten 'Spielzeugen' überfüllt war, mussten sie noch wahrhaft selber spielen. Im Gefühl ist mir danach, den wenigen Kindern meinen Glückwunsch auszusprechen, die von ihren Eltern auch heute noch in eine Zeit begleitet werden, in der das Kindsein aktiv und weitestgehend sorgenlos gelebt werden kann und darf. Das ist durchaus möglich, wenn man das will. Ich meine eine Kinderzeit, in der es nicht darum geht, die vorgefertigten Ideen (Spielzeuge) der Erwachsenen korrekt anzuwenden und sich 'bespassen' zu lassen, sondern wahrhaft und kreativ selber zu spielen.

Wenn wir uns heute umschauen, sind Kinderspielplätze üblich, die den TÜV-geprüften, von Herstellern, Versicherungen und Kommunen überwachten Sicherheitsvorschriften und Standarts entsprechen. Farbenfrohe Plastikgeräte haben stabiles Holz und Metall ersetzt. Denn da könnten die Kinder ja einen 'tödlichen Splitter' in die Hand bekommen oder sich an vier Quadratmillimeter Rost 'infektiös die Haut abschürfen'. Auf den gängigen benutzerfreundlichen Spielplätzen lernen die Kleinen, die unverständlicherweise 'Kids' genannt werden, schon beizeiten das Schlangestehen, um die mehrmals gewundene 'Erlebnisrutschbahn' nutzen zu dürfen. Zuhause geht's dann weiter mit den batteriebetriebenen, leuchtend-blinkenden, autobeweglichen, sprechenden und diverse Geräusche verursachenden, spielzeuggenannten 'High-Tech-Gerätschaften'. So und so ähnlich sieht modernes Spielen aus. Draussen scheint's nur noch in seltenen Fällen ohne Erwachsenenaufsicht zu gehen ...!

Früher, als die Kinderwelt aus meiner Sicht noch einigermaßen in Ordnung war, bedeutete 'Spielen' schöpferisch/gestalterisch (kreativ) sein, selber Spielzeuge erfinden, phantasievoll und intuitiv sich mit dem beschäftigen, was da war. Ein Stück Holz oder ein wohlgeformter Stein durfte schon mal ein Auto sein, eine handgegrabene Höhle eine Garage und kleine Steinchen rahmten den dazugehörigen Vorhof ein. Manchmal von einem Dach überspannt, bestehend aus einem Papierfetzen, der von vier in die Erde gesteckten Hölzchen gehalten wurde. Der Vorläufer heutiger Car-Ports (...☺). Immer wieder fand sich etwas Neues, das zum Spielzeug mutierte, denn die kindliche, natürliche Kreativität der Gestaltungsmöglichkeiten war schier unendlich. Niemand hatte die Aufsicht, und allein dieses Gefühl von Freiheit ließ die Kinder aufblühen in ihrem Tun.

Erkennbar geringfügige Verletzungen durften ohne Krankenhaus-Notaufnahme einfach so verheilen, und diverse Streitigkeiten oder 'Grenzüberschreitungen' brauchten keinen Rechtsanwalt. In vielerlei Hinsicht bestand absolutes Vertrauen, das in ebenso gute Gedanken eingebettet war. Bei Insektenstichen gab es bewährte Hausmittel statt Impfungen. Kleinere Wunden wurden (ohne Antibiotika) bepflastert oder verbunden, Schmutz auf der Haut wurde einfach abgewischt ohne feucht-steriles Papiertuch aus der Plastikspenderbox! Und früher so wie heute gab es für die schmutzige Kleidung... Waschmaschinen.

Zeit spielte keine Rolle und der Begriff 'Angst' war in seiner heutigen Bedeutung weitestgehend noch nicht erfunden (...☺)!

Ganze Kinderscharen trafen sich fast täglich, mindestens aber zwei- bis dreimal in der Woche zum gemeinsamen Spielen. Diese Art des Beisammenseins machte uns vor allem deshalb große Freude, weil wir überwiegend gleiche Interessen hatten und uns Montags darüber freuten, dass ein langweiliges Familienwochenende vorüber war. Spielen – ohne Verpflichtungen, ohne Elterngenörgel, ohne Zeitplan und Leistungsdruck. Einfach nur mit Gleichgesinnten dieselben Ziele verfolgen. Ideen gebären, gestalten, bauen, laufen, (Fuß-)Ball spielen, Radfahren, springen, klettern, erkunden oder einfach nur auf einer Wiese in der Sonne herumalbern, um anschließend dort Blumen zu pflücken. Bedenkenlos das tun, was heute strengen Sicherheitsvorschriften und ständiger Kontrolle irgendwelcher Erwachsener unterliegt.

Aus einem Sandhaufen wurde eine Burg, aus zusammengesuchten Brettern ein gemütliches Häuschen, wofür Vaters Werkzeug gebraucht und nicht immer ordnungsgemäß und vollständig zurückgebracht wurde. Aus einer Haselnuss- oder Weidenstange war schnell eine Angel gebastelt. Das nötige Zubehör, um damit auch Fische im nahen Fluss zu fangen, wurde irgendwie 'organisiert'. In wenigen Tagen mit ausgedienten Weinbergpfählen ein Indianertippi zu bauen, war ein ebensolches 'Kinderspiel', wie einen herumliegenden Holzklotz als Pferd zu nutzen. Improvisation wurde zu einer hohen Kunst in dieser Zeit.

Eine wunderbare Zeit, die sich erst veränderte, als die Eltern den Medien folgend damit anfingen, für Ihre Kinder einen Terminkalender einzuführen. In der Folge wurde ein Kind nach dem anderen der 'Kindertraumspielwelt' entrissen. Einmal war es der Geigen- oder Klavierunterricht, dann das Tennistraining, das Ponyreiten, der Nachhilfeunterricht, die Serie im TV-Kinderkanal, das 'Shoppen-gehen' mit Mama, das 'Gassi-gehen' mit dem Hund, die Hilfe beim Autosäubern für Papas 5-Euro-Schein und so vieles mehr. Computer, Handy und sonstiger 'elektronischer Firlefanz' taten den Rest dazu, die Kinder so langsam aber sicher an den modernen Bequemlichkeitsfaktor heranzuführen. Plötzlich rückte die kindliche Kreativität in den Hintergrund. Schlimmer noch – plötzlich entstand das Phänomen des Zeitfaktors. So wie bei den Erwachsenen musste die tägliche Lebenszeit sinnvoll eingeteilt und gestaltet werden, getaktet, verplant, jede Stunde vernünftig genutzt. Gleichzeitig wird modernen Kindern vorgeführt und mit Nachdruck beigebracht, dass für jegliches Misslingen stets jemand anderes verantwortlich oder gar Schuld sei. Ebenso lernen sie beizeiten, dass in gewissen Zeitabständen Altes durch Neues ersetzt werden muss, damit Körper und Geist neuer Herausforderung unterliegen und das Leben gefühlt nicht langweilig wird.

Unausweichlich bringt diese Entwicklung es mit sich, dass viele Kinder nach dem Vorbild der Erwachsenen frühzeitig rücksichtslos, gewalttätig, intrigant, neidisch, verantwortungs- und anstandslos, habgierig usw. werden. Die Wurzeln des Konsumverhaltens bekommen ständig neue Nahrung und haben einen Wildwuchs zur Folge, der es fast unmöglich macht, ein gesundes, liebevolles, soziales Umfeld wachsen und gedeihen zu lassen. Liebe, Intuition, Kreativität und alles Gefühlvolle wird einem rein funktionalen Lebensstil geopfert... unter ständiger Kontrolle irgendjemandes.

Welches Gesetz auf dieser Welt legitimiert es, Kinder derart zu missbrauchen? In ihnen die Wurzeln von Gleichgültigkeit, Besitzdenken und Egoismus aller Art zu verankern? Und das schon zu einem Zeitpunkt, bevor sie einem absolut maroden sogenannten Bildungssystem unterliegen, das noch heute überwiegend auf dem Wissen und der Methodik der Nachkriegszeit basiert! Unauffällig und um der fortgeschrittenen Zeit Rechnung zu tragen, wird dies natürlich getarnt hinter modernen Maßstäben, Lehrplänen und wohlklingenden 'Müssens'. Begleitend dazu wird ihnen gleichermaßen jede Menge pädagogische Unfähigkeit präsentiert, das allen Beteiligten ein Ausbrechen aus diesen krankhaften Funktionierschablonen fast unmöglich macht! Schon bei den Kleinkindern werden die 'Futterstückchen' immer größer, süßer und begehrenswerter, um ins Hamsterrad des zeitgemäßen Lebens zu locken.

Gründe genug, meine Bewunderung an die wenigen auszusenden, die es schaffen und die Möglichkeiten haben, Abstand zu dieser eiskalten Funktionswelt – von Ratio und Geld, von Angst und Sicherheit gesteuert – herzustellen. Solch wunderbare Menschen/Eltern, die das erkennen und wahres Spielen mit den Gegebenheiten des Lebens und seiner Leichtigkeit wieder zulassen. Ich sehe es übrigens sogar als Fortschritt, wenn das Kindsein auch im Erwachsenen noch leben darf. Wer sich schwer damit tut, sollte unbeaufsichtigte, spielende Kinder beobachten und deren herzerfrischendes Spielen und Lachen bis ins Detail in sich aufsaugen. Oder das Buch „Momo" des Schriftstellers Michael Ende lesen und entdecken, an welch symbolischer Stelle des Inhaltes wir uns heute befinden.

...denn wahres Spielen und Kindsein kann so schön sein und gibt allen Beteiligten sooo unglaublich viel!

Doch zurück in meine eigenen Kinderjahre. Die damals herausfordernden 'natürlichen Gegebenheiten und Spielplätze' in Wald, Feld und Flur sind inzwischen weitestgehend verschwunden, 'kultiviert', zubetoniert oder anderweitig 'sinnvoll' genutzt. Oder wie oben beschrieben durch ausgeklügelte, eingezäunte, bunte Gerätschaften in künstlichen Hügellandschaften ersetzt, die für mich nur Pseudospielplätze sind und jede kindliche Kreativität unter Aufsicht der Eltern unterbinden. Gott sei Dank durften wir noch wahrhaft Kind sein und das erkunden und entdecken, was Kindern heute fix und fertig 'spielbereit' zur 'Bespaßung' präsentiert wird!

In dem Zusammenhang frage ich allen Ernstes, ob es nicht im Kindesalter schon beginnt, dass den jungen Menschen überwiegend das ganz natürliche Gefühl für Kreativität, Eigenverantwortung und Selbständigkeit aberzogen wird? Was resultiert daraus? Zu einem Teil doch wohl, dass in heutiger Gesellschaft es traurigerweise üblich und sogar vorbildlich ist, Verantwortung wo nur möglich von sich wegzuschieben, anstatt sie in der eigenen Zuständigkeit zu belassen. Später wundern wir uns darüber, welch unfähige Führungskräfte in Wirtschaft und Politik tätig sind und uns gar bevormunden wollen!

Ich freue mich, dass ich noch allumfänglich in diesen Ausmaßen spielen durfte. Denn auf der Basis dieser wichtigen Lehrstunden in vielerlei Bereichen konnte ich viele Jahre später das praktische Erwachsenenleben entdecken und meine wahren Fähigkeiten einbringen. Oftmals auch zum Vorteil unseres Betriebes, aber was auch immer ich tat, die Worte des Lobes schienen meinem Vater fremd zu sein. Heute lässt es mich erahnen, dass er wohl ähnlich hungrig nach Anerkennung aufgewachsen war, sonst hätte er selbst nicht so werden können. Und mit Blick in seine Herkunft und den frühen Tod seines Vaters kann ich inzwischen vieles verstehen. Dennoch war das für mich als heranwachsenden jungen Mann natürlich nicht so toll. Also suchte ich mir andere Betätigungsfelder, in denen ich aufging, mir Lob zugetragen wurde, und ich das auch spürte.

Der örtliche Musikverein und der Sportverein waren ein solches Beispiel. Dort begann mein erstes Hineinschnuppern ins Vereinswesen und war Teil dessen, was heute wohl als ländliches Kulturgut bezeichnet wird. Auch half ich in jungen Jahren schon aktiv bei der Gründung einer Winzer- und Volkstanzgruppe mit, war dort im Vorstand und fühlte mich hier genau am richtigen Platz. Tanzen machte mir ebensoviel Freude wie Fußballspielen oder im Musikverein das Saxophonspielen. Vereinsarbeit – so würde ich heute sagen – ließ mich aufblühen und hielt mein in Mitleidenschaft gezogenes inneres Kind am Leben. Die Vorstandsarbeit ließ mein Gefühl für vielerlei Verantwortung wachsen. Schlummerndes Potential konnte sich entfalten, körperliche Bewegung tat mir gut, und gemeinsam Feste zu organisieren, wurde in jeder Größenordnung zur gelungenen Herausforderung.

Mit den Jahren und dem Erwerb des Führerscheins streckten sich die Fühler so langsam über die Grenzen der heimischen Region in viele Richtungen. Vor allem in der Winzertanzgruppe, wo natürlich das Zusammensein mit den Mädels mir einen besonderen und weiteren Anschub in der Entwicklung gab. Hier konnte in mir ein 'Wohlfühl-Gefühl' in ganz neuen zwischenmenschlichen Bereichen entstehen. Bis dahin hätte ich mich vornehmlich als schüchtern eingestuft, doch auch das sollte sich mit den Jahren verändern. Eine schöne Zeit, an die ich gerne zurückdenke, hatten wir doch ein recht unbefangenes, erfolgreiches, gutes, kameradschaftliches und sehr kreatives, lockeres Miteinander. Wenngleich vor manch wichtigen Auftritten Verantwortung in Form von echter Leistung und wahrer Disziplin gefordert war. Mit unseren Tanzdarbietungen kamen wir viel herum auf den hiesigen Weinfesten, in Deutschland und sogar Europa.

Zum angenehmen Ausgleich lernten wir in dieser Zeit die Wirkung alkoholischer Getränke genau so kennen wie die Körperformen des anderen Geschlechtes 'in echt' (...☺), was in der Phase des Erwachsenwerdens natürlich ausgesprochen interessant war. Und dass Pubertät vor der Zahl '18' – also der Volljährigkeit – keinen Halt macht, das ist auch heute noch nicht anders, würde ich sagen! Zusätzlich engagierte ich mich im Vorstand des Landjugendverbandes Rheinland-Nassau, war als Abgesandter in verschiedenen Bundesarbeitskreisen und Weinbaugremien, reiste zu Versammlungen und Weinbauseminaren ins nahe Luxembourg oder in die traditionellen Weinregionen Italiens, Frankreichs und Spaniens.

Mittlerweile hatte ich mich lange genug erfolgreich dem damals fünfzehn Monate dauernden Wehrdienst widersetzt. Ihn zu verweigern, war zu der Zeit eine sehr aufwendige, zeitraubende und mit allerlei Umständen, Beweisführungen und Behördengängen verbundene Sache, die mir in Anbetracht meiner vielfältigen sonstigen Aktivitäten und Interessen als unangemessen erschien. Also ging ich zum 'Bund'. In Gedanken an die 'Bundeswehr' sind die angenehmen Erinnerungen geblieben, und rückblickend würde ich sogar sagen... sie haben bei Weitem überwogen. Ich konnte den LKW-Führerschein machen und war in der 'Schreibstube' nur mit Planung und Büroarbeit beschäftigt (wenn nicht gerade mit irgendwelchen Heeresfahrzeugen durchs Land unterwegs). Zusammenfassend stellte ich nach Abschluss meiner 'Dienstzeit', in der ich lange Zeit auch für die Urlaubsplanung der Kompanie zuständig war, fest, dass sich alle nur möglichen bezahlten, unbezahlten und landwirtschaftlichen Arbeitseinsatz-

und Ernteurlaube sowie die oftmals 'ergaunerten' Krankenscheinurlaube zu mehr Tagen summierten, als ich letztlich bei der Truppe war. Insofern war das okay für mich, zumal ein guter Weinverkauf für unseren Betrieb und einige Freundschaften daraus entstanden.

Zurück von diesem 'Kurzausflug in ein anders Leben' ging es mit einigen interessanten, neuen Impulsen wieder in den altvertrauten Trott. Vor allem wollte ich wieder an das internationale Weinleben anknüpfen, und die Weinreisen und -erfahrungen durften sich weiter ausweiten. Aufgrund dessen entstand die Basis zu dem Entschluss, in meinem Winzerberuf die Meisterprüfung anzustreben. Gesagt getan, erst noch die weinbauliche Fachschule, dann fuhr ich mit einigen regionalen Kollegen, mehrmals innerhalb von zwei Jahren, ins fränkische Weinbaugebiet am bayrischen Main und absolvierte dort die Meisterkurse (Praxis und Theorie) in mehreren Unterrichtsblöcken. Im Jahr 1985 kam es dann in Würzburg zur erfolgreichen Prüfung, und ich durfte ab sofort den Titel 'Winzermeister' führen. Das war ein vorläufiger Höhepunkt in meinem Weinleben, der natürlich gebührend gefeiert wurde.

Selbst mit dieser allerbesten Ausbildung wurde es nicht wesentlich einfacher im Zusammensein und -arbeiten mit meinem Vater. In diesen Jahren wurde aufgrund des häufigen Gegeneinanders, der Grundstein für einen mir eigenen Sturkopf gelegt, der mich lange begleiten sollte, und von dem du an anderer Stelle noch lesen wirst.

Wie auch immer, ich wuchs in den Beruf des Winzers mit

allerbestem Basiswissen, welches durch ständige Weiterbildungen an moderne 'Produktionsmethoden' angepasst und verfeinert wurde. Technik, Chemie und brancheninterne Vorschriften, Richtlinien und Ziele wurden immer wichtiger. Das war schon zu damaliger Zeit sehr auffallend. Ich lernte, darin zu funktionieren, lernte einen Wein zu machen, der zwar seinen eigenen Stil hatte und meine Handschrift trug, aber meine Visionen nicht befriedigte. Ich lernte zu manipulieren, zu schmieren, zu 'jonglieren', meine Weine waren in Fachzeitschriften und Weinführern zu finden, ich heimste Medaillen bei den Weinprämierungen ein, kam viel herum und fand es toll, viele Kollegen, Weinhändler, Köche, Sommeliers und 'Meinungsbildner' (Medienvertreter) kennenzulernen, die im gleichen abhängig machenden Schema funktionierten.

Wohin dieser Weg führen kann, das habe ich am eigenen Werdegang sowie an der Entwicklung vieler untereinander konkurrierender Weingüter gesehen. Heute beobachte ich mit einem Schmunzeln, wie sie miteinander wetteifern, sich durchmogeln, sich selbst und die anderen manchmal täuschen und belügen, sich anstrengen und in Systeme pressen lassen, die Druck, Leistung und eine Menge Geld einfordern. Stets irgendeinem richtungweisenden 'Guru' oder fachlich neuen Erkenntnissen folgend, auf der endlosen Suche nach Lob und Anerkennung. Stress – so glaube ich, ist das Wort dafür! Schon lange freue ich mich, dass ich diesem Hamsterrad entstiegen bin und tatsächlich einen eigenen Weg innerhalb – nein, eigentlich am Rande dieser Szene gefunden habe... einen sehr eigenen, von dem ich noch berichten will!

Stationen und Wahrnehmungen

Ich erblickte das Licht der Welt im Tierkreiszeichen/Sternzeichen/Sonnenzeichen des 'Schütze', Asszendent Skorpion. Punkt. Im reifen Alter erst habe ich erfahren, dass es in der Astrologie zwar zwölf dieser Zeichen gibt, aber demgegenüber gibt es in der Astronomie ein weiteres, dreizehntes dieser Sternbilder. Seine Existenz rührt aus alten Überlieferungen des astronomischen Wissens und den vedischen Lehren mit Ursprung im fernen Indien. Insofern finden wir in alter Mythologie bereits als dreizehntes Sternbild das des 'Schlangenträger'. In der Astronomie fällt der Zeitraum seines Erscheinens am Sternenhimmel mitten in den astrologischen 'Schütze'-Zeitraum. Aber damit genug, denn meine Kenntnisse in dieser Materie reichen bei weitem nicht aus, um mehr dazu zu sagen, als dass ich es sehr interessant finde – und doch...

Vielleicht noch eines dazu: Wir kennen das optische Symbol des 'Schlangenträger' auch in der Neuzeit, es zeigt sich als Stab, um den sich die Schlange windet. Die Ärzteschaft schreibt es sich auf die Fahnen, herrührend aus der Zeit der griechischen Antike, in der ein weithin gefragter und begehrter Heiler namens 'Äskulap' wirkte, und dies sozusagen sein 'Markenzeichen' war – der Äskulapstab. Dieser hat heute noch eine große symbolische Bedeutung in der Medizin. Wahrhaft bedeutende Heiler sollen der Überlieferung nach immer wieder in diesem Sternbild geboren worden sein. Die Charaktereigenschaften der in diesem Zeitraum Geborenen finden wir sowohl in den uns bekannteren Sternzeichen des 'Skorpion', kombiniert mit denen des 'Schütze'. Was auch immer es zu bedeuten hat – auch ich bin darin geboren! Darf also gespannt sein, ob das neuzeitliche Entdecken dieser Besonderheit zukünftig ebenso Besonderes in mein Leben bringt.

Ja, und dann begann mein sogenannter Lebenslauf an 'ganz normalen Schulen', so wie es sie derzeit gar nicht mehr gibt. Dort war kaum mehr als eine sogenannte 'Mittlere Reife' zu erwerben, über die ich mich heute längst hinausgewachsen fühle (...☺). Insofern bin ich einfach nur Mensch, ein wenig im kaufmännischen Bereich tätig, auch ein wenig im seelischen und schriftstellerischen, doch in der Hauptsache Winzermeister und Önologe (→ das ist jemand, der sich mit Wein auskennt) und habe damit für mein Empfinden den schönsten Beruf der Welt. Zusätzlich zum Winzerdasein erfreut es mich, dass meine begleitende 'Seelen- und Schreibarbeit' manchmal darauf schließen lässt, dass meine heutigen Talente ebenso im weiten Bereich der therapeutischen Arbeit oder ähnlichem angesiedelt sein könnten. Die betreffenden 'Fächer' plus die dazugehörigen Menschen beschäftigen und begeistern mich zwar manchmal intensiv, doch darin eine 'Meisterprüfung' zu erwerben, bedarf mehr, als ich es wahrscheinlich je erlernen kann. Auch mehr – so meine ich – als ein medizinischer Doktortitel es je in die menschlich-heilende Praxis umzusetzen im Stande ist. Abgehobene Esoterik interessiert mich wenig, und ich bin auch kein Anhänger ähnlich klingender Schulen. Stattdessen habe ich die 'Schule des Lebens' intensiv besucht und war dort in den verschiedensten 'Unterrichtsfächern, Arbeitskreisen, Seminaren und Aufbau- bzw. Leistungskursen', um ausgiebig in deren umfangreichen, manchmal schmerzhaften Schicksals- und Lebenslernstoffen zu schwelgen (...☺).

Kein anderes Handwerk kann ich mir vorstellen, das den Begriff der Bodenständigkeit in Verbindung mit der Nähe zum Leben, zu den Menschen, der Natur, der Pflege davon und dem Gefühl für Wachstum und Reife besser verkörpert als den Beruf des Winzers, wenn er denn mit Begeisterung aus der Freude des Herzens – also mit Liebe ausgeübt und gelebt wird – Berufung ist. Und eines darf ich an dieser Stelle sagen: Die Zeiten des romantischen Weinbaus, so wie wir das aus Filmen und Lektüren kennen, sind weltweit längst vorbei und von Managing, Marketing und modernster High-Tech samt fremdbestimmten Betriebsleitern, welche sehr gestresst meist in unüberschaubaren Größenordnungen herumirren, überrollt worden. Selbige sind dazu verdammt, dass sie aufgrund modernster, technischer Errungenschaften nur noch in deren Regelwerk funktionieren und fast jegliches Menschsein vergessen haben. Wie in anderen Branchen auch, glauben sie, sie wären gut, wenn sie fast alles organisieren können, alles im Griff und ihre technische Ausrüstung unter Kontrolle haben. Inklusive das oft sinnlos stupide Tun der ausgenutzten Billigst-Mitarbeiter, die es anscheinend auf jedem Kontinent gibt. Schade um das wahre Potenzial aller Beteiligten innerhalb dieses eiskalten Funktionssystems, das für Partnerschaft oder Familie – wahres Leben – nur noch sehr wenig Zeit lässt!

Neben dem Wein bin ich vertraut mit dem Verkauf, betrieblicher Organisation (auch guter Improvisation ...☺), der Seminartätigkeit, und seit je her beschäftigt mich der Umgang mit Menschen, das was sie ausmacht, und was ich bei ihnen sehe und fühle – woraus mit den Jahren und Erfahrungen eine Art '*Seelenarbeit*' entstand. Bin viel herumgekommen, hatte vielerlei 'menschliche Berührungen' mit ebenso vielen Nationalitäten unterschiedlichster Kontinente und durch alle Gesellschaftsschichten hindurch. Doch egal auf welchem Weg ich auch war – stets führte mich das Schicksal wieder zu mir selbst, meinen eigenen Wurzeln und somit zurück zu meinem Kern. In allerlei esoterische Richtungen, Religionen, Kulturen habe ich über viele Jahre mit ebenso vielem Wissensdurst hineingeschnuppert. Dies veranlasst mich zu sagen, dass all die Lehren, Praktiken und Interessengruppen die mir begegneten, zwar wichtige Stationen auf meinem Weg waren, doch die Lebens-Praxis zeigte mir, dass jede noch so interessante Richtung auf die ich mich einließ, mich in meiner gesamten Offenheit für die vielen anderen Möglichkeiten, die mir das Leben nach wie vor bot, beschränkte und eingrenzte.

Grenzenlos...

Sind nicht alle Grenzen irgendwann einmal in den Köpfen der Menschheit entstanden? Ab-Grenzungen, Be-Grenzungen, Ein-Grenzungen, auch Vorschriften, Gesetze, moralische Regeln und Religionen – strenge Grenzen, die dem menschlichen Verstand, durch die fast tägliche Berührung damit, kontinuierlich als wichtig eingeimpft werden. Teilweise pressen wir uns selbst in strenge Verhaltensweisen, nur weil ein altes Muster in uns bedient werden will. So hält Vernunft und Verstand uns in Grenzen, Räumen, Zeitabständen oder Denkweisen und gesellschaflichen Formen/Strukturen, innerhalb derer wir funktionieren sollen. Haben nicht all diese Regeln mit Zurechtweisungen, Zwängen, Einschränkungen, Kontrolle, unterschwellig sogar... Bevormundung zu tun? Vermitteln sie nicht ein wenig das Gefühl von Unmündigkeit? Getarnt hinter 'gut gemeint' sind es letztlich nichts weiter als die unauffälligen Machtspiele derer, die auf ihrem eigenen egoistischen Weg nach Lob und Anerkennung streben, ...ohne sich darüber bewusst zu sein!

Anders in der Kinderwelt: Hier sollen fühlbare Grenzen erlernt werden, um oben genanntes im Erwachsenenleben verstehen und damit umgehen zu können. Der Widerstand einer Grenze macht nachdenklich und fördert Kreativität. „Bis hierher und nicht weiter...“, auf diese Weise gilt es, den Kindern ethisch-anständiges, friedliches Miteinander praxistauglich aufzeigen.

Die Erwachsenen hingegen haben sich eigene Grenzen geschaffen, ohne die es im heutigen, ausgeuferten Zivilisationschaos gar nicht mehr geht. Zu kompliziert ist das Menschsein geworden. Weitab der wahren menschlichen Bestimmung, inzwischen schon selbstverständlich, lassen wir unser ICH lenken, manipulieren und missbrauchen. Die meisten von uns haben verlernt, für sich selbst zu entscheiden und für sich und ihr Tun verantwortlich zu sein. Im Herzen zu fühlen, was wirklich gut für sie ist, und bestenfalls diesem Weg zu folgen. Haben verlernt zu unterscheiden, ob Herz oder der Verstand zu ihnen spricht.

Ist es nicht so, dass es nur in unserem rationalen, materiellen

Denken – im Verstand – Grenzen gibt? Denn er ist im wahrsten Sinne des Wortes begrenzt. Vorgänge, die wir spüren und fühlen, die kann er nicht mehr wahrnehmen, lediglich deren 'Ein-drücke' abspeichern. Der Verstand ist gezwungen, Grenzen zu bilden, sonst kann er nicht unterscheiden, analysieren, kontrollieren..., sonst funktioniert seine begrenzte 'Festplatte' nicht. Seine komplizierten, haarklein strukturierten Abläufe sind ohne die feingliedrigen Synapsen und Netzwerklinien nicht zu steuern. Symbolisch haben wir Milliarden kleiner Schalter in unserem Hirn, die genutzt werden, um das entsprechende, fein abgestimmte und in seiner unvorstellbaren Fülle doch begrenzte Netzwerksystem in Gang zu setzen. Alles hat seine Ordnung und somit seine Grenzen – menschengeschaffene Grenzen.

Alles, was kontrollierbar ist, ist begrenzt. Die Wege logischer Reaktionsfolgen verlaufen ausschließlich innerhalb dieser abgegrenzten Bahnen, denn dem Verstand ist es absolut unvorstellbar zu addieren, wenn er ein Divisionszeichen sieht – Wissen ist vorgegeben, muss sich an Regeln halten, ist somit in sich selber begrenzt. Wir haben uns also selbst begrenzt! Wir lehren unsere Nachkommen, in Grenzen zu leben und Grenzen zu sehen, anstatt sie liebevoll in das neue Unbekannte hineinzuführen, selbst spüren und entscheiden zu lassen, wie es möglich ist, fließende Übergänge zu schaffen, die Grenzen wenigstens zu einem Großteil entbehrlich machen. Das müsste doch gehen, so meine ich!

Wir leben innerhalb dieser Grenzen, weil wir Menschen ...von Menschen, die wiederum von Menschen erzogen wurden, es so lernten. Diese Grenzmuster haben Tradition; sie werden auf-

recht erhalten, weitergegeben in die jeweils nächste Generation. Überall stellt man uns Grenzen gegenüber. Nur durch 'Grenzen' werden Unterschiede bewusst, können sich sogenannte 'Wahrheiten' und Wichtigkeiten bilden. Ist es nicht so in dieser Welt, in der Materielles unendlich wichtig ist und in der das 'Mehrbesitzen' meist als Sieg gefeiert wird (zumindest innerlich)?

Demgegenüber gibt es die Welt der Liebe und Gefühle, die ruhig ist, sanft, ausgeglichen, unerschöpflich, friedlich und keine Grenzen kennt. Folglich keinen Unterschied macht, keine Bewertung zeigt, keinen Vorteil sieht, keinen Besitz braucht, keine Schuld zuteilt, keine Wichtigkeit oder Macht ausspielt. Nur die Liebe in ihrer absoluten Reinheit lenkt in Wahrheit alles Sein. Lässt Trauer grenzenlos fließen, bis die Freude daraus geboren wird. Lässt Schmerz erwachsen, bis er in ein heilendes Wohlgefühl übergeht – nahtlos übergeht. In uns drin, wie auch aussen um uns herum. Liebe lässt uns die bizarre Schönheit des Winters bewundern, bis die Wärme des Frühlings ihm das Kleid des Sommers langsam aber sicher überzieht. Ein fließender Übergang, den der farbenprächtige Herbst wieder abklingen lässt, um in zauberhaften Farben langsam in den kühlen Winterschlaf zu fallen – weich und zart, ohne sich an Kalendertermine zu halten! Die Liebe macht aus der Nacht den Tag, nicht auf Kommando und ohne auf Uhrzeiger zu achten, sondern es dämmert fließend, langsam und still. Sie macht aus Materie Gefühl ohne Gewalt und scheinbar unbemerkt.

Nur der Mensch will der Kontrolle wegen für alles Maßstäbe, Richtlinien, Gesetze, Normen und Pläne schaffen – das Leben wurde uns geschenkt. Es braucht keine Grenzen! Doch alles, was der Mensch darin geschaffen hat, das bedarf dieser Grenzen. Deshalb ist es eigentlich nur wichtig, die Übergänge davon wahrzunehmen, spüren, wo das eine beginnt und das andere aufhört. Wohl wissend, dass die Natur sich nicht in unsere Gesetze zwingen lässt. Gesegnet, wer das erkennt und damit umgehen kann, es wahrnimmt, wenn diese menschengemachten Grenzen verschwimmen in dieser wunderbaren Energie, in der wir leben und lieben dürfen.

Grenzen – was ist das, wenn der Fluss der Liebe zu fließen beginnt?

Dies sage ich rückblickend auf viele Erinnerungen, Begegnungen und Erfahrungen, bei denen Grenzen überhaupt keine Rolle spielen durften. Hier galt es sogar, Phantasien, Energien, Wissen und Vertrauen einfach nur fließen zu lassen. Beispielsweise als ich die Bekanntschaft machte mit 'Hexen' und Schamanen, sogenannten Energiearbeitern oder auch mit heilenden, indianischen Schwitzhüttenzeremonien. Zudem besuchte ich vielerlei Seminare über Selbstfindung, lernte die Chakren des menschlichen Körpers, ihre Aussagen, Aufgaben und Wirkungen kennen, tauschte mich mit Reiki- und Zenmeistern aus, ließ mir Karten legen und aus der Hand lesen, beschäftigte mich mit der Anatomie meines Körpers, dessen Gesundheit, und es faszinierte mich die Psychosomatik.

Ganz unbemerkt hatte ich mich auf einen eigenwilligen Weg begeben. Auf ihm zog ich mich sogar in eine wertvolle Askese zurück, begegnete verschiedensten Meditationstechniken und der Astrologie mit ihren interessanten Horoskopen, Sichtweisen und Vorhersagen. Es wurde mir sogar gesagt, dass ich heilende Hände und sehr sensible Wahrnehmungsfähigkeiten hätte, die ich nutzen solle. Damals beeindruckte mich das – mehr aber auch nicht. Viele Jahre später erlebte ich unzählige tiefgehende System- und Familienaufstellungen, die mich mit eben diesen Fähigkeiten in direkte Berührung brachten. Letztlich formten mich all diese Erfahrungen, führten zu mir selbst und dem, was mich eben ausmacht. Auch sah ich irgendwann, dass niemand und nichts anderes für mein Schicksal und meine Entwicklung verantwortlich war als ich selber. Wahrheit die wohl die meisten kennen, doch die wenigsten spüren sie als solche. Das so anzunehmen konnte sich erst mit der Zeit in mir verankern. Ich durfte feststellen, dass es Situationen oder ganze Lebensabschnitte gab, in denen es galt, Freiheiten zu leben und zu genießen, die kaum eine Grenze duldeten.

Es wurde mir durch die Jahre immer bewusster und heute, wo ich auf die Fünfzig zugehe (2006), empfehle ich jedem jungen Menschen: Bewahre dir stets einen möglichst unabhängigen, offenen Blick – auch am Gelernten vorbei; er ist der einzige, der die Existenz von allem und zugleich auch von nichts zulässt. Hinterfrage alles, was dir eines neutralen Urteils wert erscheint, und vor allem das, was dir als 'normal', 'ungewöhnlich' oder 'selbstverständlich' aufgetischt oder gar empfohlen wird. Und ganz wichtig: Lerne zu unterscheiden, ob das Gesagte dem Wohl der Allgemeinheit dient oder dem Vorteil eines Einzelnen, einer Gruppe oder Institution. Erkennst du im jetzigen Augenblick die Tiefe und Wertigkeit dessen, dann weisst du, wie offen und frei du jetzt und hier wirklich bist.

Nur du selbst bist das Wichtigste in deinem Leben und stehst über allem, was dir begegnet. Dessen sei dir bewusst, wenn du deine Entscheidungen triffst. Und in diesem Sinne will ich Dir folgenden Satz in Dein Selbstbewusstsein pflanzen:

„Schau in dein eigenes Licht und lasse dich von ihm führen, statt dich von anderen Lämpchen blenden zu lassen."

Fühle hinein, ob es Dir Wert genug ist, das 'Licht-Pflänzchen' in dir am Wachsen zu halten, damit es sich zu deinem eigenen Wohl zur Blüte entfalten kann. Mit dem Wasser der Liebe will es gegossen werden – stetig! Viel Freude daran!

Im eigenen ICH mit all seinen gespeicherten, faszinierenden, schönen und liebenswerten, aber auch unangenehmen Facetten und Eigenarten liegt der entscheidende Schlüssel zu so manchem Erkennen verborgen. Irgendwann in dieser Zeit war ich der Frage begegnet: „Wann hast du angefangen zu glauben?" Das machte mich nachdenklich, ...an 'was' zu glauben? An das was mir die Kirche und mein Umfeld suggerierten? Oder gab es da auch etwas spürbar Gutes was nicht mit Schuld und Strafe, Scham, Leid und Gehorsam zu tun hatte. Etwas was wahrhaft meiner persönlichen Entwicklung im absolut positiven Sinne diente? Etwas was nicht von diesen äusserlichen Religionsritualen abhängig war? Ein Glauben an etwas was meinem ICH tatsächlich wohl tat ohne diese Predigten und Geschichten, ohne Abhängigkeiten und Rituale die ich nie als richtig oder wahr und ehrlich fühlen konnte. Da war etwas anderes in mir, das sich ehrlicher anfühlte. Es war letztlich der Glaube an mich selbst, an mein göttliches inneres Licht!

Ich hatte eine Weggabelung erreicht die mich vom altgewohnten Weg abzweigen ließ, und mich auf einen völlig neuen, unbekannten Weg brachte. Ach ja – dann kam was kommen musste: Viele meiner Erkenntnisse unter dem Aspekt der wahrhaftigen Freiheit betrachtet, wurden mir in Fülle und Umfang erst klar und bewusst als ich mit Beginn des neuen Jahrtausends, meinen schon lange gehegten Entschluss verwirklichte, aus der katholischen Kirche auszutreten. Ein wahrer Meilenstein in meiner seelischen und geistigen Entwicklungsgeschichte!

Umgehend fielen mir deren einengende, übermächtige und jede 'gläubige Seele' sowohl vereinnahmende, als auch beeinflussende Machtstrukturen wort-wörtlich wie Schuppen von den Augen. Tatsächlich wurde der Blick spürbar freier und weiter als die 'kirchlichen Klappläden' endlich offen waren und helles ungefiltertes Sonnenlicht in mich eindringen konnte. Kaum zu glauben, dass dies das Licht wahrer Unabhängigkeit war! Ein gravierender Schritt entgegen meiner Erziehung der mich meine, deine und unsere Welt ohne diese religiöse 'Manipulier-Brille' viel neutraler oder überhaupt erst neutral und mit meinen eigenen Augen sehen ließ. Eine meiner wichtigsten Lebensentscheidungen, die mir ein unbeschreibliches Gefühl von Befreiung, Wohltat und Durchatmen brachte und mich regelrecht aufwachen und zum wirklich *frei fühlenden Menschen* werden ließ. Mit Anfang Vierzig begann ich endlich und wahrhaft... z u g l a u b e n !

In dem Zusammenhang sehe ich dankbar, dass jede einzelne Erfahrung sehr, sehr wichtig und lehrreich war, und deren

Bedeutung zunimmt sobald ich neues Wissen anwenden durfte und darf. Es ist etwas in mir entstanden, was ich als Weisheit bezeichne. Gigantisch! Ein tolles Gefühl, das viel wichtiger und tiefgreifender ist als das, was das menschliche 'Zivilisationsklischee' von uns verlangt. Ja sogar bedeutender als die letztlich auch nur von uns Menschen geschaffenen Verhaltensregeln, intellektuellen Maßstäbe, Richtlinien und Gesetze, die wir jederzeit verändern so wie wir sie gerade brauchen. Intellekt und 'Bildung', ob Allgemein- oder Fachwissen, so nennen wir diese Ansammlung von Theorie in unseren Köpfen. Ganz salopp möchte ich vieles davon als Vergewaltigung unserer Gehirnzellen bezeichnen, denn zuviel Blödsinn ist dabei der einfach nur schwachsinnig und völlig unwichtig ist. Das Abspeichern und die Wichtigkeit all dieses jederzeit abrufbereiten Kopf-Wissens (über dessen Sinn und Unsinn darf gestritten werden) wird uns schon in Kindertagen 'eingetrichtert'. Das nehmen wir mit auf unseren weiteren Weg, und jeder kann sehen (bitte in diese Stelle hineinfühlen!), was er aus diesem Grundstock macht oder gemacht hat. Bist du jemand der ehrlich sich selbst gegenüber wirklich glücklich damit ist? Ich meine g l ü c k l i c h ...und in der Folge davon ...auch gesund und zufrieden!

Denk-, Grübel- und Fühlpause.............. ☺!

Ein Lebensweg, so wie er bei Menschen üblich ist, führt nie immer nur bergauf und von einer Höhe zur nächsten, sondern auch durch die dazu gehörigen Täler – manchmal tiefe Täler aus denen herauszukommen es vieler Lernprozesse bedarf. Wir alle wissen: Ohne Tiefen gibt es keine Höhen, ohne Täler keine Berge, ohne Leer kein Voll, und ohne ein Negativ könnte ein Positiv nie zugeordnet werden. Das kennst sicherlich auch du – ganz so *wie im wahren Leben*. Anmerken möchte ich, dass anscheinend nur unsere Politiker in einer anderen für mich unrealistischen Welt leben, denn nach ihrer Ansicht geht es ausschließlich, oder muss es ständig und unendlich bergauf gehen. Sonderbar, wenn nicht gar gefährlich finde ich deren Ignoranz gegenüber den Naturgesetzen!

Besonders in den Tiefen (über einige will ich berichten) gibt es sehr viel zu lernen, denn vor allen Dingen da besteht nach meiner Meinung die Möglichkeit, an die persönlichen Wurzeln, die Ursachen der sogenannten eigenen 'Fehlprogrammierungen' und die wirklichen Schätze des Lebens zu gelangen. Nur in den unbekannten Tiefen, die man bereit ist, sich auch anzuschauen, wird man verletzlich, 'angreifbar', sensibel und offen für Neues. Genau hier konnte ich meine guten und schlechten persönlichen Eigenschaften ergründen und kennenlernen. Daraus hat sich mir ein Satz formuliert, ja in mir manifestiert, den ich wie folgt niederschreiben möchte:

„Den meisten Menschen wird es zum Verhängnis,
dass sie immer nur ihre Fehler, Leid und Krankheiten –
die Symptome – 'bekämpfen' oder gar davor weglaufen,
anstatt deren Ursachen heilend zu ergründen.“

Immer schon war ich jemand, der wissen wollte weshalb die Dinge so sind wie sie eben sind. Eine ehemalige Freundin meinte einmal, dass ich wie ein Zahnarzt sei, der solange bohrt, bis er 'der Sache' auf den Grund kommt. Mag sein (...☺), ...ausdauernd, hartnäckig, zielstrebig konnte ich immer schon sein. Hart auch mir selbst gegenüber! Das ist wohl mit ein Grund, weshalb es dazu kam, dass ich mich irgendwann meiner eigenen Wahrheit (zumindest einem wesentlichen Teil davon) näherte. Bis dahin hatte ich meisterhaft gelernt, Gefühle auszublenden, zu verdrängen und zu überspielen, ohne mir darüber bewusst zu sein. Doch nun begann ich, mich dafür zu öffnen und in mir wurde Platz für die feinen Schwingungen von dieser WAHRHEIT, von LICHT und LIEBE.

Bis zu dem Tag bedeuteten diese drei Worte für mich als Mann nicht viel mehr als Ehrlichkeit, Helligkeit, Vertrauen und einiges bis dahin undefinierbar aber spürbar Gutes und Schönes – Worte eben. Ach ja, und wahrscheinlich hatte ich Liebe auch schon oft mit Sex verwechselt. Doch jetzt auf einmal erfüllte sich jeder einzelne Buchstabe mit Gefühl, und mein Leben veränderte sich auf zauberhafte Weise. Ganz langsam, Schritt für Schritt und sehr vorsichtig erkundete ich 'mein emotionales Neuland'. Es wurde eine Neugier geweckt, die befriedigt werden wollte und die mich augenblicklich wissen ließ, dass es da noch mehr gab zwischen Himmel und Erde als das, was wir sehen, (be-)greifen und verstehen können. Diese Forschung nach der sogenannten Quintessenz (Kernforschung ...☺) war es letztlich, die mich mit der Zeit ein wunderschönes Leben mit anderen Augen sehen ließ. Erst als ich in dieser Ganzheit verstehen lernte, ging ich anders, angemessener und viel verständnisvoller mit dem Leben, der Umwelt, den Mitmenschen und mir selber um.

Heute sage ich mir: Jedes Erlebnis, das mein Gefühl in irgendeiner Form berührt, angenehm oder unangenehm, Wortwechsel, die mich aufregen, sowie Situationen, die mich ärgern oder gar richtig wütend machen – alles das birgt letztendlich ein Stück meiner eigenen Wahrheit. Insofern verständlich, weil dadurch meine eigenen innersten Gefühle nur deshalb berührt werden können, weil sie eben auch in mir schlummern. Es zeigt mir (und es ist schwer, das zuzulassen) einen Spiegel, in dem ich die mir eigenen Verhaltensmuster widerfinden kann. Wenn ich das erkenne und die 'auf-ge-spürten' Unarten der anderen als meine eigenen annehme, dann tut sich was. Ich lerne, und es bringt mich wieder einen Schritt weiter auf meiner Wanderung in das 'wunder-volle' Ungewisse meiner selbst.

Während dieser Wanderung und des Wachsens auf meinem 'Selbsterkennungslehrpfad' stellte ich manchmal fest (Korrektur: oft wurde ich schmerzhaft darauf hingewiesen ...☺), dass sich Arroganz in mir aufbaute, mit der ich den Mitmenschen anfangs begegnete, weil mein Verstand mir immerzu signalisierte, auf diesem Weg besser als andere und einen Schritt voraus zu sein. So durfte ich erkennen, dass auch andere Menschen auf diesem Weg waren, jeder auf seinem individuellen und jeder in seiner eigenen Geschwindigkeit – diese Wahrheit wollte einfach nur akzeptiert werden. Andererseits konnte ich erfahren, dass viele Menschen, die sich auf diesen Weg machen, mit dieser Verhaltensauffälligkeit in Berührung kommen.

'Überheblich sein' war mir nicht im Sinn, insofern nichts mehr als eine weitere Lernaufgabe. Dann wiederum habe ich ab und zu das Gefühl, einfach Dinge zu wissen oder auch vorherzusehen, wovon ich nicht weiss, woher ich es weiss; doch plötzlich ist es einfach da, und die Intuition sagt mir, dass es richtig ist. Ein vorherrschendes ganz starkes Gefühl, vielleicht der Hellsichtigkeit ähnlich, macht sich dann in mir breit, welches mir alles sehr klar erscheinen lässt. Ganz klar, zeitlos und stimmig! Zu oft stellte sich dann später – manchmal nicht nur 'etwas später', sondern zehn, zwanzig oder noch mehr Jahre danach – heraus, dass mein Gefühl richtig war. Erlebnisse, die mich in der Fähigkeit des Vorhersehens mancher Dinge bekräftigten und mich stets an meinem Weg und der Art, wie ich das bis heute zum Ausdruck bringe, festhalten ließen. Drum sage ich manchmal Dinge, die andere nicht gerne hören, weil ich Wahrheit darin fühle, und sie als solche ihren Platz in meinem 'Energiefeld' beansprucht. Hinzu kommt, dass mein Vater mir desöfteren sagte: „Die Wahrheit, mein Junge, die kann man immer sagen!“ Erfahrungen die mich prägten, und dabei fühlte ich mich stets selber am Beginn einer unaufhörlichen 'Ent-wicklung', von der ich mich noch immer mitreissen lasse und mir dessen bewusst bin.

„Behalte dir stets deine Träume und Visionen vor Augen,
sie sind schlussendlich wichtiger als deine Ziele!“

Denn jedes noch so begehrenswerte Ziel ist vom Verstand kreiert und beschränkt den Blick in andere Richtungen. Ja, ich stellte fest, dass der Kopf es war, der Verstand, wie bei jedem anderen auch, der immer wieder versuchte, die Oberhand zu gewinnen. Er wollte meine Erlebnisse – auch die gefühlten –

ständig in das gewohnte Raster bringen und mich mit seinem gespeicherten Vergangenheitswissen leiten. Seine gewohnte Macht mit allem, was er in Jahrzehnten gelernt hatte, wollte er demonstrieren... weiter nichts! Mich überzeugen, und dabei waren es oft Hindernisse, die mir der eigene Kopf – aus seiner Sicht gut gemeint (...☺) – zurechtbastelte. Ihm war beizubringen, dass das Leben nur funktioniert, wenn er mit dem Bauch im Einklang ist – basta! Wir brauchen zwar dieses intelligente Hirn 'da oben', das uns alles abrufbereit speichert, doch es darf nicht allein über unser Leben herrschen. Das liebende Gefühl, die Wahrnehmung seiner ständigen Impulse sowie der Körper, in dem sich das alles abspielt, sind genauso wichtig – manchmal sogar wichtiger.

Nun komme ich als Mensch immer wieder in Situationen, in denen ich sogenannte Fehler machen darf und unsicher bin, auf wen ich denn nun hören soll. Auf den Verstand mit seinen ständigen, besser wissenden Eingebungen, auf den Körper, mit seinen Signalen und gesundheitlichen Warnungen, denen viel zu wenig Achtung geschenkt wird, oder den Bauch, mit seiner gefühlten Wahrheit, die ebenfalls so oft ignoriert wird. Erschwerend kommt hinzu, dass es zu unterscheiden gilt, ob die empfangene Botschaft aus dem Verstand oder dem wahrhaft guten Gefühl kommt. Doch wissend, dass der Umgang mit diesen Impulsen ein ständiger Lernprozess ist, geht es vorwärts, denn ich gewöhne mich mehr und mehr an die neue Situation mit mir, in mir und um mich herum. Ich habe erkannt, dass es nur im Gleichgewicht von Körper, Seele und Geist weitergeht, wenngleich es schwierig ist, in dieser materiell- und ratiogeprägten Welt danach zu leben.

Auch durfte ich erfahren, dass es ein Prozess ist, den ich nicht beschleunigen kann. Das nämlich hatte mein Kopf/Verstand sich manchmal so gedacht, doch die Praxis – das Leben – zeigte mir, dass ich eine neue Reife- oder Gefühlsebene nicht erreichen konnte, bevor die aktuell zu bearbeitende erfolgreich abgeschlossen war. So kommt es mir vor. Das anstehende Lernthema mehrmals wiederholen, verstanden haben und umsetzen zu können ist die Vorraussetzung dafür, um das nächst 'Höhere' anzugehen. Das eine baut auf dem anderen auf – oh ja, hier können Gemeinsamkeiten mit so vielem intellektuellen Wissen moderner Zivilisation festgestellt werden. Eigentlich ein ganz einfaches Gesetz:

„Geschwindigkeit verkürzt nicht den Weg!“

Es erinnert mich an das Beispiel mit der Tulpe im Frühling, die man auch nicht aus ihrer Zwiebel herausziehen und zum Blühen zwingen kann...; auch sie braucht ihre Zeit, ihren ureigenen, natürlichen Wachstumsrhythmus so wie ihn jeder in sich trägt. Es waren so viele Erkenntnisse, die mich auf eine vorher nie wahrgenommene Art und Weise Ursachen dafür sehen ließen, weshalb ich so bin, wie ich eben bin. Ich lernte die Zusammenhänge und oftmals schmerzliche Wahrheiten meiner persönlichen Entwicklungsgeschichte kennen und verstehen. Lernte Geschehenes anzunehmen, damit umzugehen, nötigenfalls zu verzeihen, manches umzuwandeln und das Gelernte mit der Zeit auch anzuwenden – davon zu profitieren. Wenn ich heute so zurückblicke, war es manchmal schwierig – sehr schwierig, doch es waren wichtige Erfahrungen die ich nicht missen möchte, brachten sie mich doch näher an dieses einmalige und 'wunder-volle' *Gefühl für das Leben*.

In dieser Phase wurde mir auch klar, dass im Austausch mit anderen, besonders fremden Menschen, meines Erachtens die größten Schätze verborgen liegen. Einzige Vorraussetzung: dem anderen sowie sich selbst gegenüber offen und ehrlich sein, nur dann ist die jeweilige Thematik in neutraler und liebevoller Herangehensweise äusserst bereichernd. Logisch – nur neue Meinungen und Farben formen neue Perspektiven und Bilder. Vor allem in Problemsituationen sind herangezogene Freunde, Bekannte und Familienmitglieder selten neutral. Gerne werten und bewerten sie Menschen, Situationen und Umstände, weil sie befangen sind, dir nicht wehtun wollen und sich unbewusst meist auf deine Seite stellen. Manche/r davon versucht sogar, dich zum Vorteil eigener Interessen zu manipulieren. Immerhin tut es gut, wenn das eigene Ego sich ein wenig gestreichelt fühlt, doch es bringt langfristig nie diese wohltuenden Impulse, wie sie die objektiven Erfahrungen und stimmigen Meinungen fremder Menschen zu geben im Stande sind. Unter ihnen traf ich über die Jahre so einige, die mich auf irgendeine Weise beeindruckten, wobei sie mich einfach nur an ihrem Wissen und ihrer Lebensgeschichte teilhaben ließen. Begleitet von der Feststellung, dass nicht Reden und Reden und Reden, sondern Offensein, Zuhören und Mitfühlen jene Eigenschaften sind, die wahre Bereicherung bringen.

Als Begleiterscheinung bin ich der Funktionsweise meines Körpers, vor allem den psychosomatischen Zusammenhängen darin, näher gekommen. Den Ausschlag dazu gab mir ein sogenannter Bandscheibenvorfall. Welch schönes, medizinisch-technisch-hochtrabendes Wort, das mir als männlichem Patienten erst einmal nichts sagte, aber in meiner persönlichen 'Angstskala' einen halbwegs spektakulären Platz einnahm. Selbst die eigene logische Analyse ließ mich mit 'Bändern', 'Scheiben' und 'Vorfällen' alleine da stehen. War das vergleichbar mit Bremsscheibenabnutzung beim Auto? Wie auch immer, mein Bandscheibenvorfall hatte nach einigen Besuchen bei sogenannten Spezialisten einen baldigen OP-Termin fest in Aussicht. Ständig auf der Suche nach alternativen Heilmethoden platzte der Termin, weil ich ihn einfach absagte. Ich fand wahre, ursachenorientierte Hilfe im nahen Frankreich. In vierzehn Tagen war ich wie neu und das ohne jeden operativen Eingriff. Einfach nur deshalb, weil sich jemand mit mir und meiner Lebensgeschichte beschäftigte. Auch bekam ich Gelegenheit, diese Gespräche mit eigenen wertvollen, neuen Gedanken und solchen aus meiner Vergangenheit heilend zu ergänzen und zu nähren.

Ich kam auf einem erkenntnisreichen Weg darauf, dass zu der Zeit mein akuter Existenzkampf der Auslöser dafür war, dass zwei dieser Knochenwirbel regelrecht 'aus der Reihe' tanzen wollten. Ich kam darauf, dass enorme psychische Kräfte an meinem Lebensbaum 'Wirbelsäule' zerrten und dieses ansonsten äusserst stabile Knochengebilde, mit der mir eigenen, unbewussten Muskelkraft, aus dem Gleichgewicht des aufrechten Zusammenhalts brachten. Damit mich und mein Sein, mein Denken und Handeln – vom Fühlen mal ganz abgesehen – aus der Balance brachten. Einerseits über die logischen Zusammenhänge fasziniert und andererseits über die Einfachheit der Heilmethode erstaunt, kam ich wie von selbst der Thematik von Psychosomatik (psyche = Seele und soma = Körper) näher oder – besser noch – war eigentlich längst schon mitten drin. Ich erkannte und fühlte, dass unsere in den Himmel gehobene Schulmedizin viel zu oft auf dem sogenannten Holzweg war bzw. ist und schmunzle heute über derartige und sonstige meist völlig unnötige Operationen, die nur zur finanziellen Bereicherung der Mediziner, ihrer Einrichtungen sowie der Profilierung ihrer selbst dienen!

Ebenso wertvolle Schätze habe ich vielen guten Büchern und meinem unersättlichen Interesse an der Pädagogik, der Philosophie sowie der Psychologie mit ihren diversen Facetten entnommen. Oft mit einem Lächeln, weil ich mich selbst in so manch Aufgestöbertem wiederfand. Auch konnte ich mich häufig in den Gedanken, Erlebnissen, Erinnerungen und Gefühlen meines inneren Kindes ertappten. *Danke an den kleinen Stefan,* ich lerne so viel von ihm über mein ICH. Er erinnert mich häufig daran, Dinge zu tun, die mir jetzt und in diesem Moment Freude machen, und wobei ich mich 'wohl-fühle'. Alles in allem ist es gut so, so wie es ist!

Wissend, wie vorsichtig ich als Mann mit dem Thema 'Gefühle' umzugehen habe, wollte ich mich dennoch in Form des vorliegenden Buches auf dieses spannende Abenteuer einlassen. An dieser Stelle ein weiteres, herzliches Dankeschön an alle Freunde, Wissensquellen, 'Energiespender' und an eine aussergewöhnliche, alles beeinflussende Kraft in unserem Universum – *einen liebenden Gott, die Schöpfung,* oder vielleicht treffender: *die Macht der Liebe* und den stetigen Glauben daran, ohne die ich nicht das wäre, was ich bin.

Wunsch!

Ich suche die Menschen, die mit mir groß denken,
über alltäglichen Kleinkram hinweg.

Ich suche die, die sich nicht ständig beschränken,
um wenn's und aber's sich scheren 'nen Dreck.

Ich suche die Menschen, die wagen, die streiten,
die neu vermessen das alte Gebiet.

Ich suche die, die auch dornige Wege beschreiten,
die gehen und handeln, damit es geschieht.

Ich suche die, die an den Mangel nicht glauben,
die sich verweigern dem alten Betrug.

Die sich nicht der Fülle des Daseins berauben,
riskieren zu leben – im Mehr-als-Genug.

Ich suche die Menschen, die staunend erwachen,
die nun erkennen, sie sind nicht allein.

Ich will ihnen meine Visionen zulachen
und dann einfach nur mit ihnen sein.

> Barbara Elanael <

Im Wein liegt Wahrheit... und davon gibt es immer nur eine!

Auf meinem Lebensweg ist der Wein zu so etwas wie meinem Herzblut geworden. Auch dann noch, als mich das Leben als einen Menschen veränderte, der ursprünglich stets an das Gute glaubte, der allzeit voller Tatendrang, der lustig und optimistisch war, bis mir etwas übergestülpt wurde, was diese Eigenschaften beeinflusste und eindämmen wollte.

Das Wesentliche meines Charakters hat sich etwas verwandelt, die Grundstruktur ist jedoch geblieben, und Essenzielles hat sich herausgeschält. Mein stetiger Optimismus lebt noch, der Witz hat sich etwas versteckt, die Kontaktfreudigkeit und mein Gefühl für die Freiheit, Gerechtigkeit und Wahrheit sowie das Streben danach wurden ausgeprägter und das erschien mir immer schon als etwas sehr Wichtiges. Besonders dann, wenn mein Umfeld mir Gegenteiliges wie Missgunst und Zwänge, Ignoranz und Intriganz, Täuschung und Betrug, Ausbeutung und Rücksichtslosigkeit, auch Ungerechtigkeit oder andere ungute Gefühle widerspiegelte. Ganz gut konnte ich zum rechten Zeitpunkt ins Fettnäpchen treten oder in obigem Zusammenhang zielsicher wie der Stachel des Skorpions den 'Übeltäter' an seiner verwundbarsten Stelle treffen. Das war, im Nachhinein betrachtet, oftmals nicht wirklich gut, weil für den Betroffenen sehr verletzend; doch damals wusste ich es nicht besser. Weiterhin fiel mir immer häufiger auf, dass, wenn ich etwas anfing, dies meist wohl überlegt war und ich es dann konsequent durchzog, egal wie das Ergebnis ausfiel. Also – wenn ich etwas tat oder mich für einen Weg entschied, dann ging ich ihn, auch wenn daraus ein schmerzhafter wurde.

Ruhe und Erkenntnis fand ich immer wieder draussen im Weinberg. Hier begegneten mir so viele Parallelen zum richtigen Leben, dass es mich anfangs (im Entdeckungsstadium) verwunderte. Eine in der Hinsicht berührende Erkenntnis war 'seelischer Art'. Die Seele – ein Wort, das mir so häufig begegnete und über das ich mir unzählige Gedanken machte, die zu Beginn recht schwammig waren. Was war, oder ist denn das überhaupt – die Seele? So lautete lange Jahre meine Frage. Wenn doch alles bekanntermaßen eine Seele hat, dann musste ja nicht nur ich als Mensch, sondern auch der Weinstock eine Seele haben – völlig klar. Und während ich sinnierend im Weinberg stand, kam ES zu mir, wie vom Himmel herab: Natürlich, jeder Weinstock gehört zur Seele (Gemeinschaftsenergie) eines Weinbergs und der wiederum zur Seele einer Weinbergsgemarkung, die wiederum zur Seele eines ganzen Weinbaugebietes und das wiederum zur Seele der europäischen 'Weingemeinsamkeit' und die wiederum zur weltweiten Seele des Weines und seines Anbaus. Diese wiederum zur Seele des gesamten Geschehens auf unserem Globus, welcher wiederum Teil der Seele unseres unendlichen Universums ist, dessen Existenz und 'Funktionsweise' einzig und allein auf achtsamem, liebevollem und friedlichem Sein basiert, in dem alles Energetische wie Stoffliche mündet... quasi alles was eine universelle Existenzberechtigung hat.

Ja, hier kann ich die Seele finden: die Seele meines obigen Beispiels ist also die Ganzheit des Weinbaus, und mein einzelner Weinstock gehört dieser Ganzheit als Seele innerhalb seiner eigenen Seele an. So auch auf die menschliche Seele übertragbar. Unser Körper – auch unser Verstand und unsere

Gefühle – sind der äussere, materielle wie auch gefühlvolle Ausdruck dieser Energie – wie bei den Weinstöcken! Phänomenal, letztlich eine alles verbindende Energie, die es, wie beschrieben, in jedem anderen Bereich, jeder Branche, jedem Kontinent, jedem Individuum und allem Natürlichen (sowie Unnatürlichen) gibt. Eine, wenn wir so wollen, geistig-energetische, übernatürliche Verbindung von allem, inklusive des von Menschenhand und -geist Geschaffenen, denn ausnahmslos alles hat oder hatte auf seine Weise eine Daseinsberechtigung. Die Seele würde ich also als eine imaginäre Verbindung allen Seins bezeichnen, die sich beginnend in größenumfänglich unüberschaubarer Dimension eines liebevollen Energiefeldes bis hinunter verästelt ins allerkleinste Detail von jedem, allem und nichts!

Seit dieser Erkenntnis sind mir die Weinstöcke innerhalb ihres 'Seelenlebens' und -plans in ein anderes Licht gerückt. Ich verstehe sie, manchmal ist mir sogar, als höre ich sie sprechen und spüre, was in meinen Weinbergen los ist. Ähnlich wie wir Menschen einer übergeordneten Seele angehören, der wir im günstigsten Falle dienen sollten (wovon wir weit entfernt sind!). Eine energetische Seele, die 'Menschheit' heisst, und welche neben ihrer arterhaltenden Aufgabe eben auch friedlich, liebevoll, sich gegenseitig helfend, vertrauensvoll, anständig und achtsam miteinander umgehen sollte, um das menschliche Miteinander so angenehm wie möglich zu gestalten. Seelen möchten, dass es all ihren Dazugehörenden gut geht und sie im Gegenzug ebenso gut behandelt werden. Das ist schon alles und da darfst du dich völlig zurecht fragen: „Wie gehe ich denn eigentlich mit meiner, deiner, oder gar unser aller Seele um?“ Oh ja, da macht auch wieder so mancher Bibelspruch einen Sinn, denn...

„Was ich nicht will, dass es mir angetan wird, das sollte ich auch keinem anderen antun.“

Grübel, grübel ...☺!

Auch ist der Weinberg eine Art Berg, in dem man weinen darf – deshalb vielleicht 'Wein-berg' (...☺)! Ja, dort habe ich schon manches Mal geweint, während der Beschäftigung mit Gefühlen oder der Suche nach Erkenntnis oder der Verarbeitung von Schmerz. Mir hilft der Weinberg, er tröstet mich, er stärkt mich, er lässt mich durchatmen und erkennen. Auch eine meiner folgenden Eigenheiten zeigte sich mir mit den Jahren im Weinberg... und zwar konnte ich, wenn mir etwas sehr wichtig erschien, auch sehr spontan und pfeilschnell 'auf den Punkt' treffen. 'Schütze' halt! Nicht nur wie oben erwähnt beim Beurteilen von Situationen, sondern auch in körperlicher Aktion. Wogegen es normalerweise eher meine Art war, die Dinge ruhig und gelassen anzugehen.

Bei der Arbeit konnte mich so schnell nichts aus der Bahn werfen. Meditationsähnlich widmete ich mich ruhig, zielstrebig und besonnen den anstehenden Dingen, wohlwissend was ich tat. Es ging mir, wenn es keinen Grund dazu gab, selten um Geschwindigkeit oder darum, der erste zu sein, wichtiger schien mir Ausdauer und stetiges Vorwärtskommen. Das Ziel im Visier und noch in Bewegung, wenn andere schon pausieren mussten, weil sie sich in ihrer Hast verausgabten. So als wüssten meine Muskeln und Sehnen, mein Blutkreislauf und das gesamte körperliche Funktionssystem, wie ich mir die Kräfte am besten einteilte, um das gesteckte Ziel zu erreichen. Damit hatte ich mir eine Arbeitsweise angeeignet, wie auch mein Vater sie praktizierte. Während vieler gemeinsamer körperlicher Tätigkeiten im Weinberg war diese Praxis auf mich übergegangen, und darin fühlte ich mich sehr wohl. Denn das Kräftemessen war nur im Konkurrenzeifer der jungen Jahre wichtig, doch jetzt, im reiferen Alter, erhielt das Kräfteeinteilen und die Effektivität erst ihre wahre und damit ganz andere Daseinsberechtigung!

Ich glaube ganz fest daran, dass ein jeder Mensch so seine ganz speziellen Eigenschaften/Charakterzüge hat, mit denen die anderen mehr oder weniger gut umzugehen wissen – das ist von der Schöpfung wohl so beabsichtigt. Darüber bin ich mir mittlerweile bewusst und kann mit Sicherheit sagen: So unterschiedlich Menschen auch sind, so wunderbar und einzigartig sind sie. Jeder auf seine Weise. Es ist im Grunde nur Übungssache, mit dieser Erkenntnis und den Menschen angemessen umzugehen und den sie prägenden Kern zu erfühlen und zu aktzeptieren. Gefühle ergründen können, lässt in die Herzen schauen – phänomenal! Ach ja – und alle die, für die Wein nur ein alkoholisches Getränk unter vielen ist, denen sei an dieser Stelle gesagt... es ist mehr... viel mehr... sehr viel mehr!

Aber nur dann, wenn es ein wahres Naturprodukt ist, welches auf seinem kompletten Werdegang mit rein überhaupt nichts anderem als Natur in Berührung kommt... Dann nämlich – und nur dann, kann und darf ich – wie schon damals bei Hildegard von Bingen und anderen weisen Heilern, als auch sogenannten Druiden und Schamanen – dieses besondere Getränk in wohlproportionierter Dosis als Medizin bezeichnen. Solchen Wein muss man heute erst mal finden!

„In vielen Fällen braucht der Mensch den Wein.
Er stärkt den schwachen Magen,
erfrischt die ermatteten Kräfte,
heilt Wunden an Leib und Seele,
bringt Freude und entfaltet unter Freunden
die Lust am Gespräch."

> Augustinus, röm. Gelehrter <

Männergefühle – ein neuer Weg

Sehr auffällig zog sich eine Spur durch mein Leben, die mich immer wieder hin und näher zu meinen Gefühlen führen sollte. Vielleicht deshalb, weil ich den Umgang damit nie so richtig gelernt hatte, und es im Grunde genommen eines Jeden Lebensaufgabe ist – ja, eines Jeden –, den Gefühlen der Liebe näher und stetig näher zu kommen. Ich tat mich schwer damit, und in der Folge – wie sollte es anders sein – wurde es mir schwer gemacht. Aber vielleicht war es gerade das, was mich unermüdlich am Ball bleiben ließ. Schließlich wollte ich lernen, und mit den Gefühlen anderer konnte ich gut umgehen, zeigte sogar besondere empathische Fähigkeiten, die mir das erleichterten. Doch mit meinen eigenen Gefühlen, da war ich oft so verwirrt, als sei ich in meiner eigenen Tiefe in einem fremden Land unterwegs. Ein weiter und steiniger Weg nahm seinen Anfang, doch das ahnte ich damals nicht. Zu einem viel späteren Zeitpunkt dann, habe ich mir folgende Notizen gemacht:

„Der Einblick in die Gefühls-Thematik, das Verständnis und vor allen Dingen das 'Immer-besser-damit-umgehen-können' eröffnet Dimensionen, die wir Männer – ich glaube durch die familiäre und gesellschaftliche Erziehung bedingt – sehr oft nicht nachvollziehen können. Und dass jemand, der dieses 'Gefühls-Wissen' mit den typisch männlichen Stärken kombinieren kann, in allen Bereichen auf dem wahren Weg nach oben oder nach vorne ist.“

Klar, wir Männer sind schon eine ziemlich eigene Rasse und ihr will ich mit diesem Buch auf besondere Weise begegnen. Vor allem aber will ich in meinen Artgenossen – viel mehr als in den Frauen – ein Gefühl für das wecken, was uns von Geburt an abtrainiert wird – das F Ü H L E N . Ein sehr schwieriges Thema in heutiger Zeit, doch jede Schwierigkeit ist eben auch eine Herausforderung. Na, das ist doch eine Aussage, mit der auch jeder Mann etwas anfangen kann. Stimmt's...? Und wer sich mit Herausforderungen auskennt dürfte wissen, dass es für alle Lebensaufgaben Lösungen gibt. Und so, wie man gelernt hat sich in Probleme hineinzudenken, um sie zu lösen, so gibt es eben auch Situationen in denen man lernen darf, sich hineinzufühlen. Und es geht tatsächlich! Das durfte ich erfahren, darüber möchte ich berichten und es soll mein roter Faden sein in der Hoffnung, dass ich mit dieser Lektüre möglichst viele Männerherzen erreiche, berühre und ein wenig erweiche.

Nun denn – auf dem Weg, hin zu den Männergefühlen:

Mir war, als wäre mir eine besondere Gabe in den Schoß gelegt, als ich entdeckte, dass mich das Lesen und daraus resultierend das Schreiben mit den Jahren faszinierte, und ich begann, vieles mir Wichtige, was ich im Gespräch nicht ausdrücken konnte/wollte, niederzuschreiben. Auch solches, was mir beim Menschsein Auffälliges begegnete und das, was ich in meiner tiefsten Gefühlswelt ganz unauffällig mit mir herumtrug. Ich schrieb über Erlebnisse, über Gefühle, erste pubertäre Liebeserfahrungen, notierte meine Träume, schrieb Gedichte, erkenntnisreiche Texte und vieles mehr. Auf diese

Weise konnte ich alles auf's Papier bringen, was mir nicht so recht über die Lippen wollte – so konnte ich ihm Ausdruck geben (...☺). Und ich darf euch sagen, dass es mehr als nur spannend war, im weiteren Lebensverlauf ab und an in diesem 'Geschreibsel' zu lesen.

Der Vorgang des Schreibens wurde natürlich wesentlich einfacher seit der Zeit, als die Computer Einzug hielten. Eine Schreibtastatur zu beherrschen hatte ich schließlich gelernt. Schreiben wurde somit unbemerkt zu einem Teil meines Lebensweges, auf dem ich nun auch unverarbeitete Gefühle in die Freiheit entlassen und somit verarbeiten konnte. Vielleicht verbirgt sich darin so etwas wie unsere Gemeinsamkeit oder der Hinweis, dass auch du dich bereits auf den unendlichen Weg zu dir selbst begeben hast. Deine Gefühle können sich auch in sonstigen künstlerischen, musischen, handwerklichen, pädagogischen oder sinnlichen Betätigungen ausdrücken, Hauptsache, die Gefühle finden ihren Weg nach draussen! Falls wir jetzt einen gemeinsamen Nenner entdeckt haben, kann dich kein Navigationssystem dieser Welt weiterhin führen, nur das Leben selbst ist die Landkarte und möchte dich mit seinen vielen Wegweisern grüßen und leiten. Deshalb schau aufmerksam hin, spüre und fühle jeden Schritt den du tust, denn du bist auf deinem Weg, auf einem ganz besonderen und guten Weg, den niemand ausser dir beschreiten kann.

Schade, dass den meisten meiner Geschlechtskollegen gar nicht auffällt, was sie da verpassen und wie viel ungenutzte Kraft darin verborgen liegt. Sich näher mit den *typisch weiblichen* Eigenschaften zu beschäftigen, hat bei weitem nichts mit Schwäche zu tun. Ganz im Gegenteil, liebe Männer, denn es liegt einfach auf der Hand, dass man nicht nur mit einer revolutionär-neuen Antriebstechnik sein Auto besser, sicherer und angenehmer fortbewegen kann, sondern dass uns ein neues Wissen über das eigene SELBST ebenso (r)evolutionäre Schritte in vielerlei Hinsicht nach vorne ermöglicht. Ist doch logisch – Punkt.

Das hat nur einen klitzekleinen, aber entscheidenden Haken: Mit dem Kopf oder dem Verstand können wir es nicht aufspüren oder erlernen. Nicht so wie die Betriebsanleitung des Laubbläsers oder Akkuschraubers, die Programmierung des 'Roboterrasenmähers' oder den Umgang mit dem neuen Smartphone. Auch unterliegt es keiner mathematischen Formel, sondern wir müssen es tatsächlich *f ü h l e n* . Also erst einmal sich öffnen, ES zulassen und dann – leben. Und das, was ich mit *'leben'* meine, hat überhaupt nichts mit der Anwendung heute üblicher, elektronischer, technischer und in Wahrheit völlig überflüssiger, der Bequemlichkeit dienender 'Erwachsenenspielzeuge' zu tun. Fühlen konnte ich erst richtig lernen, als ich mich von all diesen modernen Errungenschaften, diesem tatsächlich überflüssigen Firlefanz, den ich nicht wirklich zum Leben brauchte, verabschiedete.

Angefangen bei der elektrischen Zahnbürste und einem Rasierapparat, der Kaffee- und Brotmaschine, über den Fernseher, bis hin zur bewegungsmeldenden Aussenbeleuchtung. Und wozu eine ganz normale Familie die im Einfamilienhaus lebt, einen Wäschetrockner braucht, müsste mir noch jemand erklären? Du wirst genug andere Beispiele in deinem Leben finden.

In der Folge verbannte ich ganz vieles aus meinem Alltag, was auf einen Stecker oder Batterien/Akkus angewiesen war. Im Grunde genommen all die Dinge und Vorgänge, wodurch ich, bzw. meine Bequemlichkeit eigentlich nur 'bespaßt' wurden. Womit ich aber selber mit meinem eigenen Verstand, meinem Gefühl, meinem Tun und meinen Wahrnehmungen, kaum mehr einen Einfluss darauf hatte. Waren es nicht tatsächlich fremdgesteuerte Abläufe, oder technische Vorgänge/-gaben, nach denen ich mein Leben, mein Denken und Tun ausrichten sollte? Ja, nun darfst auch Du überlegen, in welchen Bereichen du deinen natürlichen Funktionsrhythmus den technischen Vorgaben ohne Widerrede einfach so anpasst (weil man das ja so macht!), ohne noch den geringsten Einfluss auf 'das Ergebnis' zu haben. Meist aus Bequemlichkeit oder dem allgemeinen Widerwillen, sich mit eigenen Händen mit Unliebsamem beschäftigen zu müssen. Resultat 'guter' Werbung!?

Als Begleiterscheinung wurde auf diese Weise aus manch neuer Einstellung sogar eine regelrechte Verhaltensphilosophie, weil einfach eine ganz andere, bessere, weil natürliche Lebensqualität entstand, die sich in vielen Alltagsbereichen widerspiegelte. Zu alledem auch noch meinem Wohlbefinden und meiner Gesundheit diente (...☺). Im übrigen wäre doch diese Methodik, auf die gesamte sogenannte zivilisierte Menschheit übertragen, die einfachste Möglichkeit der Energieeinsparung. Aus meiner Sicht ein viel sinnvollerer Aspekt, als aus allen möglichen natürlichen und unnatürlichen Ressourcen Energie – insbesondere bis zum 'Geht-nicht-mehr' – Strom zu erzeugen ...oder etwa nicht? Mittlerweile ist dies schon unbemerkt zur krankhaften Forderung unseres sozialen Gefüges geworden: Energie in Form von Elektrizität muss her, denn wir brauchen mehr davon, egal unter welchen Umständen – koste es was es wolle! Was für ein Schwachsinn!!!

Auch politisch gesehen absoluter Unfug, weil: ohne jedes nachhaltig konsequente Umweltkonzept! Zum besseren Verständnis meiner Aussage nimm als Beispiel Deinen eigenen, energiefordernden Körper und sein Funktionssystem. Wie geht es ihm in absehbarer Zeit, wenn du jetzt noch mehr Muskelkraft brauchst, wenn du jetzt noch mehr Blutdruck brauchst, wenn du jetzt die Sehnen noch mehr strapazierst, jetzt noch mehr Wissen verarbeiten musst, du dich jetzt noch mehr Dingen gleichzeitig widmen willst, jetzt noch 'besser' sein willst als andere, dir jetzt noch mehr Stress machst auf der Suche nach neuen Energiequellen; ...und dein Körper/die Organe aufgrund all dessen noch mehr leisten (leiden) müssen?

Viele von euch wissen aus eigener Erfahrung, dass man unendlich viel Energie aufbringen, sich antrainieren und in die eigenen Körperfunktionen einbringen kann... Anfangs, solange alles gut funktioniert, glaubt man, dass dieses Vorgehen fast unbegrenzt steigerungsfähig sei. Notfalls gibt es technische, medizinische und/oder therapeutische Unterstützung. Und wer diese körperlich-geistig-seelischen Grenzen bereits 'bis zum Anschlag' ausgereizt hatte, der lernte auch schon den 'Burnout' kennen. Du verstehst worauf ich hinaus will? Ein Energiesystem ist ein Leistungs- und manchmal sogar ein Hochleistungssystem und wer dessen Grenzen schon kennenlernte, der weiss, was ich meine! Mit der Energie unseres Gesellschafts-, Finanz- und Wirtschaftssystems ist es nicht anders als mit der

Elektrizität. Keine Energieausbeutung kann grenzenlos ohne entsprechende, zerstörerische Folgen betrieben werden. Was meinst Du(?) – der Zeitpunkt zwar nicht, aber der Zusammenbruch ist absehbar! Das sage ich mit voller Überzeugung!

Kommen wir wieder zu den männlichen Gefühlen. Um sie, wie gewohnt, erst gar nicht zu beachten, werden sie, wenn nicht mit Ignoranz, dann meist mit (Besser-)Wissen und (Besser-)Können überspielt. Bevorzugt wollen moderne Männer mit kontroll- und bequemlichkeitsdienlicher Elektronik und/oder Technik im Sinne von Fortschritt glänzen, um von den vermeindlichen 'Gefühlsdefiziten' abzulenken, ...auf der Suche nach Anerkennung! Ja, ich weiss, wir männlichen Wesen wollen damit bei den Artgenossen doch nur unsere 'Möglichkeiten', Intelligenz und Fortschrittlichkeit in Form von 'gut gemeint' demonstrieren, wollen gelobt und beachtet werden... natürlich völlig unbewusst! Bei der Ehefrau und den Kindern betteln wir auf diese Weise förmlich um Lob und Anerkennung und glauben, dass die Resonanz davon mit viel oder wenig 'geliebt-werden' zu tun hätte. Diese Art Aufmerksamkeit zu erhalten, gibt so etwas wie gefühlte (trügerische) Bestätigung und tut einfach nur gut im Hinblick auf jedes weitere Jahr des Noch-mehr-an-Bequemlichkeit-Erreichens. Natürlich auch hier wieder... völlig unbewusst! Und weisst du, was das Endstadium dieses zwanghaften Steigerungsprozesses ist – die absolute Gefühllosigkeit, weil aus diesem Verhalten ein totales Fremd-gesteuert-Sein erwächst! Im wahrsten Sinne des Wortes und falls dir das irgendwann bewusst wird, dann ist es meist zu spät! Deshalb schau hin in dein Leben, und falls du dich gerade jetzt in solchem Verhaltenssystem ertappst, dann kann ich nur empfehlen, etwas zu ändern, bevor es zu spät ist.

Und manchmal, so möchte ich es heute sagen, muss man schon ein wenig brutal sich selbst gegenüber sein, um wieder auf den Boden der Tatsachen, des *wahrhaftigen Lebens* und damit raus aus den augenscheinlich bequemen Funktioniersystemen zu kommen. In meiner persönlichen, inneren 'Umstrukturierungsphase' (...☺) war es deshalb ganz wichtig, lange Zeit mal wieder meine menschlichen Basis- und Existenzbedürfnisse am eigenen Leibe wirklich zu spüren und damit umgehen zu lernen. Nur so begegnete ich zwangsläufig wieder meinen wahren Fähigkeiten und Talenten, meinen wahren Bedürfnissen, einem Teil des Urvertrauens, meinem Gespür für Natur, dem Leben und meinen körperlichen Möglichkeiten. Dieses dann wieder entstehende, faszinierende Gefühl des eigenen SEINS zu entdecken, hat eben mit diesem Verzicht auf völlig unangebrachte, abstumpfende Bequemlichkeit, Hinterfragen von Vorgegebenem, Anschauen von eigenen unangenehmen Eigenarten, Verlassen der 'Komfortzone' und wirklichem Offensein für etwas Neues zu tun. Und eines durfte ich in dem Zusammenhang erfahren: Das 'wahrhaftige Leben' (das Leben nämlich, dem *Wahrheit* anhaftet!) beginnt erst da, wo diese sogenannte Komfortzone wegfällt! Nun darf jeder für sich an dieser Stelle fragen:

Bin ich bereit für diesen Weg, der zu meinem wahren SELBST führt – ich meine, wirklich uneingeschränkt bereit?

Der Wille dazu kommt von einem guten, stimmigen Gefühl und damit zusammenhängend, einer inneren Überzeugung. Es ist etwas anderes, als einfach nur zu sagen: „Ja, ich will(!)...“ – um dadurch letzendlich nur fremden oder gar eigenen Erwartungen nachzugeben, es als Spiel anzusehen oder seinen Wissensdrang zu befriedigen – der Verstand lässt grüßen! Ebenso ist es so schön bequem und wird gerne praktiziert, während man in eine neue Richtung geht, sich jederzeit ein Hintertürchen, hin zum Altbekannten, als Notlösung offen zu lassen. Doch auf diese Weise funktioniert das nicht! Der altbekannte Spruch dazu lautet: *„Was ich habe, das weiss ich, doch was ich bekomme, das weiss ich eben nicht.“*

Dem möchte ich entgegen stellen: *„Wer immer nur das tut und sich dem widmet, was er bereits kennt, sperrt sich dem Neuen und bleibt stets das, was er schon ist.“*

Mit anderen Worten: minimale Entwicklungschancen! Nur wer vertraut und sich wahrhaft auf neue Wege begibt, hat die Möglichkeit, Neues zu entdecken, dazu zu lernen und daran zu wachsen. Ein Thema, zu dem ich irgendwann einmal folgende Zeilen schrieb:

Vertrauen

Vertrauen bringt Freude ins Leben, in unser Handeln und Denken; und wir haben so viel davon, wir können's verschenken. Ständig gibst du es ab an Menschen und Sachen, oder nimmst es entgegen. So oder so, es ist ständiger Begleiter auf all deinen Wegen.

Du vertraust Computern, deinem Auto, deinem Partner sehr. Du vertraust deinem Leben, deinen Ideen, dem Wetterbericht und vielem mehr. Du vertraust dem Zusammenspiel der Elemente, vertraust somit der Welt. Du vertraust diesem Universum, weil es dir hier gefällt.

Weil das so ist, lass' uns freundlich ins Leben und nach vorne schauen, ganz unauffällig schenken wir ihm nämlich unser Vertrauen. Eine Welt, die stets verlässlich ist in unserem Leben, bekommen wir doch genau das zurück, was wir ihr geben.

Vertrauen – so scheint es – ist eine wichtige Tugend, wir werden hineingeboren und lernen dazu in unserer Jugend. Im späteren Leben erfahren wir dann, dass es manchmal missbraucht werden kann.

Die Gier nach Vergnügen, Ansehen und Macht ist meist der Grund. Ist's nicht gesünder, die Wahrheit zu leben, aus ehrlichem Mund? Hauchdünn ist der Spalt zwischen Wahrheit und Lüge – vor allem dann, geht's um Vorteil und Geld. Dann wird Vertrauen gerne belächelt, als Schwäche dargestellt.

Demnach wird der tiefe Sinn des Vertauens entwertet – soviel ist klar, denn alles, was es betrifft, wär' schließlich absolut ehrlich und wahr. Ein Anspruch, der alle einengt, die nur im 'Aussen' nach vorne streben. Sie vergessen ihr 'Innen' und nehmen nicht wahr, wo sie wirklich leben.

Der Seele würd's gut tun und richtig damit umgeh'n ist gar nicht schwer, ein jeder kennt es, trägt's in sich, sehnt sich danach – so sehr! Vertraut wieder öfter – anfangs in einem Maß, das ihr überschaut; wenn alle es tun, stellt ihr plötzlich fest,
dass man euch traut.

So nähern wir uns über alle Ebenen einander in Liebe, und können erfahren – es bereichert weit mehr als natürliche Triebe. Meist bringt erst das Schicksal die Wende und lehrt: Zurück zum (Gott-)Vertrauen ist gar nicht verkehrt.

Herz und Geist geöffnet scheint es doch weise, Vertrauen zu geben und tatsächlich, es kommt zurück, aus dem 'richtigen Leben'. Eine neue Zeit erwartet uns, und in der ist Vertrauen so wichtig, wenn wir uns dessen bewusst sind,
dann ist der Weg richtig.

Wie jeder mühsame Weg, ist er voll mit Hindernissen, doch es tut sehr gut, ihn zu kennen und zu gehen in besonderem Wissen: Das Universum entfaltet sich individuell für jeden, darauf können wir bauen. Wer diese tiefe Erkenntnis schon hatte, weiss, was es heisst ...zu vertrauen!

An dieser Stelle kann ich aus meiner Erfahrung und den Gesprächsinhalten vieler Menschenbegegnungen sagen, dass unser aller Vertrauen des öfteren missbraucht wurde. Natürlich auch meins, ohne dass ich mir dessen auf meinem Lebensweg bewusst war. Vom Kindesalter an haben Enttäuschungen –

kleine und große – meinen Weg begleitet, die ich als solche nicht unbedingt immer 'wahr-genommen' habe, die aber trotzdem ihre Spur hinterließen und in meinen Körperzellen abgespeichert worden sind. Ganz so, wie bei jedem anderen auch. Die erwähnten, unzähligen Menschenbegegnungen und die daraus resultierenden 'Geschichten', die mir durch die Jahre anvertraut wurden, unterstreichen nur die Wahrheit dieser Aussage.

Um bei mir zu bleiben – Enttäuschungen, die manchmal so heftig waren, dass sie mich dazu veranlassten, unsichtbare Mauern um mich herum zu errichten. Mauern die mich und vor allem mein Herz schützen sollten vor künftigen, schmerzhaften Verletzungen. Meinen zarten Kern, das kleine Kind in mir, meine persönliche Quelle der Liebe sollten diese Mauern, oder das, was wir als harte Schale bezeichnen, vor weiterem Schmerz behüten. Heute erst sehe ich, dass diese Mauern, die mein verletztes Herz ursprünglich schützen sollten, irgendwann zu einem Gefängnis wurden!

Vor allem wir Männer sind oft sogar stolz darauf, dass unsere Schale so hart ist, dass nichts und niemand mehr an unser kleines, ehemals lebenslustiges Kind, welches eingesperrt und ziemlich unbeachtet dahinter um Hilfe schreit, heran kommt. Männer sind hart! Ja, so hart sind Männer sich selbst gegenüber, denn sie wissen nicht, dass durch diese harte Schale ihr inneres Pflänzchen des Gefühls für die Liebe (harte Schale, weicher Kern), dieses lichtvolle Wesen, nicht wachsen kann. Wissen nicht, dass sie sich selber damit schaden. Aber Männer sind nun mal hart, denn es wurde und wird ihnen nach wie vor so beigebracht und als 'richtig' und wichtige Eigenschaft mit auf den Weg gegeben. Übrigens können wir so ganz nebenher beobachten, dass auch Frauen immer härter und verstandsbetonter werden! Ihr individuelles Schicksal plus unsere lebensfremde 'Kämpfer-Gesellschaft' und nicht zuletzt die Medien machen sie (leider) dazu.

Es ist immer wieder schön zu sehen, wie die Liebe und damit Wahrheit, Freiheit und Vertrauen diese harte Schale, diese dicken Mauern durchdringen kann. Und Wahrheit – davon gibt es immer nur eine! Vertrauen gibt es nur und ausschließlich in der Verbindung mit Wahrheit, und da, wo beides seinen Platz hat, sich energetisch verbinden und ergänzen kann, da wächst die Liebe in den Raum der Freiheit hinein der ihr gebührt und tiefe Gefühle zulässt! Dennoch gibt es diese Missbräuche des Vertrauens und somit der Liebe viel zu häufig. Unangenehme Erlebnisse und Erfahrungen durch die unsere Gefühle abgekapselt werden in besagt harte, äussere Schale. Eine ganz natürliche Reaktion, die niemals durch die Liebe oder das in uns wohnende gute Gefühl selbst, sondern nur durch die Hintergedanken irgendeines menschlichen Verstandes/Egos verursacht wurden oder werden. Liebe hingegen hat keine Hintergedanken, sie *ist* einfach nur – bedingungslos!

Solche Erlebnisse saßen als Verunsicherungen ganz tief, auch in meinem Unterbewusstsein. Sie haben sich eingeprägt, so wie eine Münze geprägt wird und ihre Prägung für immer besitzt und nach aussen zeigt. Nach dieser, unserer Fehlprägung die wir tatsächlich als 'wahr-haftig' und richtig angenommen haben, sie quasi als unsere Lebens-Schablone sehen, gestalten wir im weiteren Verlauf unser Leben. Und je nachdem, wie heftig die 'Ent-Täuschungen' des Einzelnen waren, um so 'schwer-wiegender' wirken sie sich in späteren Lebensphasen aus. Im eigenen Verhalten als auch in Partnerschaften oder sozialen Gemeinschaften, in denen die Liebe mit all ihren zauberhaften Eigenschaften gar so wichtig wäre.

Unsicherheit gegenüber der Liebe, des guten Gefühls – gegenüber des Urvertrauens hat sich grenzübergreifend in die Menschheit eingeschlichen. Seit der Erfindung des Fernsehers arbeiten die Macher verstärkt wie nie zuvor daran, uns Menschen zu manipulieren, zu verängstigen und zu konsumgeschädigten, kranken und fast unmündigen Versicherungszahlern zu machen. 'Verbraucher', 'Steuerzahler', 'Klienten', 'Mandanten', 'User', 'Kunden' und 'Patienten' sind wir geworden und werden als solche bezeichnet und behandelt. Der jeweils individuelle 'Mensch', der sich in seiner Ganzheit hinter dieser rein kommerziellen Floskel verbirgt, bleibt auf der Strecke. Unsicherheit drängelt sich zwischen uns, fesselt und umhüllt uns, schränkt unser Denken und Handeln vollkommen ein, bis hin zur Ohnmacht. Diese Manipulation drückt sich als Angst aus und nimmt immer mehr Raum in Anspruch. Angst ist viel zu viel zum Lebensinhalt geworden!

Angst vor dem Leben, unwissend wie wunderbar es sein könnte! Angst vor Fehltritten und dem Gegensteuern, denn niemand will aus der Reihe tanzen! Angst vor den eigenen Fähigkeiten, weil das Selbstbewusstsein und der Selbstwert sich verflüchtigen! Angst vor den 'Machthabern', die sich wie Luftballone vor uns aufplustern! Angst vor der Wahrheit, denn ihre Bedeutung wird heruntergespielt! Angst vor der Zukunft, die wir doch selbst gestalten könnten – Angst vor Menschen und der eigenen Courage! Bis hin zur Angst, dem Gegenüber oder gar dem Partner zu zeigen, wer ich wahrhaft bin. Doch um das Thema ein wenig zu entkräften, kann man es auch so sehen, dass die Angst nichts anderes ist als der Platzhalter für die Liebe! Ja, auch so kann man es sehen.

Dennoch, kann ich das, dem Gegenüber, dem Partner, anderen Menschen wahrhaft angstfrei begegnen? Vertraue ich diesen Menschen wirklich vollends? Dabei würden sie mich so gerne sehen in meiner Ganzheit, ohne Schutzhüllen, die die Angst um mich herum geschichtet hat. Schutzhüllen und 'Tarnmasken', die sich beispielsweise darin äussern, dass Herr Ix in Gruppen gerne den Clown oder Alleinunterhalter spielt, und dass Frau Ypsilon anderen mit ihrem schlauen Endlosgerede oder Aufsehen erregenden Gestikulationen imponieren will. Alles nur ein Überspielen der Angst, nichts als Ablenkungsmanöver, mit denen andere durch umfangreiche Aussergewöhnlichkeiten und besondere Fähigkeiten, von irgendwas überzeugt werden sollen, und die 'Anwender' sich dessen noch nicht einmal bewusst sind. Die Wahrheit ist es doch, dass wir solche 'Fähigkeiten' nur nutzen, um unser verletztes ICH dahinter zu verstecken, bzw. davon abzulenken. In genau solchen Eigenschaften zeigen sich unsere Schutzhüllen, die nichts weiter als sehr ausgeklügelte Tarnmanöver sind. Überspielte Angst, die an den menschlichen Reibungspunkten ständige Rechtfertigungen, Erklärungen, Verteidigungen oder auch Ignoranz bis ins kleinste Detail verursachen, weil andere Meinungen nicht wirklich urteilsfrei an- oder hingenommen werden.

Meine Wahrheit

Ist das alles wahr und wichtig, was ich sage?
Vor allem dann, wenn ich mich in 'Fremdland' wage?

Bleib' ich ehrlich mir selbst gegenüber in jedem Fall, oder neige
ich zur Übertreibung, suche Aufmerksamkeit – fast überall?

Warum ist mir meine Wahrheit nicht immer, aber das Auffallen
so wichtig; ich rede so viel, will im Mittelpunkt stehen
– oberflächlich – ist das richtig?

Andere kommen kaum zu Wort, würden auch gern erzählen –
das macht Sinn. Doch Zuhören lern' ich erst dann,
wenn ich mit mir selber im Reinen bin.

Entdecken, warum ich so bin wie ich bin – hier ist
die richtige Spur. Und mich selbst erkennen,
das geht mit der Wahrheit nur!

Menschen, die überwiegend nach solchen 'Auffall-Mustern' funktionieren, trauen in der Tiefe ihres Herzens nur sich selbst und versuchen ständig, wenn sie an solche Reibungspunkte gelangen, die anderen, manchmal ganz geschickt und unauffällig, aber doch von der eigenen Meinung zu überzeugen. Zumindest aber durch ihr eigenes umfangreiches Wissen auf sich aufmerksam zu machen. Und das nur, weil sie Angst vor dem Unbekanntem haben und diese Angst wie schwanger, in ihrem Inneren mit sich tragen. In solchen Begegnungen kommt es mir stets so vor, als wenn das Noch-nie-Angeschaute – das innere Kind – sich angegriffen fühlt. Dieses sonderbare Gefühl (Überspielen der Angst) strahlen sie aus und wundern sich, wenn sie Abstand erzeugen, obwohl sie förmlich nach Nähe, Liebe und Anerkennung schreien. Es gilt, die schlechte, 'falsche Prägung' loszulassen, und sie durch eine neue 'Gefühlsprägung' zu ersetzten. Wahrhaftige Nähe und Liebe wieder zuzulassen, um letztlich wieder Vertrauen zu gewinnen, welches dem wahren (ungespielten) Selbstbewusstsein Kraft verleiht. Wir können solche Fehlprägungen loslassen, weil wir nicht nur Materie sind, wie die Münzen, die sich gleichen, eine der anderen. Ja, wir leben, können und dürfen uns zu unserem Vorteil ändern, dürfen imaginäre Grenzen überschreiten, denn wir sind frei, jeder für sich kreativ, wunderbar und einzigartig!

Ja, in die Liebe und das Leben vertrauen, zur rechten Zeit handeln und sich selbst verändern, wenn das Gefühl mir sagt, dass es der Veränderung bedarf. Stimmt, das ist manchmal schwierig, und was wir nicht vergessen dürfen: Alle Veränderung fängt bei mir selber an! Der ehrliche Wille dazu kann nur vom Herzen kommen, in guter Absicht und von guten Gedanken getragen. Selbst wenn ich möchte, dass mein Gegenüber sich verändert, weil ich etwas 'Schlechtes' an ihm entdecke, dann bin ich auf das Schlechte in mir selbst (...☺) gestoßen. Denn zunächst einmal schaue ich im Verhalten des anderen, in seinen Aussagen in mein eigenes Spiegelbild, welches mir sagt, was ich an mir selbst zu verändern habe. Ja, lies diesen Satz noch einmal, und noch einmal – *hoppla* – verstehst du? Nun bin ich zuerst an der Reihe, Veränderung zu zeigen oder meine liebevolle Bereitschaft dazu, wodurch ich dem anderen offen und ehrlich auf diese Weise begegne. Und genau diese Ehrlichkeit tut in der Tiefe ganz unbemerkt ihre Wirkung.

Auf diese Weise kann jede Veränderung des Umfeldes erschaffen werden, indem ich in mir die eigene Veränderung will, herbeiführe und sie somit beim anderen auslöse. Es sind Funktionsweisen auf einer Energieebene, wie ich sie bei unzähligen Begegnungen immer wieder erlebe. Es steht dir frei, dies im Alltag ganz bewusst selbst zu erproben und zu erforschen. Dein Umfeld wird sich anpassen, göttliche Energien, über die du dich wunderst, tun das Übrige. Manchmal dauert's etwas – gut Ding braucht Weile. Probiere es aus, wenn du magst! Wer das beherzigt, kann Veränderung in jeder Form erfahren. Vielleicht durftest du an dir selber schon feststellen, dass dieses Selbst-Erarbeiten eine der einfachsten Möglichkeiten ist, eigene 'Fehler' aufzudecken, um Schritt für Schritt zu sich selbst zu kommen und Fortschritte zu machen. Richtig? Glückwunsch!

Diejenigen, denen das zu weit vorgegriffen oder unglaublich ist, für die gibt es im weiteren Verlauf einfachere Darstellungen. Ja, sinnbildlich müssen 'alte Zöpfe' wirklich abgeschnitten werden (dann sind sie nun mal weg ...☺)! denn nur nach solcher Vorgehensweise ist Raum für Neues da, kann Neues wachsen. Das und nur das meine ich mit: 'bereit sein für das Neue'. Wenn du jetzt spontan „ja, ich will" sagen kannst 'mein lieber Freund' (sage ich besonders zu den Männern), dann bist du an einem Punkt angekommen, wo sich dir das Tor zu einer neuen Ebene öffnet. Wer dieses Tor zu seinen eigenen Gefühlen noch nicht gefunden hat, oder wem der dahinter liegende Weg noch ein wenig fremd ist, den erwartet jetzt ein besonderer Abschnitt.

Voraussetzung: Ehrlich zu sich selbst sein – nur das ermöglicht es, sich in eine andere Welt zu begeben. In die Welt von Gefühl, Intuition und wundervoller Wahrnehmung, sowie zauberhafter Energie. Wahrscheinlich kannst du dort am Anfang noch nicht viel sehen oder erkennen, weil du aufgrund fehlender Erfahrung bisher kein oder nur wenig Licht hinein gelassen hast (wegen der harten Schalen und dicken Mauern!). Und tatsächlich eine Welt, in der es anfangs auch bei mir ziemlich dunkel war. Wenn du magst, lass uns an dieser Stelle ein wenig über diese Aussage lächeln (...☺) – schön, denn Leben ist nicht nur der Ernst des Alltags, sondern es gehört eben auch so eine gewisse Leichtigkeit dazu. Wunderbar und ganz wichtig!

Lange bin ich durch die Nacht gewandert bis meine 'innere Sonne' langsam aufging. Wenn es dir ähnlich ergeht, dann braucht dich das nicht zu verängstigen, sondern freue dich auf das Neue, auf das magisch-verwandelnde Unbekannte, auf viele bewegende Gefühlsmomente und wunderbare Überraschungen, die du in deinen kühnsten Träumen nicht erahnst. Das Leben birgt viele solcher Momente und Möglichkeiten, die jeder Mensch nur in sich selber finden kann. Und das kannst du nicht finden, wenn du mit dem Strom schwimmst und das tust, was alle tun. Und das Geniale an dieser Entwicklung ist, dass nichts von dem, was dir bisher wichtig war, nun wegfällt. Ganz im Gegenteil, es findet Bereicherung statt, denn parallel zum vertrauten 'Alten' läuft das 'Neue' einfach nebenher, und du kannst jederzeit auf absolut alles, was du in deinem 'normalen Leben' als gut und richtig findest, zurückgreifen. Ganz egal ob altes oder neues Wissen, ob eingefleischte, bequeme Gewohnheiten oder neue, interessante Erkenntnisse. Ausnahmslos alles steht dir weiterhin zur freien Verfügung – immer und zu jeder Zeit!

Manuela, eine Österreicherin, sagte mir einmal: *„Wer zur Quelle will, der muss gegen den Strom schwimmen“* ...und genau das trifft es. Falls also das Gefühlsthema für dich noch nicht der Alltag ist, dann lass dich hinführen. Wunderbar ist es, wenn jetzt schon der jugendliche Forscherdrang geweckt wird. Wenn ein Hauch von Abenteuer- oder Expeditionslust dich hin zu diesem unbekannten Schatz begleiten, dann bist du auf dem richtigen Weg. Ähnlich symbolisierte es der Roman, bzw. Film: *'Die Schatzinsel'* des schottischen Schriftstellers Robert L. Stevenson, der mich in meiner Kindheit faszinierte. Querbeet werden darin so viele menschliche Charaktere und Schicksale gezeigt, die mal miteinander und mal gegeneinander arbeiten. Doch letztlich führt der Weg zum Schatz. Im übertragenen Sinn stehen die Darsteller für Energien, die einen jeden Menschen beeinflussen, auf unserem eigenen Weg zum Schatz in uns selbst. Der Unterschied zum Film: Jetzt geht’s nicht in den bequemen Fernsehsessel, sondern ins *wahre Leben!* Das, was dich weiterhin erwartet, diese wunderbaren Dinge darfst du dir jetzt selbst erarbeiten – *ohne Fleiss kein Preis* ...☺. Im Übrigen können dir meine Zeilen lediglich auf den Weg helfen, gehen musst du ihn alleine, und dafür wünsche ich dir eine gute Führung. Möge dein Leben diese

Worte so sinnvoll ergänzen, dass du bald schon verstehst, was ich meine – fühle und lebe es!

Mir selbst erging es zu Beginn meines Weges folgendermaßen: Es war eine hoffnungsvolle Ahnung in mir über Gefühle, an die ich aus Gründen der eigenen Verschlossenheit nicht herankam. Heute würde ich sie vergleichen mit erwähntem Schatz in altem, verlassenem Gemäuer, das mir unbekannt war. Auch vergleichbar mit dem hoffnungsvollen und spannenden Wandern in den geheimen Gängen einer alten Burganlage, die ich zum ersten Mal betrat. Selbstsicherheit, Selbstwert, meine eigene Macht und Vertrauen waren mir zu einem großen Teil abhanden gekommen, sie wollten wieder entdeckt, angenommen und gelebt werden. Dunkle Räume verlangten zu Anfang nach Erkundung, verschlossene Fenster und Türen wollten geöffnet werden, um nach und nach einen wunderschönen Raum in meinem Inneren mit Licht zu durchfluten. Mit der Zeit wurde mir dieser Raum vertraut, und ich konnte mich immer sicherer darin bewegen. Jeder Lichtstrahl tat gut und wärmte, bestätigte mein Sehnen und stärkte mein Selbstbewusstsein.

Auch dir werden sinnbildlich alte, vergessene Schätze (z. B. Erinnerungen an Kindertage, Zärtlichkeiten der Eltern, berührende Träume, unverwirklichte Ideen deiner Jugend; oder auch Negatives wie gespeicherte, ungute Gefühle, Abweisung der Eltern, geopferte Talente, unangenehme Bekanntschaften, Misshandlungen und vieles mehr) sichtbar, und du fühlst deinen Herzschlag bei jeder neuen 'Ent-deckung'. Alte Fotos können hilfreich sein. Für mich war und ist es jedesmal ein unbeschreiblich aufbauendes Gefühl, den Spannungen und Erlebnissen, Höhen und Tiefen der Kindertage wieder nahe zu kommen. Du kannst dich beglückwünschen, wenn erste Lichtstrahlen in Form von Erinnerungen dir schon den 'Eingang' zu diesem, deinem Gefühlstempel zeigen. Klasse, er öffnet sich mit der Zeit immer weiter, ohne dass du dich vor irgendetwas fürchten musst und ist gleichzeitig der Zugang zu deinem Herzen. Es ist ein Weg der tatsächlich *mitten ins Herz* führt! Ja, auch ich selbst war lange auf der Suche, diesen Eingang zu finden.

Sehen wir die Symbolik noch symbolischer: Selbst wenn es am Anfang nur ein kleiner Durchschlupf ist durch diese dicken Mauern, die du im Laufe vieler Jahre um dein wahres ICH – um dein Herz herum – errichtet hast, schau öfter mal hinein (lass' auch andere hineinschauen!) und nutze jede Gelegenheit dazu. Anfangs fällt es schwer, aber es wird auch dir gut tun, so wie es mir gut tat und immer wieder gut tut. Mauern, die auf dicken Fundamenten gründen, findest du dort. Sie sollen dich schützen vor jeglicher Gefühlsannäherung. Bunten Masken wirst du begegnen, hinter denen du dein wahres Gesicht versteckst. Ebenfalls findest du dort glitzernde Fassaden, um andere damit zu blenden, oder schmeichelnde Angewohnheiten, um Mitmenschen zu täuschen. Sie sind dort auf Abruf zur jederzeitigen Anwendung geparkt. Alles nur, um die kalten, dunklen und steinernen Mauern ansehnlich in ein schönes und ansprechendes Äusseres zu hüllen. Doch brauchst du dieses Blendwerk wirklich?

Das versteckte ICH – *oder: Maskenball im Menschenland*

Das, was ich nach aussen zeige, weil ich glaube, es wird so von mir erwartet, um Klischees zu entsprechen, in Muster zu passen oder um so zu sein wie ich gerne wäre, letztlich aber nur, um vom wahren ICH abzulenken, ist nicht meine wirkliche Stärke. Mich mit fremden Eigenschaften schmücken, mit antrainiertem Wissen prahlen oder reden wie ein Wasserfall und etwas sagen, von dem ich glaube, dass die anderen es so hören wollen, lenkt lediglich von meinem wahren ICH ab. Lässt es verkümmern, verschwimmen, macht in Wahrheit unsicher und fördert in meiner Tiefe die Angst und damit einhergehend – Krankheit und Leid. Ständig Stärke, Wissen und Präsenz demonstrieren ist anstrengend, und ich verberge dadurch vorsätzlich den Gegenpol der Schwäche, die aber auch gelebt werden will. Doch viel zu selten gebe ich ihr die Chance, existieren zu dürfen, sondern verstecke mich lieber hinter schillernden, 'starken' Fassaden und Masken, die nicht wahrhaft zu mir gehören.

Meine 'Vor-bilder', unterstützt von den Medien, lehren es mich jeden Tag: "Ich muss stark sein, ich muss mich behaupten, ich bin ein Gewinner, ich kann das(!), ich bin besser als..." usw. Warum glaub' ich diesen Unsinn und handele danach, obwohl ich weiss, wie sehr es an mir zehrt? Hier kommen sie nun zum Einsatz, hier werden die 'Masken' aufgesetzt, hinter denen so viele menschliche Schwächen verborgen liegen. Auf vielfältige Weise kann auch ich meine Angst hinter ihnen verstecken, Schwäche mit ihnen überspielen, und ich glaube tatsächlich, es würde nicht auffallen. Glaube ich das wirklich? Überall gibt es Menschen, die mich durchschauen und hinter meine Maskerade blicken; solche, die durch diese künstlichen Fassaden hindurchsehen. Sie sagen es mir nicht, wenn sie mein wahres ICH aufspüren, weil sie keine unangenehmen Gefühle in mir wecken wollen. Sie schauen mit dem Herzen und erkennen hinter dicken Schutzschichten (harten Schalen) mein Inneres Kind, wie es 'am Boden liegt' und nach Hilfe ruft, nach Anerkennung, Berührung, Zuneigung – L I E B E ! Und das Phänomen dabei: Kaum einer, der auf diese Weise seine Ängste überspielt, erkennt das eigene, oftmals in Perfektion zelebrierte Schauspiel, oder würde es sich selbst als solches jemals eingestehen!

Der Weg zum Herzen führt oft durch die Schmerzen! Immer wieder stelle ich fest, wie gut es mir tut, wenn wieder eine meiner Masken/Schalen geknackt wird, das wahre ICH zum Vorschein kommt und gelebt werden darf. Manchmal tut es anfangs sehr weh, weil das wohlbehütete Versteck der unangenehmen Gefühle und Ängste plötzlich offen liegt, und ich mich deshalb 'verwundbar' fühle. Ganz logisch, doch wenn ich an dem Punkt bin, mich wirklich öffnen zu wollen, dann spüre ich ein Vertrauen, das stärker ist als meine Angst. Ja, es ist ungewohnt und schmerzt, sich den Ursprung der eigenen Ängste anzuschauen, doch die Erkenntnis, dass die darin wohnende Wahrheit keine negativen Folgen hat, ist eine Wohltat für die Seele.

Es wäre doch schön, wenn wir Menschen ganz unauffällig und mit Fingerspitzengefühl bei allen Begegnungen, einfach nur durch Ehrlichsein, so oft wie möglich diesen Punkt erspüren und damit anderen '...auf den Weg helfen' und ...geholfen bekommen. Die Erfahrung zeigt verblüffende und wohltuende Reaktionen – vor allem bei mir selbst. Es macht Freude, und mit Dankbarkeit sehe ich, wie Menschen sich verändern.

Ach ja, auch mich haben verschiedenste Masken sehr lange begleitet und geschützt…! Heute würde ich eher sagen: behindert – oh, wie ich das kenne. Und trotz des Erkannt-Habens gibt es immer mal wieder Situationen, in denen ich plötzlich wieder eine der altvertrauten Masken herbeizaubere, weil sie mich Sicherheit spüren lässt. Falls du dich jetzt dabei ertappst, über diese Aussage nachzudenken, dann ist auch das schon wieder ein gutes Zeichen. Ja, du bist auf dem Weg zu deinen Gefühlen, über die du so viel erfahren kannst und wirst. Mit kleinen Übungen könnten vor allem die Männer schon mal beginnen, denn das hier zu lesen ist eine einfache Sache, aber Fühlen wirklich zuzulassen, umzudenken und entsprechend zu handeln – wahres Gefühl auch bewusst spüren – das ist etwas anderes... etwas ganz anderes!

Stell' dir als Mann deinen Alltag vor mit einer Person, die dir vertraut ist und mit der du am besten üben kannst. Nehmen wir deine Partnerin dafür. Angenommen sie kommt nach Hause und ist ziemlich niedergeschlagen, hat berufliche und damit verbunden persönliche Probleme und braucht jemanden, der mitfühlen und sie verstehen kann. Schlimmstenfalls hast du gerade zu tun und im Moment keine Zeit für dieses 'Gejammer'. Oder du fragst sie, was los ist, überlegst ein wenig und machst, hilfsbereit wie wir Männer nun mal sind (...☺), die ersten Lösungsvorschläge, um die Hürden aus dem Weg zu räumen. So nach dem Motto: „Sag doch deinem Chef, was los ist. Beschwer dich doch, wenn du dich unterdrückt fühlst. Mach es doch so und so, damit es besser wird..." und so weiter. Findest du dich darin wieder, dann bist du auf dem falschen Weg, denn du stehst einem weiblichen Wesen gegenüber – dem genetischen Inbegriff jeglichen Gefühls! Hier ist es noch viel zu früh für die männlich-kopfgesteuerten Lösungsansätze. Erst einmal ist ausschließlich Verständnis und Mitgefühl gefragt – zuhören –, weil das menschliche Weibchen (...☺) eben dieses Gefühl des Verstandenwerdens zuerst einmal braucht, bevor es an die Lösung geht. Erfahrungsgemäß wird es auf die anfangs geschilderte Art und Weise in neunzig von hundert Fällen in einem fruchtlosen Auseinandergehen, oder gar in einem Streit enden. Kennst du solche Situationen?

So weit so gut! Doch fangen wir an gleicher Stelle anders an: Kannst du dir vorstellen, deiner Partnerin einfach nur zuzuhören, ruhig zuzuhören, während sie ihr Leid klagt? Kannst du sie trösten, den ruhigen, wenn auch traurigen oder schmerzlichen Augenblick auf dich wirken lassen? Sie in diesem Sinne mitfühlend zu begleiten, sie zu halten und Verständnis zu zeigen, das gibt ihr Kraft. Einfach nur da sein, sie umarmen und ihr das Gefühl geben, dass es da jemanden gibt, der ihr Anliegen und damit sie, versteht, sie wertschätzt und sie liebt. Dies bedarf keiner spontan durchdachten Lösungsvorschläge aus dem Männerkopf. Da dürfen auch Tränen fließen, denn sich dem anderen an-ver-trauen und sich fallen lassen können in dem Wissen: Ich werde aufgefangen – das tut sehr gut und hilft beiden.

Oder nehmen wir anfangs eine einfachere Übung: Geh nach einem Gewitterregen, der, wie wir wissen, über eine reinigende Wirkung verfügt, auf eine Wiese (oder deinen Rasen). Zieh die Schuhe und die Socken aus und spüre das feuchte Gras und die weiche Erde unter deinen nackten Füssen. Mag sein, dass du dir lächerlich vorkommst im matschdurchtränkten Grün. Macht nichts, spüre einfach nur, wie dünne, schlammige 'Würstchen' durch deine Zehen flutschen und sauge alles, was du spürst und fühlst, in dich hinein. Rieche in die gereinigte Luft oder den Duft einer 'taufrischen Blüte' und genieße die Eindrücke für einige Minuten. Es wird wahrlich ungewohnt sein und doch etwas in dir bewirken.

So oft fällt mir selber auf, wenn ich eine neue, junge Weinrebe pflanze, welch feuchter, mineralisch-würziger, mit etwas Schwere beladener Duft, aus der aufgegrabenen, frischen Erde ausströmt. Mit der Hacke durch die oft trockene, harte Erdkruste in den weichen, feuchten Untergrund vordringen, ein Loch hineinwühlen, schmutzig werden, Erde in Händen halten, sie spüren, riechen (kopfschüttelnde Würmer und Käfer wieder in ihr 'Erden-Reich' zurückgeben ...☺) und sorgsam einen Rebschössling einpflanzen. Ihm gute Wünsche mit auf den Weg geben und in den nächsten Jahren sehen, wie bei guter Pflege ein fruchtbringender Weinstock daraus wird. Auch das ist eine Art, intensiv am Leben teilzunehmen, die eigenen Wurzeln und Erdung zu spüren, mit allen Sinnen die naheliegendste Umgebung wahrzunehmen, zu fühlen, was Leben, Natur und letztlich Liebe wahrhaft ist und bewirkt. Du kannst auch im eigenen Leben bleiben: Pflanze einen Baum, einen Strauch oder nur einen Blumensamen irgendwo in die Erde und fühle, nimm mit allen Sinnen wahr, was du tust. Erschrick nicht, wenn dir Käfer, Würmer, Spinnen, Maden und 'furchteinflößende' Insekten begegnen. Sie sind lediglich Zeichen dafür, dass ein gesunder Boden auch unter seiner Oberfläche lebt. Umsorge diesen Samen und pflege die entstehende Pflanze liebevoll und regelmäßig. Sei dir sicher, du wirst eine Menge Freude, Stolz und Selbstwert dabei fühlen.

Bei anderer Gelegenheit fährst du mit dem Auto durch einen Wald und ertappst dich bei der Frage: „Wie mag es da drin sein, zwischen all den Bäumen?“ Ganz einfach, folge dem Impuls – halte an, du wirst eine unmittelbare Gelegenheit finden. Steig aus, lass das Handy im Auto, gehe einige Schritte in den Wald hinein und spüre ganz bewusst den weichen Untergrund wie er bedeckt ist mit Blättern oder Nadeln. Schau die Rinde der Bäume an, ihr Geäst, das Laub, erkennst du, welche es sind, wie Jung neben Alt dem Licht entgegen wachsen – einfach so und selbstverständlich. Rieche diese ganz besondere Luft und sauge den Duft ganz tief in dich hinein. Hier ist sie so klar und rein wie kaum an einem anderen Ort. Vielleicht entdeckst du ein paar Pilze – schau sie dir genau an, aber lass sie stehen, wenn du dich nicht damit auskennst. Wenn es eine Möglichkeit gibt, setz dich hin, berühre irgendetwas: einen Baum, einen Ast, Blätter, einen Tannenzapfen – egal, schließe die Augen, höre die Vögel zwitschern, irgendwo bemerkst du ein Rascheln, ein entferntes Knacken. Wahrscheinlich sind es ungewohnte, leicht erschreckende Geräusche – hab keine Angst, nimm dir die Zeit, diese Eindrücke ruhig und entspannt auf dich wirken zu lassen, bevor du weiterfährst. Die Natur – mein Freund – ist in so vielen Dingen unser bester Lehrmeister und will uns stets etwas geben aus ihrer unendlichen Fülle. Spüre sie, beobachte und lausche in sie hinein! Beginne vielleicht damit, über solche Erlebnisse ein Tagebuch zu schreiben, und du wirst dich wundern, wie oft du in der Folgezeit grinsend darin blätterst.

„Leben ist das, was passiert, während du andere Dinge im Kopf hast."

> John Lennon <

Tue öfter solche Dinge, die du gerade jetzt und in diesem Augenblick tun möchtest, einfach nur weil du einen Impuls dazu spürst. Sie bringen dich näher an 'Mutter Natur' und dein Gefühl dafür. Ja, sie bringen dich näher an dein eigenes Gefühl, bringen dich näher zu dir, ohne dass du in Terminnot gerätst. Im Gegenteil, denn solche Spontanerlebnisse (Gefühlswahrnehmungen) werden dich stärken und dir Energie für das Kommende geben. Gefühl bedeutet Liebe! Es wohnt in einem jeden, und *Gefühl* wird uns nicht als technisches Wunderwerk mit Betriebsanleitung fix und fertig zur Anwendung präsentiert. Andererseits – selbst an technische Neuheiten muss auch ein Mann sich erst gewöhnen, bevor er sie *gekonnt* anwenden kann. Folglich: wo ist der Unterschied – Männer? Traut euch, er liegt nur im Wollen und im Handeln!

Vergesst Widerstand und Härte und euer ungewohntes Tun. Erlaubt euch diese Freiheit, springt hinein in das 'Gefühlsgedussel' und schwimmt anfangs ganz heimlich eine Runde darin, es sieht euch ja keiner. Das geht tatsächlich, auch wenn wir nun mal das sogenannte 'starke Geschlecht' sind. Auch Frauen haben es schwer in ihrer Rolle, aus der sie nicht wirklich heraus können und die so viele wunderbare, zarte, empfangende und mitfühlende – eben weibliche Eigenschaften birgt. Das ist doch völlig in Ordnung, und daran wird auch eine noch so intensive 'Hirnwäsche' durch die zuständigen *Emanzen* und Marketingexperten/Innen oder ein lebenslanges weibliches *Bodybuilding* nichts ändern. Ich finde sogar, dass Mann und Frau ihre Geschlechtervergleiche – sofern sie denn überhaupt angebracht sind – viel zu sehr auf das nach aussen Gezeigte verlagern, anstatt sich mit den viel wichtigeren, inneren Werten zu beschäftigen.

Dem gegenüber können wir Männer auch 'schwach' sein, und das dürfen wir viel öfter zulassen. Wir sind nicht unfehlbar, wir haben Schwächen, können sogar weinen, doch wir stehen viel zu selten dazu, und genau das ist es, was die Mädels aufregt. Mit Recht! Es ist schwierig, sich mit dieser Aussage in der heutigen Zeit anzufreunden. Ich weiss, denn wir *lernen* genau das Gegenteil. Wir *müssen* stark sein (hart ...☺), *müssen* uns durchsetzen, *müssen* unseren Mann stehen, uns in dieser harten Welt da draussen (die wir selbst erschaffen!) behaupten, dürfen keine Schwächen zeigen, geschweige denn zugeben. So ein Blödsinn! Wer dieses Spielchen, was man uns da beibringen will, mitmacht, ohne zu hinterfragen und auch mal 'nein' zu sagen, befindet sich in einem ständigen K(r)ampf mit sich selbst und seiner Umgebung. Kampf bedeutet einen Knoten zerschlagen, den du auch öffnen könntest. Automatisch begibst du dich in etwas hinein, was du nicht haben willst – ein Vorgang, den wir 'Frust' und in der Folge 'Stress' bis hin zum modernen 'Burnout' getauft haben. Letztlich nicht wirklich eine 'Krankheit', sondern selbst gemachter, seelischer Ausdruck des Körpers – wie so vieles andere auch!

Jeder sollte sich auf seine eigenen Stärken konzentrieren (was natürlich voraussetzt, dass er sie kennt), sie konsequent nutzen, um in einem guten Gefühl auf seinem Weg zufrieden und glücklich nach vorne zu kommen. Ich selber durfte auf diesem Weg feststellen, dass das sogenannte 'Gute'/die Wahrheit sich langfristig und grundsätzlich immer durchsetzt. Es ist nur eine Frage der Zeit, obwohl man besonders in der Berufswelt des öfteren daran zweifeln möchte. Dort dauert es manchmal lange, bis eine liebevolle Geste oder Vorgehensweise Früchte trägt. Manchmal begegnet mir die Retoure des Guten schon sehr bald, und manchmal bin ich auch nur der Wegbereiter für andere, denen es in der Folge durch meine Vorarbeit besser geht. Hört sich nicht gerade vorteilhaft für mich selber an, doch nur auf dem Weg bin ich mit mir im Reinen, tue das, was ich für gut und richtig finde; habe Freude an dem, was ich mache und was daraus entsteht. Es gibt mir so etwas wie Genugtuung und innere Zufriedenheit.

Ja, ja, da keimt schon wieder deine Angst herauf und ich höre dich sagen „...aber das kann ich doch nicht machen(!), ...lächerlich(!), ...macht doch keinen Sinn(!), ...es steht zu viel auf dem Spiel – der Arbeitsplatz, der finanzielle Aspekt, mein Ansehen, meine Familie, was sagen die Leute dazu und, und, und…!“ Ja richtig, das ist alles wichtig, aber es ist nicht das Wichtigste! Wirkliches Glücklichsein... und zwar *im Herzen,* finde ich viel wichtiger! Für das Unglücklichsein gibt es unzählige Beispiele, schau dich nur um. Wie schätzt du deine eigene Situation ehrlich ein? Siehst du, die Wahrheit begleitet dich und du kannst fühlen...!

Du kannst es

Du kannst es...
mit diesem Vogel fliegen
und die Welt von oben seh'n.

Du kannst es...
mit diesem Baum verschmelzen
und seine Stärke spür'n.

Du kannst es...
mit diesem Menschen fühlen
und seine Angst versteh'n.

> Carla Maria Langenfeld <

Heimat fand ich in mir selbst

Die Mosel und ihre Landschaft sowie die Menschen, die dort heimisch sind, haben mich geformt. Hier bin ich geboren und aufgewachsen. Insofern ist wohl hier das Fleckchen Erde, das ich aus Menschensicht als meine Heimat bezeichnen darf, kann oder soll.

Viele Jahre zogen ins Land, viele Fleckchen Erde habe ich mittlerweile kennen- und mich darin wohlfühlen gelernt. Das Haus, in dem ich geboren wurde, das Dorf, in dem ich meine Jugend verbrachte, die Region, deren Mentalität mich prägte, haben ihre Spuren hinterlassen. In meinem Kopf bündelt sich all das umgangssprachlich zu so etwas wie einer Heimat, während ich in meiner Erinnerungskiste herumkrame. Es ist ein Begriff, der aus meiner heutigen Sicht in Kindertagen seinen Ursprung hat: Aus den Gefühlen und der Erinnerung an Geborgenheit, Vertrautheit, Achtsamkeit und dem Aspekt der Dazugehörigkeit. Sich auskennen, die gleiche Sprache (Dialekt) sprechen und viele Leute inklusive ihrer Eigenarten persönlich kennen. Von der Keimzelle meinerselbst und meiner Familie ausgehend, schulische, freundschaftliche, berufliche Kreise ziehend und weit darüber hinaus, um auf diese Weise auch 'andere Welten' zu erkunden und das Erfahrene manchmal mit dem ursprünglichen Zuhause zu vergleichen. Das ist wohl der übliche Weg, die 'angestammte Heimat' zu kommunizieren.

Heimat würde ich also als etwas definieren, was mir sehr gut bekannt und vertraut ist – ein verhältnismäßig kleiner Radius, in dem ich mich in jungen Jahren allerbestens zurechtfand. Vergleichbar mit einem Vogelnest und dem, was das Vögelein von dort aus sieht, und man folglich als seine Heimat benennen könnte. Eines Tages wird der Vogel flügge, lernt eine 'Vogelin' (...☺) kennen, baut ein eigenes Nest, hat eine neue Heimat und sein Nachwuchs wiederholt das heimatliche Spiel. Tiere, so glaube ich, haben den Vorteil, dass sie kein menschliches 'Speicherhirn' haben, welches sie an alles erinnert, was einmal (wichtig) war. Bei ihnen ist es lediglich der Instinkt, der sie leitet und ausschließlich im Jetzt leben lässt. Keinen Gedanken daran verschwendend, woher sie kommen, ob ihr Ausweis noch gültig ist (...☺), wer ihr Nachbar war, was der Kalender oder die Uhr gerade zeigen, was noch zu tun ist, wohin sie gehen bzw. fliegen...!

An dieser Stelle möchte ich innehalten und hineinfühlen, denn das soeben Geschilderte betrifft beim Menschen im Grunde genommen überwiegend eine Lebensphase, die seinen jungen Charakter und die späteren Denk- und Verhaltensweisen prägt. Eine Phase, in der ein Kind all das Gesagte und Erfahrene, überwiegend von den Eltern in sich aufsaugt, darin lebt, so vieles davon nachahmt und somit als *richtig* oder gar *überlebenswichtig* tief in sich verankert. Die wohligen Gefühle von Fürsorglichkeit, von Unbekümmertheit, von Geborgenheit, Umsicht und Rücksicht, von Gutgläubigkeit, Hilfsbereitschaft, Sicherheit, Zusammengehörigkeit, Freundschaft und Vertrauen. Sind das nicht die Faktoren, die letztlich den Begriff der 'Heimat' am jeweiligen Standort erwachsen lassen? Ist Heimat nicht sozusagen der eigene, vertraute Ausgangspunkt zum Start ins Leben? Eine Phase, in der ein jeder quasi mit sich selbst so einigermaßen im Reinen ist, seine Jugendlichkeit in den Tag hinein lebt und allerlei Gefühlen Ausdruck verleiht, verbunden mit Dingen und Erlebnissen, an die man gerne zurückdenkt. Wer diese Wurzeln aufgrund eines schwierigen Elternhauses nicht in sich spürt, der hat im späteren Leben schon mal seine Basislernaufgabe, mit der er sich beschäftigen darf.

Und *wie im wahren Leben* gesellen sich den Heimatgefühlen natürlich auch solche Begebenheiten hinzu, die sehr unangenehm waren, solche, an die man heute nicht mehr so gerne denkt, und solche, die – meist aus Scham – komplett verdrängt sind. Diese Verdrängung von Erinnerungen bzw. das Ausblenden von absolut unangenehmen Erlebnissen in der Jugend oder das Darüberhinwegtäuschen kann soweit führen, dass ganze Lebensabschnitte aus dem bewussten Denken gelöscht sind. Aus meiner Erfahrung würde ich sagen, dass die meisten von uns solche Lebensphasen kennen, an die sie kaum eine oder sogar keine Erinnerung mehr haben. Das Leben bietet allerdings manchmal Gelegenheiten, um solch unangenehmen Wahrheiten auf einen besonderen Impuls hin wieder auftauchen zu lassen – vielleicht kennst du auch das? Hier bietet sich Gelegenheit, alte schmerzhafte Gefühle nochmals anzuschauen. Ja, es tut weh, schmerzhaftes Vergangene nochmals zu fühlen, bestenfalls den 'Übeltäter/Innen' zu verzeihen, loszulassen und somit ein Stück weiter liebevoll und heilend in die eigene Balance zu kommen.

Heimat ist nicht nur 'Friede, Freude, Eierkuchen'. Wohl denen, die es irgendwann lernen, auch diese unangenehmen Wahrheiten anzunehmen und damit umgehen zu können. Aber viel öfter lernt man, sich unterzuordnen, Kompromisse einzugehen, vieles zu ignorieren oder totzuschweigen, sich in Regeln zu zwängen, als wäre es eine zu enge Jeans. Man eignet sich die seltsamsten, gesellschaftlichen 'Benimm-Normen' an, übernimmt ebenso und ganz unbemerkt Verhaltensweisen des Partners/der Partnerin als völlig in Ordnung. Heimat und Familie muss schließlich den guten Ruf der 'Sippe' behalten! In heutiger Zeit überdecken die reinen Funktionsmechanismen und Impulse von aussen, meist völlig unbemerkt, das wohlige oder auch schlechte Gefühl der einst erlebten Kinderzeit. Lediglich in der Erinnerung und in der Schatzkiste unserer Gefühlswelt hat das ehemalige, heimatliche Wunderland noch Existenz. Ich für mich glaube, dass es sich so mit der Heimat verhält: Dieser hochethische Begriff, dessen tiefenwirksamer Energie man sich mehr oder weniger anpasst, um mit dem 'vertrauten Personenkreis' auch weiterhin zurechtzukommen – in gewisser Weise auch zukünftig mit der Herde mitzuschwimmen... Heimat!

Mein Leben hat mir eine andere, gefühltere Sichtweise für dieses hochenergetische Wirkungsfeld präsentiert, die zu beachten mir unumgänglich war. Ausgehend von meiner mir ureigensten inneren Keimzelle, meinem Herzen, meiner Selbstliebe, meinem Gefühl von Glück und Wohlbefinden in dem mir eigenen Körper, an dem mir anvertrauten Ort, in der mir gegebenen Zeit. Mich gut fühlen, mich selbst erkunden und zurechtfinden im Hier und Jetzt. Mir bewusst sein über die aufkommenden Gefühle, Veränderungen und Begegnungen sowie das dankbare Erkennen meiner Talente und meiner

Berufung, bestenfalls zur Bereicherung meiner Mitmenschen. Folglich im Ergebnis zu mir und der Heimat in mir selbst zu finden. Das scheint mir wichtiger als das Kennen von Menschen und Umgebung oder auch vorgetäuschter Zusammengehörigkeitsgefühle innerhalb meines ursprünglichen Herkunftsortes. Denn nur in meinem eigenen Innern gründet mein mir eigenes Vertrauen, meine Würde, mein Glück und meine Selbstliebe. All das in meiner Tiefe zu spüren, gab mir persönlich mehr Ruhe, wahres Selbstbewusstsein und Weisheit. Dies zu spüren, ist ein anderes und für mich stimmigeres Gefühl von Heimat, das ich an vielen verschiedenen Orten wahrnehmen kann. Folglich und somit in mir, in meinem Körper, und da wo ich gerne bin, ist mein Herz – bin ich – daheim.

Dieses heimelige, wohltuende und bodenständige Gefühl zeigte mir so oft in meinem Leben, dass meine Heimat dort ist, wo ich meine Gefühle erfahren, sie teilen und unter lieben Menschen ausleben kann. Da, wo ich persönliche Freiheit, Wahrheit und Vertrauen empfinde und fühle. Eine Erkenntnis, die mein Herz sich weiten, festigen und gesunden ließ, und die es mir ermöglichte, dem Begriff 'Heimat' eine neue Bedeutung zu geben.

Den Ort – das Nest – aus dem ich stamme sowie dessen tiefkatholische Prägung mit all ihrer vielfach gespielten Nächstenliebe, habe ich vor vielen Jahren verlassen. Anfangs mit einem tiefen Schmerz, basierend auf einer gefühlten Entwurzelung. Doch in den folgenden Jahren durfte ich lernen, dass es eine enorme Bereicherung für meine persönliche Entwicklung war, andere Welten zu erkunden und kennenzulernen. Meine eigenen Wurzeln durften sich weiter oder in neue Richtungen ausbilden und mir noch stabileren Halt geben. Wahrhaft selbständig durfte ich werden und nicht abhängig von einem übernommenen Betrieb oder einem Menschengeklüngel, welches zwar augenscheinlich und oberflächlich ein Dazugehörigkeitsgefühl vermittelte, doch mich auf meinem Weg nicht wahrhaft stärkte.

Brauchte ich das wirklich um meinen eigenen Weg zu finden und zu gehen? Zu Anfang wahrscheinlich schon, doch daraus bildeten sich logischerweise Abhängigkeiten, die aber nur zu einem Teil gut für mich waren. Zu selten wurde mir wahre Entscheidungsfreiheit gelassen, so dass ich dahin tendierte, es vielen recht machen zu wollen, mich anzupassen, um gut da zu stehen und nicht zu sehr aufzufallen in dieser heimatlichen Herde, in der es mitzuschwimmen galt. Ja, auch das war Heimat! Dazu und zu so vielen Auffälligkeiten in meiner Umgebung einer meiner Texte:

Eine Engelgeschichte

Gar nicht lange ist es her, da wurde der Menschheit ein Engel geboren. Ein wunderschöner Engel, der hinaus ins bunte Leben flog und sich wohlfühlte in einer malerischen Landschaft, irgendwo, hierzulande. Er verfügte über einen menschlichen Körper und hatte zwei Flügel, ganz so wie bei Engeln üblich. Der Antrieb des linken Flügels erfolgte über Herz und Gefühl und der rechte Flügel wurde vom Verstand und seinem Wissen bewegt. Dieses Gleichgewicht war es, welches dem Engel das sorglose Fliegen ermöglichte. Der Gleichklang von Herz und Verstand, stets in ausgeglichenen, sich gegenseitig dienenden Kräften vereint. Das war das Geheimnis, welches dem Engel die einzigartige, erleuchtete Energie der grenzenlosen Möglichkeiten eröffnete. Sich dessen bewusst, begab er sich auf seinen Weg, lernte Land und Leute kennen, und da wo er gebraucht wurde, vollbrachte er seine guten Taten, und die Menschen freuten sich darüber. Es war ein besonderer Engel, denn er war ein bisschen anders, menschenähnlicher als die anderen und vielleicht war das der Grund, weshalb diesem himmlischen Wesen sein Leben irgendwann langweilig und eintönig wurde. Für seinen Geschmack war in seinem Umfeld zu wenig los, es ging nix ab in der Engelswelt. Ständig sah er die umtriebigen Menschen, deren andere, betörende Welt, und das alles wirkte sehr verlockend auf ihn.

Eines Tages entschloss er sich kurzerhand für eine Zeit lang Mensch zu werden, um deren Verhaltensweisen kennenzulernen und zu studieren, um besser verstehen zu können, warum sie so sind wie sie sind. So kam es, dass er nach Rücksprache mit dem 'Chef' Mensch wurde und das Einzige, was ihn mit der Zeit etwas störte, waren seine Flügel. Sie waren zwar unsichtbar, doch er spürte sie ab und an, immer wenn er damit aneckte in seiner neuen Wahlheimat. Doch auch damit lernte er umzugehen, er gewöhnte sich an das neue Leben und bemerkte, dass in dieser menschlichen Welt sein Kopf, also der Verstand, immer wichtiger wurde. Ohne all die menschlichen Spielregeln auswendig zu lernen und sie zu beherrschen, war das Leben hier unmöglich. Das, was er früher fühlte und spürte, sein ureigenes Engelsgefühl, auf das er sich immer verlassen konnte, das brauchte er hier nicht. Die Menschen hatten für alles Spielregeln, machten sich Gesetze, schufen Vorschriften, Normen oder änderten sie wieder, so wie sie es gerade brauchten. Sie entwickelten für gänzlich alle Lebenssituationen Verhaltensformen, Vorgehensweisen, Denkschemen, Zeitabläufe, Benimmschablonen und Bewegungsanleitungen in die sie sich zwängten. Das funktionierte ganz gut und hatte den Vorteil, dass alles zunehmend berechenbarer wurde. Vielleicht aber war es auch ein Nachteil, denn das konnte auch langweilig sein, dachte sich der Engel. Jeder kannte das vorgegebene Leitbild und handelte danach. Spontanität und Anderssein als andere war nicht gefragt – anscheinend. Es gab sogar Schulen und Ausbildungen, in denen schon den Kindern das Gleichsein innerhalb dieser menschlichen Spielregeln beigebracht wurde. Alle sollten sich daran halten und im Rahmen dieser Normen funktionieren. Wenn sie gut funktionierten, wurden sie gelobt und belohnt, wenn nicht, dann wurden sie bestraft, missachtet oder ausgeschlossen.

Das konnte der Engel zuerst nicht so richtig verstehen. Oft fragte er sich, warum die sich wohl bestrafen, wenn sie manchmal aus langweiligen Regeln ausbrechen oder einfach nur das tun, was ihnen Freude und sie glücklich macht? Egal, er wollte die Menschen genauer kennenlernen und deshalb entschloss er sich, das Spiel weiter mitzumachen. Wie Marionetten hingen die Menschen an den Fäden der von ihnen selbst geschaffenen Systeme, sprangen von einer Bühne auf die andere, nur um ihren Zuschauern zu gefallen. Tatsächlich wollten sie jenen imponieren, von denen sie sich Beachtung, Anerkennung oder sogar Vorteile erhofften. "Weshalb verdrängten sie die eigenen Interessen und wollten nur den anderen gefallen? Konnten die eigentlich nicht fühlen, was gut für sie ist?" fragte sich der Engel. Es sah fast so aus, während ihre Herzen weinten! "Das soll einer verstehen," dachte er sich, "doch sie werden einen Grund für ihr Verhalten haben, denn bei den Menschen ist alles vernünftig und wohl überlegt." Das wurde ihm immer klarer.

Parallel dazu entfernte er sich immer mehr von seinem Leben in den Gefühlen, ohne es zu bemerken. Die Sprache der Herzen wurde ihm zunehmend fremder, denn er musste sich richtig konzentrieren und viel lernen in den stets komplizierter werdenden Verhaltenssystemen. Mehr und mehr wurden die Menschen von einem unsichtbaren Nebel aus Ignoranz eingehüllt. Als Krönung breiteten sich gleich einer Heuschreckenplage Mobiltelefone sowie die virtuelle Welt im Internet unter ihnen aus, und diese wurden sogleich wie moderne Götter behandelt. Fast jede freie Minute widmeten sie ihnen. Ständig und überall wollten/mussten die Menschen erreichbar sein, um anscheinend ihre Wichtigkeit zu demonstrieren. Fast alle hatten ständig ihre Geräte dabei, mit denen sie Gedanken und Fotos senden und empfangen konnten. Alsbald waren sie über Funkwellen rund um die Welt immer und für jeden erreichbar. Persönliche Gespräche wurden seltener und den meisten jungen Leuten fehlte darin jegliche Praxis. Selbst die finanziell schlecht Gestelltesten prahlten gerne mit den neuesten elektronischen Unterhaltungseinrichtungen, so als sei dies lebenswichtig. Ganz geschickt wurde ihnen von der 'Kommunikationsindustrie' auf diese Weise das Gefühl von 'Wertigkeit' vermittelt.

Funkstationen übertrugen via 'Himmmelssatelliten'(?) Bild- und Tonsendungen, die stets aktuelle Neuerungen auf dem 'Verhaltensmustermarkt' ankündigten. Eine besondere Erfindung, wodurch die Menschen in ihren Häusern mittels 'Hör-funk' und 'Fern-seh-gerät' zu jeder Tageszeit das Neueste empfingen. So wurde ihnen gesagt und gezeigt, wie sie dieses neue Verhalten zukünftig in die Praxis umzusetzen hatten. Nachrichten, Film, Show und Werbung manipulierten sie täglich und spielten ihnen ständig neue Verhaltenssysteme vor. "Wer hatte ihnen eingeredet, dass sie nur nach diesen Vor-Bildern funktionieren mussten, um Anerkennung zu erhalten?"

Komisch, ihre eigenen ganz besonderen und individuellen Körper gefielen ihnen nicht mehr. Dieser Sache auf der Spur, machte der Engel ganz seltsame Entdeckungen: Menschen ließen sogenannte Schönheitsoperationen über sich ergehen, andere schminkten sich fast bis zur Unkenntlichkeit, rasierten ihre Körperhaare ab, ließen sich tätowieren oder piercen und besuchten Bräunungsstudios, während draussen die Sonne schien. Andere fuhren mit dem Auto ins Fitnesscenter, um dort radzufahren? Wieder andere quälten sich durch einen Geräteparkur, um natürliche Anstrengung zu simulieren. Wer sollte das verstehen? Sie trainierten sich 'vorzeigbare Muskeln' an, die sie niemals brauchten. Wiederum andere betrieben Sportarten, die sehr lustig aussahen und so klangvolle Namen hatten wie Joggen, Nordicwalken oder Stand-up-paddling, Mountainbiken, Squashen, Zumba-Dancing und viele andere mehr. Normales Spazierengehen, Schwimmen oder Radfahren war plötzlich 'out'. Zu diesen neuen Sportarten wollten die 'Erfinder' natürlich die speziellen Ausrüstungen verkaufen, weil hinterhältiges

Profitdenken Einkehr hielt. Nicht nur das, sondern auch die lächerlichsten, oft schrill bunten, meist hautengen Kostümierungen gehörten dazu. Ihre Sprache wandelten sie ziemlich geschmacklos ab, und sie verschwamm zu internationalem 'Kauderwelsch'. Verantwortung wurde ihnen fremd, natürliche Bewegungsabläufe, Wahrnehmungen und die Natur selbst wurden unwichtig, ihre Gefühle verkümmerten und sie handelten überwiegend berechnend und vorteilsorientiert, nur noch nach antrainiertem Wissen. Dieses Wissen und ihre Intelligenz, auf die sie sehr stolz waren, wurde ihnen immer wichtiger und sie glaubten tatsächlich nur noch das, was ihr Kopf ihnen sagte. Auch das Geld hatte sich unbemerkt zur Gottheit gemausert. Nächstenliebe war ein Fremdwort, denn Angst und Kontrolle waren es, die die Menschheit beherrschten.

Das machte den Engel nachdenklich, und irgendwie gefiel ihm diese Entwicklung nicht so gut, denn die Menschen entfernten sich immer weiter weg von sich selbst, der Natur und dem, was ihrer Seele wirklich gut tat. Langsam wurde es ihm zu viel, hier konnte er nicht glücklich werden und er beschloss, wieder davon zu fliegen in seine ehemalige Welt – in seine Welt des Ausgleichs von Gefühl und Verstand. Doch was war das? Was war geschehen, er konnte nicht mehr fliegen! Unbeholfen flatterte er wenige Meter, und um keine Bruchlandung zu machen, musste er den Versuch sogleich abbrechen. Er bemerkte, dass sein linker Flügel erlahmt war. Der Gefühlsflügel, dessen Antrieb während der ganzen Zeit nicht mit Energie versorgt wurde, den konnte er nicht mehr bewegen. Nur noch der am Leben teilnehmende und stets mit Impulsen versorgte Verstandsflügel schien zu funktionieren. Welche Auswirkungen – oh Gott, wie war das zu 'reparieren'? Wie kam er nun zurück in die Engelswelt, denn diese Menschenwelt, die immer kälter, leb- und liebloser wurde, grau und schwarz, missfiel ihm mehr und mehr?

Die Zeit verging und sein größter Wunsch war es, wieder in seine alte Heimat zurückzukehren. Seine Welt, die Welt der unendlichen Gefühle, in denen er mit den Herzen der Menschen und aller anderen Lebewesen kommunizieren konnte. In dieser Welt wurde dem Verstand nur soviel Platz eingeräumt, wie gerade gebraucht wurde, um die lebenswichtigen Dinge aufeinander abzustimmen. Das reichte aus, um fliegen zu können. Danach sehnte er sich so sehr, denn in seiner alten Welt war alles so einfach, so gut, so schön, so vertraut, so wahr, so friedlich, so liebevoll gewesen. Lange wandelte er mit seinem lahmen Flügel umher, auf der Suche nach seinem Weg. Manchmal ertappte er sich selbst dabei, wie er seinem eigenen Kopf glaubte, wenn der ihm sagte, er sei auf dem richtigen Weg. Tief in ihm drin formte sich ein 'nein'(!), denn die Übermacht des Verstandes konnte er nicht mehr ertragen. Was war mit ihm geschehen, hatte diese Menschenwelt einen so fatalen Einfluss auf ihn ausgeübt, dass er die Stimme seines eigenen Herzens nicht mehr hörte? Das konnte ja heiter werden! Als Engel das eigene Herz nicht mehr wahrzunehemn, das wäre doch eine Blamage in der ganzen Engelswelt. Alle KollegInnen würden sein Herz hören, doch er würde es nicht mehr können – die Sprache der Herzen nicht mehr verstehen können?

Oh nein, das durfte nicht sein! Es musste doch auch in der Menschenwelt Kurse, Schulen, Seminare geben, wo er sein

Gefühl für das Herz wieder finden könnte? Gehört hatte er schon davon, und er machte sich auf den Weg. Es dauerte lange, doch er fand eine Gruppe Menschen, die äusserlich genauso aussahen wie die anderen, aber welches Wunder, sofort hatte er den ersten Herzensimpuls, dass er hier das Fühlen und damit die Sprache des Herzens wieder erlernen könnte. Es gefiel ihm, wie diese Menschen ihn behandelten, wie sie ihn wertschätzten, umarmten, mit ihm weinten und lachten. Sie mochten ihn und nahmen ihn an, so wie er war. Das war schön und es tat dem 'angeschlagenen' Engel einfach nur gut. Er besuchte sie oft und immer dann, wenn er die Gruppe wieder verließ, versuchte er ein paar heimliche Flügelschläge, um seinen Gefühlsflügel endlich aktivieren zu können. Spüren konnte er ihn schon ein wenig, doch ebenso wusste er, dass es noch etwas dauern würde, bis er wieder so viel Gefühl für sein Herz und dessen Sprache gefunden hätte, dass es ausreichend war, um mit geheiltem Flügel davon zu fliegen. Davon ins Reich der Engel, der Träume, der Gefühle und der unendlichen Liebe. Es konnte nicht mehr lange dauern, denn der Flügel bewegte sich schon, und der Engel wurde ungeduldig. Er nutzte jede Möglichkeit, die sich ihm bot, um sein Gefühl für das Gefühl wieder zu bekommen.

Er übte und übte und eines Tages vernahm er eine Stimme, die er so lange nicht mehr gehört hatte, so dass sie ihm beinahe fremd war. Ja, er erkannte sie wieder, es war die Stimme seines Herzens, und es flüsterte mit leiser, noch etwas zögerlicher und zarter Stimme: "Danke, dass du so viel Geduld hattest, so viel Vertrauen, durch deine Güte und deinen festen Glauben haben wir uns in der Liebe wieder gefunden – nun breite die Flügel aus, fliege los und mache dich auf deinen Weg. Werde glücklich über alle Zeitmaßstäbe hinaus und bringe das Licht und die Liebe unter die Menschen, denn sie brauchen es so sehr!"

Meine berufliche Tätigkeit führte mich oft kreuz und quer durch's Land. Auch die bedeutenden europäischen Weinbauregionen lockten mich, sie zu bereisen, doch auf andere Kontinente zog es mich nie. Warum auch, denn das dortige, für mich wichtige (Wein-)Wissen hatte seinen Ursprung letztlich ja doch in Europa. Ausser diesem Wissen hätte mich höchstens die Weisheit der wahren, überseeisch-indigenen Ureinwohner interessiert, doch sich damit zu beschäftigen, bedurfte anderer Interessen, Voraussetzungen und Vorgehensweisen. Stets war ich ein kontaktfreudiger Mensch und durfte auch deshalb viele Leute, Kunden, Kollegen, Seminarleiter, Chefs, auch sogenannte Prominente und deren Mentalitäten und Heimaten kennenlernen. In der Folge veränderte und erweiterte sich mein Sichtfeld in bis dahin unvorstellbarer Weise und Umfang.

Ich, das Dorfkind, war also in den ersten fünf Jahrzehnten meines Lebens schon ziemlich viel herumgekommen. Damit meine ich keine Urlaubsaufenthalte, die fast bis ins kleinste Detail geplant, fremdbestimmt und bis hin an den Rand des Stressfaktors 'cool' durchdacht sind, um mir vorzugaukeln, dass ich mich währenddessen erholt hätte (...☺). Nein, bei mir haben Reisen, wenn ich denn mal eine unternehme, eine andere Bedeutung. Es gibt selten irgendwelche Buchungen im

Vorfeld, sondern ich fahre mit grobem Ziel vor Augen drauf los und lasse mich überraschen, welche Menschen, Unterkünfte, Landstriche und Besonderheiten mir begegnen. Es kann durchaus vorkommen, dass ich an einem schönen Ort innehalte und mich verzaubern lasse, bis ich Lust verspüre, weiter zu fahren. Es war schon oft meine Einstellung, 'einfach mal kommen zu lassen' und ich habe dabei die nachhaltigsten Entdeckungen machen dürfen. Doch halt(!), jetzt muss ich zugeben, dass ich mir seit 'Internet', vorab schon mal die ein oder andere Unterkunft anschaue oder reserviere.

Doch ich will zum Kern zurückkommen, denn es nahte die Zeit, in der ich meinen angestammten Heimatort für immer verlassen sollte, und die unbewusste Suche nach einer neuen Heimat seinen Weg nahm. Räumlich ging es dabei zwar um keine großen Entfernungen, doch es galt – und das schien mir das Wichtigste, das gewohnte und vertraute Umfeld loszulassen. Ein anfangs steiniger Weg begann, und als erste Lernstation lag die Stadt Trier vor mir, um mich hier in der Anonymität von Klingelschildern an den Eingängen von mehr oder weniger schönen Häuserfassaden zurechtzufinden und in einem weitläufigen Gewirr von Einkaufs- und Verkehrsstraßen an eine andere Lebensweise zu gewöhnen. Eine überschaubare Großstadt, doch ein ziemlich krasser Gegensatz zur gewohnten, dörflichen Vertrautheit. Das hiesige Leben ließ mich mit der Zeit Vorteile erkennen, die ein Dorf nicht bieten kann.

Auch hier stellte ich fest, dass ich irgendwann dazu gehörte und mitschwamm im Funktionssystem einer mir mehr und mehr vertrauten Stadt. Nicht anders als vorher im Dorf, nur anders dimensioniert. Nach drei spannenden Jahren blieb als Resultat, dass ich nicht wirklich und dauerhaft ein Stadtmensch bin, sondern die Natur und sinnvolle, schöpferische und erfüllende, körperliche Arbeit brauche. In den vielen Jahren meines beruflichen Reisens lernte ich während unzähliger Weinauslieferungen auch die wenigen Millionenstädte Deutschlands kennen und deshalb war Trier zu der Zeit als Stadt keine Größenordnung, die mich erschreckte. In gewisser Weise hatte ich regional sogar ein Heimspiel in der ältesten Stadt Deutschlands, die ich schon in Kindertagen kennenlernte. Deshalb will ich es eine bereichernde, lehrreiche Zeit und interessante Erfahrung nennen.

Es folgte ein Szenenwechsel, der mich aufgrund einer Liebesbeziehung für ein paar Monate in die Eifel führte. Auf nette, sympathische und für meine Begriffe interessante Menschen schien ich irgendwie magnetisch-anziehend zu wirken. Ihnen begegnete ich auch in diesem landschaftlich höher gelegenen, schönen Mittelgebirge mit weitläufigen Bergen und Tälern. Mein Aufenthalt zog sich über die Wintermonate, und bald schon stellte ich fest, dass es hier im Winter viel winterlicher war als im klimatisch bevorzugten, wärmeren Moseltal. Auch die Mentalität war eine ganz andere. Angepasst an das Klima, etwas karger und kühler als gewohnt, und es brauchte ein wenig Zeit, um engere Beziehungen aufzubauen. Das Herz am rechten Fleck, wenn auch ein wenig versteckt, entdeckte ich doch einen ganz wunderbaren Menschenschlag, sobald Vertrauen wachsen durfte. Es war ein kurzes Gastspiel, und anschließend zog es mich fast ins Weinland Rheinhessen, weil ich dort weinberufliche Aussichten hatte, denen ich mich gerne widmen wollte. Nach einigen Kurzaufenthalten in dieser abwechslungsreichen, hügeligen Weinlandschaft zwischen Nahe und Rhein hat es sich allerdings anders ergeben, und ich konnte mich fürs Erste wieder an der Mosel verwirklichen.

Meine umfangreichen Tätigkeiten führten mich zur Zeit der Jahrtausendwende öfters ins französische Burgund. Hier war es insbesondere ein befreundetes Ehepaar, das mich in Zeiten meines Umbruchs zu den Gedanken einlud, am Rande der weltberühmten Burgunderlagen mit ihren großen Rotweinen einen guten Weisswein herzustellen, weil der dort scheinbar viel zu selten war. Von meinen Weissweinen, insbesondere vom Moselriesling, waren sie und ihr weitläufiger Bekanntenkreis stets begeistert. Es reizte mich schon, denn hier bot sich eine alte, 'schlafende', ehemalige Weinbaugegend, die als solche vor den letzten Kriegen stillgelegt wurde, als Standort an. Selbige sollte jetzt nach vielen Jahrzehnten mit staatlicher Förderung wieder mit Reben bepflanzt werden. Die erforderlichen Formalitäten, Behördengänge und anfängliche Starthilfe sicherten mir die Freunde auf sehr sympathische Weise zu, und die Immobilienpreise waren innerhalb dieses Projektes erschwinglich. Meine wenigen Französischkenntnisse, die ich gut ergänzte durch Sich-mit-Händen-und-Füßen-Verständigen, wären dann allerdings sehr verbesserungswürdig gewesen. Auch galt es in dem Fall, neue Märkte zu erschließen und vor allem neue Weinberge anzulegen, ein Weingut zu erwerben oder aufzubauen und so einiges mehr an Basisarbeit war zu leisten. Eine wahre Herausforderung und trotz der angebotenen fürsorglichen Unterstützung meiner Freunde eine enorme Aufgabe für mich als Einzelperson und 'Ausländer'.

Mit der damaligen Entscheidung, dass es eine Nummer zu groß für mich sei, konnte ich gut leben. Heute noch verweile ich gerne bei einem guten Burgunder in dieser herrlichen Weinlandschaft, während wir über längst verflossene Visionen plaudern.

So gesehen war Luxembourg näherliegend und als 'Ausland' direkt vor der Haustür. Hier wurde entlang der Mosel ebenfalls Wein angebaut, und ich entnahm den Stellenanzeigen einer Weinbauzeitschrift eine Tätigkeit, die mir für drei Tage in der Woche sympathisch erschien. Aufgrund des Sozialgefüges und des damit zusammenhängenden Lohngefälles gegenüber Deutschland brachte sie mehr Einkommen als ein Vollzeitjob wenige Kilometer weiter im deutschen Rheinland-Pfalz. Das war eindeutig ein Vorteil und ließ mir zudem die Zeit, mich meinen anderen 'Weintätigkeiten' und '-gedanken' zu widmen. Anders als gewohnt fand ich dort als weinbaulicher Mitarbeiter eine Anstellung in einem sehr familiär geführten, großen, traubenabliefernden Weingut mit angegliederter Landwirtschaft. Überwiegend bestand meine Tätigkeit im Traktorfahren und somit der maschinellen Bewirtschaftung der Rebparzellen. Das machte insofern Sinn, weil die Flächen des Betriebes größer waren, als ich es von der deutschen Mosel gewohnt war, und es hier die extremen Steillagen nicht gab.

Einige liebe Menschen lernte ich kennen, manchmal etwas andere Arbeitsweisen und in jedem Fall eine Art Menschsein, wie es sie in Deutschland kaum gibt. Die Arbeit wurde gemacht... und zwar nicht in der nach aussen gut getarnten Sklaventreibermanier wie hierzulande üblich. Es war eine gute

Arbeit in einem soliden und menschlich gesunden Umfeld, und so ganz nebenbei lernte ich noch so ein wenig, wie man mit Rindvieh umgeht (...☺). Und immer wieder in meiner Erinnerung, ähnlich wie in Frankreich und Italien, wie wichtig dort, im Gegensatz zu Deutschland, das alltägliche gute Essen und Trinken ist. Das war alles gut und schön, doch hier fehlte mir eindeutig die Arbeit mit dem Wein, denn zur Zeit der Ernte wurden alle Trauben an die Genossenschaft abgeliefert, so dass die gesamte Weinerzeugung nicht im eigenen Betrieb stattfand. Also auch keine wirkliche Weinheimat – sprich langfristige Alternative für mich als Winzermeister.

Der Abschied nahte und anschließend folgte eine berufliche Reise zurück in die Blütezeit des Moselweinbaus. Alte Weinbautradition in urgewachsener Form, ein Zeitsprung in die Glanzzeiten des Jugendstils um die vorletzte Jahrhundertwende, welche in Form von Geschichten, Mythen, Einstellungen, Arbeitsweisen, Festhalten an Althergebrachtem, ...die Gebäude, die Weinberge und viele Hirnströmungen so manchen Traben-Trarbacher umgarnte. Hier durfte ich fast zwei Jahre lang erfahren, wohin es führt, wenn man zwar weltoffen tut, aber im Herzen der Vergangenheit hinterherhängt. Innerhalb meiner Tätigkeit als Betriebsleiter in einem dortigen Weingutsbetrieb konnte ich fühlen, wie diese Stadt von ihrer einstigen Größe, von Reichtum und Berühmtheit zehrte, und sie ihre, an kleine Schlösser erinnernden, herrschaftlichen Weingutsvillen immer noch so präsentierte, als wären sie wie eingefroren erhalten geblieben. Aus einer Zeit herrührend, die längst 'der Schnee von Gestern' war.

Ohne Zweifel – nach wie vor eine Touristenattraktion, doch viele der altehrwürdigen Weingüter lebten inzwischen mehrheitlich vom Verkauf ihrer eigentlichen Substanz. Oftmals hielt sie die Veräusserung von Gebäuden, Weinbergen und sonstigen Immobilien sowie die weltweiten Kontakte der alten Weinhändler am Leben. Hinter den architektonisch wunderschönen, historischen Fassaden befanden sich überwiegend veraltete Einrichtungen, Maschinen und gedankliche Vorstellungen, die von Vätern und Großvätern überliefert, kaum eine Veränderung duldeten und sich krampfhaft an jedem Umsatzstrohhalm festhielten. Mich selbst faszinierte diese Welt des Weinbaus, weil sie mir oftmals zeigte, dass es nach wie vor auch heute noch möglich ist, mit diesen einfachen betrieblichen Möglichkeiten, kombiniert mit modernem Wissen, guten Wein herzustellen.

Traben-Trarbach war bis zu Beginn des zwanzigsten Jahrhunderts, zusammen mit Bordeaux, weltweit die wichtigste Handelsstadt für die gesamte Weinwelt unserer Erdkugel. Zusammen mit der Hauptstadt Berlin gab es hier die erste elektrische Straßenbeleuchtung in Deutschland. Aus aktueller Betrachtungsweise – unvorstellbar! Hier war damals der echte Wohlstand zuhause, und sich auf diesem Kissen auszuruhen, das ließ die fetten, materiellen Polster mit den Jahrzehnten sichtbar erschlaffen, ebenso bis auf einige Ausnahmen ...den Anschluss verpassen. Kein Wunder, dass mir hier verständlich wurde, zu welchem Verfall das Festhalten an materiellen Werten und althergebrachten Einstellungen führen kann.

„*Wer nicht mit der Zeit geht – der geht, mit der Zeit!*" Ganz einfach ...und eine wichtige Lektion für mein weinbauliches Betriebsleiterhirn (...☺).

Weiter ging die Reise, um meiner eigentlichen Heimat – meinem Herzen und mir selbst – näher zu kommen, weitere Wurzeln zu bilden und mich auf eine Art zu festigen, die mir immer vertrauter wurde. Manches Mal der Blick zurück oder ein Besuch in meinem Geburtsort, ohne dass mich so etwas wie Heimweh erobern konnte. Mein lieber Schwan, war ich so eiskalt geworden, oder hatten sich für mich die Dinge, Wichtig- und Wertigkeiten einfach nur verlagert? Ja, sie hatten sich verlagert! Von aussen in diesen Ort, sein Geschehen und die Menschen zu schauen, ließ mich mit der Zeit mit anderen Augen sehen, ließ mich vieles verstehen und erkennen, was ich vorher gar nicht sah und mich vorher nie zu hinterfragen getraut hätte ...oder es mir gar nicht in den Sinn gekommen wäre.

Sehr wenige freundschaftliche Kontakte sind zu diesem Dorf geblieben. Die meisten Bewohner sind in Form ihrer Namen als weniger oder mehr sympathisch bei mir abgespeichert, und so manch althergebrachter Hausname ist bereits vergessen. Dennoch an dieser Stelle mein Dank an alle Dorfbewohner, die meinen Weg begleiteten. Solche, mit denen ich mich heute noch auf besondere Weise verbunden fühle, oder auch solche, von denen ich an den Reibungspunkten unserer 'Sympathiedifferenzen' (...☺) lernen durfte. Ganz am Rande fällt mir bei solchen Gedankengängen auf, dass ich wie von Geisterhand gesteuert, auf meinem Lebensweg immer wieder hin zum Weinbau gelenkt wurde, ganz egal, welche vorherige Richtung ich auch einschlug. Bemerkenswert!

Mittlerweile war ich einige Jahre im Verkauf tätig, tingelte in mehr oder weniger interessanten Nebenjobs herum und durfte vieles von dem lernen, so wie man es nicht machen sollte. Lernte sogenannte Chefs kennen, die nur aufgrund einer hierarchischen Laufbahn oder auch ihrer innerbetrieblichen oder gar finanziellen Möglichkeiten, um einen Betrieb zu übernehmen, zum Chef wurden. Ich konnte es nicht fassen, wie unfähig, vor allem in Sachen Menschenführung Chefs doch sein können, und dabei sind doch gerade die Mitarbeiter ein ausserordentlich wichtiges Unternehmenskapital, welches unbedingter Würdigung bedarf. Fehlanzeige! In dem frustrierenden Gefühl, dass so mancher Chef noch soviel von mir hätte lernen können, gab ich mein ausserweinbauliches Arbeitsleben nach wenigen Jahren wieder auf, um zurück in den vertrauten Weinbau zu wechseln.

So fand ich wieder den Weg in ein namhaftes Weingut an der Mittelmosel, um mich dort aufgrund meines Winzermeistertitels zusammen mit den Auszubildenden und Praktikanten der Weinbergsarbeit in den guten Steillagen zu widmen. Auch hier war es mir wiederum eine wichtige Erfahrung, Abläufe, Denkweisen, Eigenarten und Umgangsformen zu erkennen, die man oftmals hätte vorteilhafter gestalten können. Aus meiner Sicht nahm hier der Grundgedanke, 'Ausbeutung von Mitarbeitern', einen Stellenwert ein, der als Teil einer betrieblichen Philosophie absolut nicht in meine Auffassung von Gerechtigkeit, Achtsamkeit und Menschenwürde passte. Dann auch noch selber dazu zu gehören, das konnte für mich keine Zukunft haben. Als Teil eines interessanten und lehrreichen Werdegangs hakte ich ein fast dreijähriges Angestelltenverhältnis ab und sagte mir... „waren das nicht Lehrjahre genug, um mich im Weinbau wieder selbständig zu machen?“

Das, was ich bisher mit ein paar wenigen übriggebliebenen Weinbergsparzellen meiner Familie über viele Jahre hinweg sozusagen nebenberuflich machte, wollte ich zusammen mit meiner Lebensgefährtin ein wenig aufstocken und konsequent als beruflichen Haupterwerb in dem Ort, in dem wir wohnten, betreiben. Hier hatten wir inzwischen eine schöne, kleine Jugendstilvilla angemietet, die mit kleinem zauberhaften 'Märchengarten' umgeben war. Ebenso stand mir im gleichen Ort schon seit längerem eine kleine Halle mit Weinkeller zur Verfügung und somit waren die wesentlichen Voraussetzungen für die Selbständigkeit gegeben. Das erforderliche Equipment war bereits vorhanden oder wir schafften es uns nach und nach an, und los ging's. Zu unserem Bedauern allerdings war uns schon lange aufgefallen, dass ein heimatliches Gefühl in diesem Dorf zu keiner Zeit aufglimmen konnte. Nun wohnten wir schon viele Jahre hier, kannten so einige der Einheimischen gut, die meisten weniger gut, andere überhaupt nicht. Nun ja, wir waren halt die Zugezogenen, die sich auch noch in den ortsprägenden Weinbau einmischten(?). Das war in den Augen der Alteingesessenen ziemlich schwer verdaulich und es gab uns einen Status von Andersartigkeit, um es gelinde auszudrücken, der wie ein Stempel auf unserer Stirn prangte.

Gefühle, die einmal mehr bestätigten, warum wir uns anfangs schon sagten, dass dies ein Ort sei, an dem wir nur vorübergehend unser Lager aufschlagen wollten, denn die ortsinternen Energien fühlten sich für uns beide recht kalt und lieblos an. Demnach alles andere als heimelige Heimatgefühle und damit keinerlei Ambitionen, sich in das Ortsgeschehen einzubringen. Zugegeben, dieses sich immer wieder bestätigende Gefühl veranlasste uns dazu, ziemlich passive Dorfbewohner zu sein, wofür nur wenige Verständnis hatten. Ich selbst fand's ja auch schade, weil ich ursprünglich eine einigermaßen gesunde Dorfgemeinschaft gewohnt war und gerne aktiv daran teilnahm. Deshalb sprach ich einige veränderungsbedürftige Auffälligkeiten in diesem Ort auch an, andere hätte ich gerne angesprochen, doch die abwehrenden Reaktionen auf Ersteres waren dagegen. Es blieb überwiegend das Gefühl des Nicht-dazu-Gehörens. Die Einheimischen schienen sich zu sperren und regelrecht ängstlich hinter ihren althergebrachten Gewohnheiten zu verschanzen. Nun gut, damit konnte ich leben und ich wollte auch nicht wissen, was hinter meinem Rücken über mich geredet wurde. Dann eben nicht – war unsere Entscheidung! Jedenfalls fühlte ich mich damit wohler, als dass ich die eigenen Gefühle, Erfahrungen und Ideen abwürgen sollte, nur um hier ein angesehener, angepasster, gut funktionierender und braver Bürger zu sein. 'Mainstream' war noch nie mein Ding, und 'Frei-Denkende' haben es immer und überall schwer, egal an welchem Ort.

Viele solcher Dörfer gibt es heute, in denen es die oberste Priorität ist, politisch und gesellschaftlich innerhalb amtlicher und sozialer Regularien perfekt zu funktonieren, bei gleichzeitig zunehmender Gefühls- und Rücksichtslosigkeit (die duldend ignoriert wird) sowie der Unfähigkeit, menschlich miteinander umzugehen und flexibel zu sein. Hauptsache nicht aus der Rolle fallen, gut dastehen, die wahrhaftigen Ängste gekonnt überspielen und alles unter Kontrolle haben. Hier kam es mir vor, als würde jede Art von Andersartigkeit in dem Glauben ignoriert, dass man sie damit tatsächlich aus dem eigenen Dorf verbannen könnte. Offensichtlich war wie in so vielen Orten nur derjenige wahrhaft akzeptiert, der mit dem allgemeinen Strom von Ansichten und Verhalten mitschwamm und den alteingefleischten Dorfregularien beipflichtete. Das durften alle spüren, die auf irgendeine Art und Weise 'aus der Reihe' tanzten. Wollte ich das betreffende Verhalten und die gefühlten Energien in einem Wort beschreiben, dann würde ich es 'Unbewusstheit' nennen. In bevorzugt oberflächlichem 'Blabla' verdrängten die meisten sogenannten Einheimischen ihr seltsames Verhalten zu diesem Thema so gut, dass für mein Empfinden noch nicht einmal das Nachdenken darüber die klitzekleinste Chance bekam, und die vorsichtigen Gesprächsversuche dazu, an dieser starren Wand aus Voreingenommenheit abprallten.

Die Kommunikation über die elektronischen Medien beherrschte inzwischen fast jeder, doch von Mensch zu Mensch in der Nachbarschaft und in den alltäglichen Begegnungen mal offen und ehrlich miteinander zu reden, das war die Ausnahme und fehlte uns. Es gab kaum kreatives Vereinsleben, und die meisten lebten hinter sehr vorteilsorientierter, egoistischer Brille in ihren abgeschotteten, heimischen Verstecken und waren von uns 'Anders-Denkenden' kaum dort herauszulocken. Ich fühlte es stets so, als spiegelte dieses Dorf die innerdeutsche Entwicklung parallel und allerbestens wider. Diese lautete eindeutig: 'Mehr Schein als Sein', was auch sehr gut im touristischen Ortsprospekt umgesetzt wurde.

Jeder fühlte sich auf seine Art wichtig und unantastbar, mit der Randerscheinung, dass 'Etwas-haben' gleichgesetzt wurde mit 'Etwas- oder Jemand-sein'. Unter den Winzern bedeutete es, dass derjenige, der neben seinen Weinbergen nicht mindestens mehrere Häuser, Baugrundstücke, Traktoren und einige Autos sein Eigen nennen konnte, im Grunde genommen und aus ihrer Sicht ein Niemand war.

Ich kann mir das Grinsen nicht verkneifen, wenn ich bedenke, wie lange wir als solche 'Niemands' in einem schönen Haus wohnten, an einem schönen Standort, in malerischer Umgebung und eingebettet in eine gute Infrastruktur. 'Unser Haus' mit großem Garten drumherum war ein wahrhaft beschaulich-schöner Platz, erinnernd an eine grüne Insel, mitten im Dorf gelegen und die Energien fühlten sich an, als wären wir abgeschirmt vor den Blicken und Zugriffen heimlich gieriger 'Vorwitznasen' – gut so! Trotz allem war Wohlfühlen und Glücklichsein, eingebunden in eine lebendige Dorfgemeinschaft, etwas völlig anderes und den meisten Dorfbewohnern anscheinend absolut fremd und ebenso gleichgültig. Voll eingebettet in das Angst-Phänomen der heutigen Zeit.

Mögen die wenigen in diesem Ort einheimischen die dieses Buch lesen, mir meine Sätze nachsehen und vielleicht denkt ja der ein oder andere irgendwann darüber nach, dass Aussenstehende manchmal einen sehr neutralen Blick in ein Ortsgeschehen und die dort vorherrschenden Energien haben.

Andererseits können die ortsansässigen Menschen, deren Familie schon seit Generationen darin lebt, die wahrhaftige und allgemeine Lage der Dinge niemals mit neutralen Augen betrachten. Dies mache ich niemandem zum Vorwurf, sondern sehe es als absolut normale Abfolge und als Resultat einer gewachsenen Dorfstruktur. Zur Verdeutlichung nehme ich das Bild eines Ameisenhaufens: Von aussen, neutral und im Gesamtbild betrachtet sehe ich – und auch du – die Bau- und Verhaltensstrukturen, die Wege, das emsige Treiben und die Aufgaben der tausenden von Arbeiter/Innen. Die einzelne kleine Ameise jedoch (egal welchen Ranges), die in und von diesem Haufen lebt, die kann das Gesamtgeschehen mit allem was innerhalb des 'heimischen Haufens' sehr funktionell ineinander greift, unmöglich überblicken.

Aktuell beobachte ich im menschlichen Zusammensein, wie mehr und mehr ein seltsames liebe- und lebenignorierendes Verhalten um sich greift, von dem die Menschen sogar schon glauben, es sei normal – so wie die Medien es uns mit schönen Bildern geschmückt, erfolgreich zeigen und einreden!

In Anbetracht dieser Entwicklung war es um so wichtiger, dass ich in vielen vergangenen Jahren Gelegenheit hatte, meine Heimat mehr und mehr in mir selbst zu finden. Diese festigte mich und uns zumindest so viel, dass wir immer wieder Nischen zum Auftanken und Wohlfühlen fanden oder uns solche schufen. Nicht nur das Kennenlernen vieler verschiedener Wohn- und Arbeitsstätten, Menschen und ihrer Mentalitäten, sondern besonders das Loslassen vieler alter Gewohnheiten, Prägungen und Denkmuster ließen mich mit jedem Lebensjahr offener und freier werden. Wobei ich gestehen muss, dass es oftmals schwer war, dies in der vorbeschriebenen Situation und in diesem Umfeld zu leben. Viel einfacher war das, wenn wir ausserhalb unseres Zuhauses in menschlich-erfreulichere Umgebungen eintauchen konnten.

Noch einfacher war es etliche Jahre zuvor, in denen ich auftankte beim Besuch von vielerlei Seminaren, sowie interessanter und sehr sympathischer Bekanntschaften, die ich auf meinen Reisen machte. Das Entdecken meiner eigenen Gefühlswelt und ganz besonders das oftmalige Verliebtsein, oder sagen wir besser das 'den-Gefühlen-folgen' (worüber ein eigenes Kapitel berichtet), ließen mich 'Sachen' in meinem Inneren erkennen, die mich auf eine neue Spur in einem anderen Licht führten. Wahrlich wirkten diese Erlebnisse auf mein anfangs hartes Männerherz Gott sei Dank sehr erweichend (...☺), manchmal sogar spürbar schmerzend. Es war ein leichter Schmerz in der Herzgegend aus heiterem Himmel, den du vielleicht auch kennst. Da ich mich ansonsten kerngesund fühlte, machte ich mir nicht wirklich ernsthafte Gedanken darüber, denn im Nachhinein fühlte ich es stets so, als würde sich eine Umklammerung lösen, ...somit herzöffnend und bereichernd. Eine gesunde, wohlproportionierte Kombination all des hier Geschilderten war es, die mich meine Heimat in einer Form finden ließ, mit der ich heute zufrieden, glücklich und sehr dankbar dafür bin. Dankbar für die Heimat in mir selbst!

Über menschliche Parallelen zum Wein

Vor sehr langer Zeit stellte *jemand* eine These in den Raum, deren Bekanntheitsgrad kaum zu übertreffen ist. Sie lautete: *„Ich bin der Weinstock, ihr seid die Reben“ (Joh. 15.5).* Den meisten Menschen in der westlich-zivilisierten Welt ist dieser Spruch schon mal irgendwie begegnet. Die Weinrebe – in der 'abendländischen' Menschheitsgeschichte taucht sie samt aller Erzählungen drumherum in einer Häufigkeit auf wie keine andere Pflanze; oder es ist der Wein selbst, der als pflanzliches Erzeugnis immer wieder Erwähnung findet. Inzwischen berührt es mich, und ich fühle und stoße fortwährend mehr auf Gemeinsamkeiten, die uns Menschen mit ihm verbinden. In den Werken vieler bekannter Dichter und Denker der Vergangenheit wie auch Neuzeit, taucht ebenfalls der Wein auffallend häufig auf. Warum ist es gerade der Wein? Es wurden immer schon andere Arten von Beerenfrüchten kultiviert oder verarbeitet. Es gab Getreide, Oliven, Nüsse, Äpfel, jede Menge sonstiges Obst und Gemüse, nein, es war der Wein, der diesen Siegeszug antreten sollte! Ist es 'Zufall', dass der Wein schon immer einen ganz besonderen Stellenwert einnahm? Der Dichter und Schriftsteller Stefan Andres, an der Mosel geboren und lange dort zuhause, formulierte es so:

„Des Lebens tiefste Weisheit liegt im Wein.“

In diesen Erkenntnissen lässt sich der Bogen in einer hervorragenden Weise zu mir selber in meiner Eigenschaft als Winzer und 'Seelenwanderer' spannen.

Mit dem Wein bin ich aufgewachsen, der Anbau und die Herstellung ist mir bestens vertraut, und ich habe ihn und mein Wissen darüber zu meinem Beruf machen dürfen. Mein Herz hängt daran und ließ mich diese Tätigkeit als meine Berufung erkennen. Im Weinberg finde ich Ruhe, habe Verbindung zur Erde, auf der ich stehe und lebe, während sich vor mir die wunderschöne Mosellandschaft mit ihren in der Sonne schillernden Flussschleifen und prachtvollen Farben unter blauem Himmel wie ein leuchtendes, gewundenes, mäanderndes Band dahinschlängelt. Die Dörfer liegen ruhig und reizvoll an den Ufern und reihen sich wie Perlen auf einer endlos gewundenen Schnur aneinander. Ein malerisches Bild, umrahmt von unzähligen Weinstöcken, die aufwärts zu den Anhöhen streben und einen nahtlosen Übergang zum Horizont mit seinen bewaldeten, weichen Kuppen und Bergen der angrenzenden Mittelgebirge von Eifel und Hunsrück bilden. Dort mittendrin zu stehen, seine Arbeit zu tun, und manchmal einfach nur 'von oben herab' auf das geschäftige Treiben im Tal zu schauen, lässt mich im gleichen Moment Teil davon sein, wie auch Abstand dazu spüren. Die Gedanken haben freien Lauf und meine besten Ideen und Visonen wurden hier geboren.

Ich schaue hinunter zum Fluss, wo Enten, Schwäne, Gänse, Reiher, Krähen und sonsiges kleineres 'Federvieh', oft von der Zivilisation aufgescheucht, dahinfliegt. Hier stehe ich auf meinem Logenplatz zwischen den alten Reben und offenbare mich diesem Schauspiel auf der Bühne der Natur. Hier und da schießt ein Falke wenige Meter an mir vorbei oder steht, auf Beute lauernd, mit den Flügeln schlagend, aber doch wie erstarrt und lautlos an seinem 'himmlischen Beobachtungsplatz' hoch über mir im luftigen Nichts. Ein anderes Mal traut sich der artverwandte viel größere Bussard, weite Kreise ziehend, soweit herunter, dass ich ihm während seines Gleitfluges von oben auf die Schwingen schauen kann. Majestätisch segelt er an mir vorüber, stolz und überlegen, alles im Blick. Ähnlich wie der Milan, der sich kaum so tief herunter traut.

Ach ja, und es gibt im Frühjahr und Spätherbst ein jährlich immer wiederkehrendes, mich faszinierendes Spektakel am Himmel, ...der Flug oder Zug der Kraniche, die mit ihrem 'Gezeter' schon von weitem, egal ob Tag oder Nacht, auf sich aufmerksam machen. Immer wieder berührt es mich, wie sie so typisch pfeilförmig angeordnet oder untereinander ihre Flugformation suchend, den Flusslauf der Mosel auf ihrem Frühlingsflug nach Norden oder Herbstflug nach Süden kreuzen. Seit jeher ist es ein Zeichen für den bevorstehenden Wechsel der Jahreszeiten. Unten im Tal bevölkern währenddessen meine unruhig-menschlichen Artgenossen den Fluss, die Straßen und die Sehenswürdigkeiten. Mir solcher Augenblicke bewusst verstehe ich, wo und wann die Anbindungen an die Natur noch stattfinden können. Zu diesem besonderen Teil der Schöpfung dazuzugehören, und es in der Weise wahrnehmen zu dürfen, lässt mich dankbar sein und tut einfach nur gut. In solchen Momenten fühle ich mich am richtigen Platz und Daheim.

Durch den Wein bin ich viel herumgekommen und habe ständig mit Schöpferkraft *(Kreativität)*, den 'Urgewalten', allen Wettern, der Natur, meiner Umwelt und den Menschen zu tun. Ein Gedanke, der sich mir zu einer Frage formuliert, lautet wie folgt: *„Ist nicht auch der Wein ein Stück Natur, ein Stück von uns, weil er – wie eingangs erwähnt – wie kein anderes Kulturgut seit jeher die Menschen durch alle prägenden Entwicklungsepochen begleitete, gar verband?"* Vielleicht wegen der vielen symbolischen Gemeinsamkeiten, von denen der Nicht-Wein-Interessierte nichts ahnt. Und von denjenigen, die sich mit Wein beschäftigen, sind sich nur wenige über die vielen Parallelen im Klaren. Der Wein birgt in jedem Jahrgang erneut dessen 365-Tage lange Wahrheit, die er nährend in sich einsaugt. Das Gute, das Geschmackstypische, das Interessante und Sinnliche wie auch das Betörende, das es mit den Sinnen wahrzunehmen gilt, findet sich ebenso in ihm wie auch das 'Böse', der Schmerz, die Sucht und das Risiko, falls man mit ihm nicht umgehen kann. *Wie im wahren Leben!*

Für alle Weinliebhaber, für die, die es werden wollen, sowie für die anderen Leser/Innen, wird es in den folgenden Abschnitten ein wenig 'weinig', wenn ich die Ähnlichkeit des Werdegangs von Wein und Mensch miteinander vergleiche: Die vegetative Phase der Weinreben, das Wachstum (das, was draussen im Weinberg passiert), bezeichne ich als seine Kindheit, Jugend und Adoleszenz, einschließlich der Ernte, des Keltervorgangs und Einlagerns in Fässern, wo er dann reifen und 'erwachsen werden' kann. Bis hin zu dieser Zeit gilt es, die Reben und Trauben (so wie unsere Kinder) liebevoll zu pflegen, manchmal auch in ihre Grenzen zu weisen und somit in die Richtung zu lenken, die langfristig dem Wohl des Rebstockes dient (stimmt, denn das wiederum ist so subjektiv, wie Eltern ihre Kinder erziehen). Alles in allem ist es das Ziel, ihn nach bestem Wissen und Gewissen, aber in Liebe auf einen guten Weg zu bringen, so dass er mir als Winzer über möglichst viele Jahre wunderbare Früchte und Freude beschert. So ganz nebenbei und selbstverständlich erhält er von den Mineralien des Bodens und Gesteins, von Wasser, Licht, Luft sowie der alles beeinflussenden Sonne – die ich als die Liebe oder sogar deren Quelle ansehe (an anderer Stelle mehr darüber...) – seine lebenswichtige Nahrung.

Und so wie die Sonne und der Standort die Reben nähren, genauso werden unsere Kinder von ihrem Umfeld mit ihrem Bedarf fürs Leben genährt. Alle im Vorfeld erwähnten Faktoren sind ausschlaggebend für die spätere Wein-(Menschen-)qualität. Wer so ein klein bisschen den Natur-Einblick hat, der kann sie entdecken und spüren: Die Symbolik der sagenhaften Gemeinsamkeiten bis hin zu unserem 'Erwachsen-sein'. Naja, ich zumindest sehe sie (...☺).

Nun lagert der junge Wein im dunklen, kühlen Keller und beginnt in absehbarer Zeit zu gären. Ein Vorgang, der unserer jugendlichen Pubertät sehr ähnlich ist, denn aus dem ursprünglichen Saft/Most entsteht sozusagen ein völlig neues Produkt. Als 'Federweisser' wächst quasi ein Kind durch seine Trotz- und Kreativphase (in der es manchmal schäumt und knistert, kocht und brodelt) hin zum Erwachsenen. Wie beim Jugendlichen kann der Mensch (Eltern) diese Entwicklungsphase zwar begleiten, aber nur wenig beeinflussen. So wie der Winzer beim Wein! Dabei kreieren die natürlich enthaltenen feinen Ingridenzien, die Extrakt-, Aroma- und anderen weinspezifischen Inhaltstoffe den jungen Wein (Pubertät). Ohne jegliches Zutun wird wie von selbst und mit einem Hauch von Mystik der vorhandene Fruchtzucker mit Hilfe von süßehungrigen Hefebakterien durch die Gärung zu Alkohol umgewandelt. Fertig ist das interessanteste und nach wie vor – auf seine Art – kostbarste alkoholische Getränk, das uns seit Menschengedenken in ganz besonderer Weise begleitet (soweit ein grober Wissenskurs zur Weinentstehung!).

„Die wahre Kunst des Weinmachens
liegt für mich darin, alles wegzulassen,
was den wahren Geschmack beeinflusst oder stört
und das Einzigartige zu bewahren,
was die Natur gegeben hat.“

Tja, so geht das, ohne auf Einzelheiten einzugehen, fast von selbst, so wie das in der Natur nun mal üblich ist. Nach der Traubenlese kann der Rebstock sich erholen und die Zeit genießen, bis er irgendwann seine farbenprächtigen Blätter abwirft und im Spätherbst so langsam sein Leben ausklingen lässt. Im folgenden 'Winterschlaf' stirbt er regelrecht ab und wird – so Gott will – im nächsten Frühjahr, wenn der Globus sich wieder so weit gedreht hat, dass die Sonnenstrahlen ihn mit neuer Frühlingsenergie erwärmen, seine Knospen austreiben und mit dem Sprießen der ersten grünen Blättchen einen neuen Jahrgang 'gebären' und heranwachsen lassen.

Lebenskraft

Ich sah, wie Blätter im Herbst
von einem Weinstock fielen,
und dann sah ich einen Weinstock,
von dem alle Blätter abgefallen waren.

Ich hörte die Worte:

"Sei unbesorgt. Die Lebenskraft liegt im Inneren,
und aus dieser Lebenskraft wird das Neue hervorgehen.
Wisse, dass das Alte sterben muss,
damit das Neue geboren werden kann."

> von Eileen Caddy übernommen und geändert <

Der unendliche Kreislauf geht weiter, während der neue Jahrgang jetzt im Keller liegt und sich sein wahres ICH – seine Bestimmung – immer feiner und differenzierter herausbilden kann, bis er in Flaschen gefüllt wird. Nun hat die Mutter Erde ihr Kind 'Wein' losgelassen. Ganz so, wie wir Menschen es mit unseren Kindern tun sollten: *In der Jugend sollten wir den Kindern Wurzeln geben und wenn sie älter werden, Flügel!* So weit, so gut, und die teils weinfachlichen Ausführungen müssen jetzt nicht alle LeserInnen verstehen. Anschließend, nach nochmaliger, individueller Reifezeit in der Flasche, macht er sich auf den Weg, um die Menschen, die Weinkenner, Genießer und Gourmets in aller Welt zu erfreuen.

Weine, die auf so simple Art erzeugt werden, sind heute selten, doch wenn sie mit viel Erfahrung, Fingerspitzengefühl für das Wesentliche, Begeisterung und Liebe zu etwas *Einzigartigem* heranreifen dürfen – von fachlicher Kompetenz gefühlvoll begleitet – dann ist das nicht einfach nur Wein, sondern es ist das finessenreiche Spiegelbild seines Werdegangs innerhalb des unendlichen Spektrums unser aller seelischen Zutuns. Auch schmecken die so entstandenen Weine nicht alle gleich, so wie auch wir Menschen allesamt verschieden sind. Jeder Jahrgang, jede Lage, jeder Keller, jedes Fass und jeder Winzer bringt andere individuelle Gewächse hervor, deren feine Farb-, Geruchs- und Geschmacksnuancen es zu entdecken gilt. Nicht vergessen: die letztendliche Qualität in der Flasche kann ihre Vollendung wahrhaftig nur erlangen, wenn auch der verantwortliche Winzer-/Kellermeister an seinem richtigen Platz ist.

Und auch hier wiederholt sich... in jedem Berufszweig gibt es solche und solche. Ein wirklich guter Wein braucht Zeit, um auf natürlichem Weg zu reifen, denn nur so kann er zu etwas wirklich Besonderem werden – ähnlich wie beim Menschen. Demgegenüber gibt es die Trendweine, die mit manchmal spektakulären, modernen 'oenologischen Vinifizierungsmethoden' in aller Welt schnell und 'gut' dem Verbrauchergeschmack angepasst werden (ähnlich wie man heute die Menschen an ihr Umfeld anpasst), weil schließlich der Rubel rollen muss... ich weiss! Sei froh, dass du nicht weisst, wie gefühllos solche Weine oftmals behandelt werden und mit wievielen weinfremden Stoffen (teils haarscharf an toxischer Nachweisbarkeit vorbei!) sie oftmals in Berührung kommen, nur damit sie in ein vorgegebenes Geschmacksbild passen.

Das heisst im Klartext, dass die modernen, jungen Weine heute vielfach mit diversen technischen, chemischen und allen möglichen weinfremden Mitteln möglichst schnell trinkfähig gemacht werden. Sie alle werden in eine internationale, geschmackliche Richtung 'getrimmt'. Sie werden regelrecht gepeinigt, traktiert, misshandelt und vergewaltigt, um sie in kürzester Zeit marktgerecht präsentieren zu können. Schließlich ruft das Geld! In Europa im September/ Oktober geerntet, zu Weihnachten im Verkauf – prima! Gibt dir das nicht zu denken? Diese Weine sind für meinen Geschmack in der Regel langweilig, haben weder Rückrat, noch Charakter, noch Finesse oder Charme, schmecken alle ziemlich gleich und sind nach kurzer Zeit 'hinüber'. Es sind vor allem die aus den Supermarktregalen zu günstigen Preisen, und bei denen jeder gesunde Menschenverstand sich fragt: Wie geht das? Die Dreistigkeit greift derzeit sogar so weit um sich, dass mutige Anbieter diese Flaschen mit hochwertiger Aufmachung zu völlig überteuerten Preisen in die Regale stellen, auf der meist erfolgreichen Suche nach sogeannten 'Dummen'. Ich spreche von Weinen, die zumindest von ihrer Art her, rebsorten- und herkunftsunabhängig, fast alle in sehr ähnliche Geschmacksrichtungen tendieren.

Diese 'gut und schnell gemachten' Konsumweine, die es durchaus auch häufig beim Winzer gibt, vergären mit fremden, speziell laborgezüchteten Hefezusätzen, die industriell hergestellt und anwenderfreundlich abgepackt sind. Der Einfachheit halber leicht zu handhabende Präparate, deren Vielfalt an geschmacklichen und geruchlichen Auswirkungen oft unergründlich, aber sehr betörend sein können. Völlig logisch, dass mit solch künstlichen, die Sinne streichelnden Verfälschungen, die Individualität des jeweiligen Weines schon in der Gärung, also von Anbeginn nachhaltig fremdbeeinflusst wird. Auf diese Weise entstehen bis ins feinste sensorische Detail, temperatur- und computergesteuert, bis zur Abfüllung manchmal regelrechte Bukett- und Geschmacksbomben, die bis zur individuellen Unkenntlichkeit geklärt, gepumpt, behandelt, gefiltert, 'geschönt', kurzum... manipuliert werden (wie unsere Kinder – das eigene ICH wird ihnen abtrainiert ...☹). Sie werden technisch nach modernen Lehrmeinungen und den innerbetrieblichen Geschmacksvorgaben, die aus den subjektiven Gedanken der medialen Meinungsbildner entstanden sind, gemacht *(ohlala, ziemlich komplizierte Formulierung ...☺)*. Modernste Kellertechnik in krankenhausähnlicher, toter Laborsterilität, edelstahlblitzender, moderner Keller- und Abfüllhallen sowie eiskalter Fließbandatmosphäre ermöglicht auch das scheinbar Unmögliche. Wein als ein Industrieprodukt der Kellereien und mitmachenden Weingüter, das einem selber ins Leben gerufenen Markt entsprechen muss. Keine Liebe, kein Gefühl, keine Wahrheit mehr im Wein, sondern mehrheitlich aus reinem Profitdenken entstanden.

Da wunderst du dich, wenn dein Magen rebelliert, deine Allergien auf den Plan treten; wenn dein Kopf schmerzt ...und der Glascontainer sich füllt, weil ausgeklügelte, optisch-gefallen-müssende, 'exotische' Flaschenformen (aus marktstrategischen Gründen) nicht wiederverwendet werden können. So wie auch die Schraubverschlussflaschen, aber der Konsum zeigt, dass diese Methodik leider in unser 'Wegwerf- und Bequemlichkeits-Zeitalter' mit der 'Nach-mir-die-Sintflut-Einstellung' allerbestens hineinpasst.

„Nach dem Gelde ist wohl der Wein am ehesten Wert, dass man seiner gedenkt."

> Johann Wolfgang v. Goethe <

Es sollte übrigens die Aufgabe eines jeden Berufes sowie des darin tätigen Menschen sein, die anderen mit besonderen Fähigkeiten zu erfreuen und ihnen etwas Gutes zu tun. Doch wo ist das noch so? Das handwerkliche Können, die Liebe zum Produkt, gesunde Tradition und das Gefühl, das sich im Umgang damit sowie im Entstehen widerspiegelt, wurde von unserer schnelllebigen Zeit bis auf wenige Ausnahmen, aber auch die werden langsam wieder mehr, verdrängt. In der heutigen beruflichen 'Entwicklungsphase' des Menschen, die bevorzugt am Schreibtisch stattfindet, und in der es fast nur noch als wichtig erscheint, sich die Finger nicht mehr schmutzig zu machen und sich keinerlei körperlicher Beanspruchung mehr auszusetzen, ist das natürlich äusserst schwierig. Weiterhin ist zu beobachten, dass sich eine andere 'Krankheit' schon soweit eingeschlichen hat, dass sie als solche fast nicht mehr auffällt, sondern schon zur Norm wurde: Die 'Nachmachmentalität' macht sich breit und breiter.

Nicht nur im Nachbarschafts- und Bekanntenkreis will jeder

mit jedem konkurrieren. Auf andere Weise auch in der Wirtschaft – viele versuchen, mit einem gut eingeführten Produkt eines Mitbewerbers im Markt mitzuschwimmen, anstatt sich ihrer eigenen Stärken zu besinnen. Ganz im Sinne von... wenn etwas sich gut verkauft, will ich auch was vom Kuchen haben. Da kann ich nur sagen: *„Kopieren heisst nicht kapieren!"* Lange schon hat diese billige Art des Geschäftemachens auf unterstem Kreativitätsniveau nicht nur in vielen kleinen Weingütern Einzug gehalten, sondern schleicht sich durch die gesamte Wirtschaft und Menschheit – so tief sind wir gesunken!

Auch der Neid hat in unserem Lande einen Stellenwert erhalten, wie man ihn in kaum einem anderen Land finden kann. Es hat nach meiner Ansicht wohl damit zu tun, dass hierzulande die Hirne der Menschen derart von den Medien vergiftet sind, wie ich es selten in anderen Ländern erlebt habe. Ein trauriges Bild, dass du aber nur sehen kannst, wenn du entsprechende Erfahrungen 'ausserhalb deines Tellerrandes' machen konntest und wahrhaft offen mit allen Sinnen durch das Leben gehst. Sollten wir alle nicht mit viel offeneren Augen durchs Leben gehen, ehrlich hinschauen, viel mehr hinterfragen und solche Machenschaften meiden?

Nachfolgend eine Geschichte, die aus dem richtigen Leben eines Winzers sein könnte und auf viele andere Bereiche übertragbar ist. Sie floss mir durch die Finger aufs Papier und ich gestehe, dass ich bei solchen 'Ergüssen' im Nachhinein nicht immer weiss, woher sie kommen, bzw. wer sie mir eingibt...

Ein Winzertraum

(...oder: Weinbauwahnsinn – und fast alle machen mit!)

An einem wunderschönen Spätsommerabend Ende der 1960er Jahre setzte sich ein Winzer vor sein altes Gutshaus auf die Ruhe- und 'Plauderbank' – wohlweislich Flasche, Korkenzieher und Glas in der Hand, den Feierabendschoppen zu genießen. Am Horizont kündigte sich in einem Schleier von lila, rosa und orange-rot so langsam der Sonnenuntergang an, während er seiner Flasche mit einem lauten 'Plopp' den Korken entlockte und sein Glas füllte. Hier unter seiner kleinen Laube hatte er schon so manches Gläschen allein, mit seiner Frau, den Kindern, den Nachbarn oder Freunden und vorbeikommenden Wanderern getrunken – ein Platz zum Wohlfühlen. Es ging ihm gut! Er und seine Familie besaßen etwa 20.000 Weinstöcke in den besten Lagen der Umgebung. Damit hatten sie ihre jährliche Beschäftigung, ein gutes Einkommen, konnten sich so manchen Luxus leisten und waren glücklich und zufrieden. Ein kleiner Teil der Ernte wurde als Fasswein verkauft, und den Großteil füllte er selbst in Flaschen für seinen treuen Kundenstamm, der sich stetig erweiterte. Dankbar stieß er mit sich selber an und blickte die Gasse hinunter, über die Mosel hinweg zu den steilen, felsigen Schieferhängen, wo dieser leichte und verspielte, von seiner Fruchtsäure getragene, reife und anmutige '1959er Natur' gewachsen war, den er in diesem Moment seines Lebens genoss.

In Gedanken bei seinen guten Steillagen, wo, wie auch anderenorts, seit vielen Winzergenerationen der beste Moselriesling auf wurzelechten Reben wuchs, begann er nach einem arbeitsreichen Tag zu träumen. War es der Wein, die Müdigkeit, der schöne Sonnenuntergang oder das Wohlfühlen an diesem heimelig-vertrauten Ort, das ihm ein Gefühl von Leichtigkeit und Dahinschweben verlieh und seiner Fantasie schier grenzenlose Freiheit ließ? Während er sich halbschläfrig dösend diesen Wahrnehmungen und Gefühlen hingab, ließ ihn seine Fantasie eine fremde, unwirkliche Gestalt erkennen, die ihm wie von einer anderen Welt erschien. Sie setzte sich zu ihm auf die hölzerne Bank, begann zu erzählen und machte ihm einen Vorschlag:

"Erweitere deinen Betrieb in den kommenden 1970er Jahren, hinein in die Ebene, auf einige Hektar Rebfläche, weil die hochwertigen Steillagen unwichtig werden, denn die sind zukünftig zu arbeitsaufwendig. Für die entstehende Mehrarbeit wird es Schmalspurtraktoren und Maschinen geben, die eure Handarbeit einsparen. Auch Stockzahlen sind nicht mehr relevant, weil zur bürokratischen Vereinfachung nur noch Hektare zählen – egal, wieviel Wein auf wieviel Stock geerntet wird. Es kommt ein neues Weingesetz; pflanze andere, neugezüchtete Pfropfreben, die mehr Trauben, trotzdem höhere Mostgewichte und folglich bessere Weine bringen und damit höhere Gewinne bedeuten. Überhaupt wird in den nächsten Jahrzehnten nur noch das Geld und die Wirtschaftlichkeit im Vordergrund stehen. Das 'von-ganzem-Herzen-' und 'mit-Leib-und-Seele-Winzer-sein' verliert seine Bedeutung. Deine bisherige Gutmütigkeit, deine Vertrauensseeligkeit, Freundlichkeit und Hilfsbereitschaft bringt dir nichts ein und rechnet sich nicht. Du musst ökonomisch denken, musst bei Neuentwicklungen vorne dabei sein, musst die Medien 'schmieren', um in der

entstehenden 'Wein-Konsum-Gesellschaft' aufzufallen; musst immer besser sein als die Kollegen, zumindest muss es so aussehen 'als ob'. Und vor allem musst du deine Sonderstellung und den damit verbundenen Status nach aussen zeigen. Warum auch nicht, schließlich bist du ja wer in der heranwachsenden 'Mehr-Schein-als-Sein-Welt'!

Du lernst, neue Maschinen zu bedienen, komplizierte Technik zu beherrschen und nach modernsten Marktvorgaben zu funktionieren. Die Fachseminare, die Berater und nicht zuletzt die Medien werden dir schon sagen, wie das geht. Du musst deinen Betrieb straffer organisieren, deine einheimischen und vertrauten Saisonhelfer durch osteuropäische Mitarbeiter ersetzten, weil sie um ein vielfaches kostengünstiger sind. Einziger Nachteil: Die meisten von ihnen tun zwar gelehrig, pendeln sich aber schnell in ihr eigenes Tempo und ihre Auffassung der Arbeitsabläufe ein. Du musst sie halt ständig kontrollieren, weil auch für sie mit der Zeit ausschließlich das Geld wichtig ist. Mit dem richtigen Management geht das, und die Reben bringen Trauben, ob sie nun liebevoll nach alter Winzermanier gepflegt oder ein wenig schusselig, lieblos und unsachgemäß behandelt werden – ganz egal!

Alle natürlichen Rhythmen und dein Gefühl dafür kannst du mit der Zeit vergessen, denn mit Hilfe der verschiedensten chemischen Präparate machst du dir die ganze Pflanzenwelt gefügig. Negativ klingende Wörter wie zum Beispiel 'Spritzmittel' werden durch wohlklingende 'Pflanzenschutzmittel' ersetzt. Es macht auch nichts, dass ihr Winzer in eurer Gutgläubigkeit ganze Vermögen an die Handlanger der Chemieindustrie bezahlt, Hauptsache eure Erntemengen, sprich Einkommen sind gewährleistet. Und dass von Seiten der Industrie sogar Infektionserreger/Pilzsporen – natürlich nur zu Versuchszwecken – in die Spritzmittel eingestreut werden, darüber könnt ihr beruhigt hinwegsehen, denn es dient der weiteren Resistenzforschung und letztlich eurer Sicherheit. Sieh es einfach so wie deine dann häufiger werdenden Arztbesuche. Sie dienen auch nur deinem Wohle und die Pharmaindustrie und ihre medizinischen Handlanger müssen schließlich auch leben. Solange es keinen Nachteil bringt, ist es doch in Ordnung – oder?

Ganz automatisch wirst du es lernen, in diesen Gesetzmäßigkeiten zu funktionieren, weil du ja nicht gegen, sondern mit dem Strom schwimmen willst. Alle anderen, die diese euch überrollende Entwicklung nicht mitmachen, werden auf der Strecke bleiben. Übergib den Betrieb an deinen Sohn und vergrößert die Fläche in den 1980er und '90er Jahren auf 5 bis 10 Hektar. Das Land dafür bekommt ihr von aufgebenden Kollegen. Die industriegesponserten Schulen, manipulierte Beratungsstellen und Firmenvertreter informieren euch – ganz einfach. Zuschüsse und weinbaupolitischer Druck steuern zu eurer Entlastung das eigene Denken, Betriebsabläufe und Entscheidungen. Dein Sohn nutzt günstige Förderprogramme und die Banken finanzieren das über landwirtschaftliche Sonderdarlehen. Mach dir also keine Sorgen, alles ist bestens organisiert, und eure eigene Verantwortung schrumpft. Möglichst geringer Aufwand mit dem Ziel der Gewinnmaximierung – so lautet die zukünfig alles entscheidende Devise. Es gilt neue Märkte zu erschließen und Trends mitzumachen, denn das bringt schnelles Geld.

Zwischenzeitlich wird eine nie dagewesene Rotweinnachfrage plus eine Anbauzulassung für die Mosel kommen. Das erfordert zwar gewisse betriebliche Umstellungen, lässt aber in der Folge deinen Kontostand anwachsen. Bewirtschafte per Schmalspurtraktor noch mehr Flachlagen, denn die Steilhänge werden bald keine ökonomischen Deckungsbeiträge mehr erbringen. Wein – auch Riesling – wächst in Zukunft kostengünstig überall auf der Welt und der Preis, den du als Fasswein für diese zwar minderwertigen, aber mengenbringenden Flachlagen bekommst, ist bald der gleiche wie der, den du für die guten Steillagen erzielst. Das macht aber nichts, gemessen an den wesentlich größeren Weinmengen und somit einem höheren Umsatz, den du einsteckst und auch brauchst wegen der ständig steigenden Betriebs- und Lebenshaltungskosten. In dieser Entwicklung wird der durchschnittliche Flaschenweinpreis bei 90 % der Winzer zwar über Jahrzehnte hinweg fast stagnieren, aber auch dieser Preisverfall wird durch Mehrmengen und zusätzliche Einnahmen aus z. B. Zimmervermietungen ausgeglichen.

Den alten Stall gestaltet ihr zu Gästezimmern und Ferienwohnungen um und aus altmodischen Probierstuben werden moderne Vinotheken – Zuschüsse machen vieles möglich! Die Gestaltungsfarben werden zwar gefühlstot und kalt und die Formen werden eckig sein, doch das wird durch eine High-Tech-Beleuchtung ausgeglichen. Der Verbraucher steht drauf, und so verkauft sich der Wein von selbst – du wirst sehen. Im übrigen ändert sich der Sprachgebrauch dahin, dass nicht nur vieles amerikanisiert wird, sondern ein rücksichtsloser, egoistisch vorteilsorientierter Umgang miteinander wird Einzug halten. Vieles wird dir schön ins Gesicht geredet und hinten herum anders gedacht und gemacht. Aus Kollegen werden Konkurrenten und aus deinen liebgewonnenen Kunden werden kaufkräftige Konsumenten und zunehmend mehr wird das Wort 'Mensch' durch 'Verbraucher' ersetzt. Aus deinem Familienweingut wird ein nachhaltig produzierender und gewinnorientierter Vollerwerbsbetrieb und ein Wein, dessen hervorragenden Geschmack du heute mit betörenden Worten umschreibst, wird einfach nur 'geil' sein!

Keller, Kelterhaus und Scheune müsst ihr natürlich den neuen, modernen Anforderungen anpassen und durch erweiternde Maßnahmen umgestalten. Der jetzige Gemüsegarten mit der Wiese und den paar Obstbäumen kann dem Bau einer großen Multifunktionshalle weichen, um den gesamten Fuhr- und Maschinenpark zu beherbergen. Neue Kellertechnologie von computergesteuerten Weinpressen, -Gär- und Lagertanks über geschmacklich alles revolutionierende chemische und technische Weinbehandlungsmethoden halten Einzug. Jeglicher jahrgangsprägende Natureinfluss, der die verschiedenen Lagen Jahr für Jahr zu etwas Einzigartigem machte, wird möglichst unterbunden, denn ein von medialen Meinungsmachern gesteuertes Geschmacksbild ist der neue Maßstab. Beginnend bei laborgezüchteten Gärhefen über jetzt noch unvorstellbare Filtrations- und molekulare Umwandlungsmethoden bis hin zu Pülverchen, Tropfen und Aromakonzentraten zur Geschmacks- und Bukettintensivierung. Manchmal am Rande der Legalität. Aber im Konkurrenzkampf will halt jeder mit einer auffälligen, sensorischen Komplexität die Nase vorn haben, und die bis dahin gefühlsbetäubten Verbraucher fallen darauf rein. Fortschritt – bis hin zur mobilen hochtechnisierten Schraubverschluss-

Flaschenfüllung mit anschließender verkaufsfertiger, nicht mehr ablösbarer Selbstklebeetikettierung, denn Gebrauchtglas wird dann eh weggeschmissen – aus ökonomischen Gründen! Der spätere Einzug von Kunsstoffflaschen wird die Preise und Arbeitsmethoden erneut revolutionieren. Selbst abfüllen dürfen dann nur noch die Betriebe mit laborähnlicher, steriler Abfüllhalle, welche nur mit Ganzkörperoverall, Haarhaube, Mundschutz und Latexhandschuhen betreten werden darf. Sicherheit und Hygiene muss den Verbrauchern schließlich als das Allerwichtigste verkauft werden. Das alles wird dein Sohn zu eurem Vorteil erlernen und praktizieren.

Vor allem müssen mittelfristig die alten arbeitsaufwendigen Holzfässer raus und wirtschaftlichere, hygienisch einwandfreie Edelstahlbehälter in den Keller. Überhaupt muss alles in Edelstahl blitzen, es dient der Qualitätsverbesserung, der eigenen Sicherheit und als Prophylaxe vor bakteriellen und stofflichen Infektionen und macht obendrein eine bessere Optik. Aber was sage ich dir, aufgrund dieser modernen Umstrukturierung wird mit dem dann folgenden neuen Jahrtausend sowieso alles viel besser und einfacher. Dein Sohn sitzt am Computer und lässt andere für sich arbeiten. Dann stehen auch in den flurbereinigten Steilhängen große Traktoren, die keinen Platz mehr lassen, um an ihnen vorbei zu kommen. An deren Seilwinden wiederum hängen teure, komplizierte, teils funkferngesteuerte Maschinen, die von der lasergesteuerten Pflanzung über 'GPS' bis zur Lese alle anfallenden Arbeiten erledigen. Um das zu ermöglichen, werden natürlich alle Steillagen auf Drahtspalier umgestellt, weil es staatliche Förderungen dafür gibt, denn sonst würde es ja niemand machen. Falls tatsächlich noch was von

Hand gemacht werden muss, dann können die 'billigen Osteuropäer' das erledigen. Durch diese Vereinfachung der Bewirtschaftung wird dem Begriff 'Steillage' seine Wertigkeit zwar total entzogen, das ist richtig, doch im Detail müssen die Kunden das ja nicht wissen, und im Verkaufsgespräch ist die gute, alte Steillage immer noch ein schmeichelndes Alibi.

Du siehst, alles wird gut! In den übrigbleibenden, steilen, sowie in den flachen Lagen ist dann alles mechanisiert und somit kostengünstig zu bewirtschaften. Dem entstandenen, erheblichen Schuldenberg der Betriebe steht andererseits eine enorme und optimale Wirtschaftlichkeit entgegen, die innerhalb dieser Perfektion einer ständigen Förderung unterliegt und in einem ökonomischen System funktioniert. Dies wiederum verfügt über ein ausgeklügeltes Zeit-, Arbeits-, Kosten-, Fuhrpark- und Maschinen-; Personal-, Vertriebs-, Keller- und nicht zuletzt Büro- und Familienmanagement. Ein jetzt noch unglaublicher Wandel, der Körpereinsatz und Zeit spart, der Wachstum und Rationalisierung zum Vorteil der wenigen überlebenden Betriebe vereint und die gesamte Weinwirtschaft verändert – das kannst du dir vorstellen?"

"Das kann ich," so schaltet sich der Winzer im Halbschlaf ein, "...und wozu soll das alles gut sein? An Geld mangelt es mir nicht, ich bin zufrieden und kerngesund. Ich habe allerdings angesichts dieser Prognose das Gefühl, dass im ersten Drittel des neuen Jahrhunderts die so gesponserten Vorzeigebetriebe samt ihrer 'technischen Leiter' kränkeln werden und an ihre finanziellen, physischen sowie psychischen Belastungsgrenzen stoßen oder gar daran zerbrechen. Erst wenn sie in der Folge

ihr daraus entstehendes Leid wirklich fühlen und spüren, wie wichtig die Gesundheit, die Familie, das Glück und die wahre seelische Zufriendenheit sind, werden viele zwangsläufig wieder dahin kommen, wo ich heute bin, denn weniger kann auch mehr sein! Stimmt's?"

"Aber hör' mal, dieser Fortschritt bringt dir unheimliche Vorteile, unter anderem gewährt er deinem Sohn eine gute Zukunft, euch und dir eine immense Bequemlichkeit, Anerkennung und augenscheinlichen Reichtum. Du verfügst über Beziehungen, die wichtigsten Statussymbole, bist einer der Großen, genießt Ansehen und Macht, du sparst Geld, sparst erheblich viel Zeit, in der andere für dich arbeiten, und das gibt dir und später deinem Sohn bei optimaler Ausnutzung aller funktionell ineinandergreifenden Komponenten ganz oft die Möglichkeit, hier auf der Bank zu sitzen und gemütlich ein Glas Wein zu trinken."

"Aber genau das tue ich doch jetzt schon!"

Für manchen (Kollegen) stellt dies einen Text dar, der sich nach modernen Maßstäben dazu anbietet, gerne ins Lächerliche gezogen zu werden! Führt es aber andererseits nicht auch zu einer Philosophie, die mich gesund und in jeder Hinsicht beweglich sein lässt, ohne meine Ruhephasen und das wahre körperliche und auch seelische Potential zu strapazieren? Eine Lebensart, die Kommunikation, Güte jeder Art, Gesundheit und Weisheit fördert, ohne die heutigen Notwendigkeiten zu vernachlässigen?

Eine weitere meiner allgemeinen Erkenntnisse:

„Zeitgemäße Entwicklung – Fortschritt – ist völlig in Ordnung, aber es ist für mich immens wichtig, die Grenze dessen zu erkennen, wann es die Oberflächlichkeit fördert oder in absolut überflüssige, rücksichtslose, manipulative oder gar zerstörerische Sinn- und Gefühllosigkeit ausartet! Sei es gegenüber der Natur, der Mitmenschen oder auch nur eines gesunden ethischen Daseins.“

Nachfolgend ein paar Ausführungen, die dir in Zukunft vielleicht helfen, den Wein auszuwählen der deinem Gusto entspricht: Am besten gleich zum 'kleinen' Winzer. Dahin wo ehrlicher Wein erzeugt wird und den vor Ort probieren. Die Menschen, ihr Umfeld und ihre Erzeugnisse kennenlernen – das Gefühl und den eigenen Geschmack in diesem Gesamtbild entscheiden lassen und dann erst kaufen – oder auch nicht! Empfehlenswert ist es, beim Weinprobieren in jedem Fall, die im Kopf geparkte Meinung von Fachbüchern/-zeitschriften, Aussagen von sogenannten 'Kennern' sowie schon mal Gehörtes völlig unberücksichtigt auf ihrem 'Parkplatz' zu belassen und sich auf den eigenen Geschmack zu verlassen. Denn nur die Berücksichtigung des eigenen Geschmacks zeugt von Selbstbewusstsein, Selbstwert sowie gesundem Selbstvertrauen – *wie im wahren Leben.* Auch in einer Runde von selbsternannten Weinkennern darf jeder für sich selber zu seinen Eindrücken stehen und dies bedarf keinerlei Rechtfertigung, sondern ist Zeichen von wirklicher Größe und Erfahrung, die bei wahren Gleichgesinnten oder Freunden akzeptiert wird.

Jeder hat auf jedem Gebiet das Recht, zu lernen und dazuzulernen. Und der Preis eines jeden Artikels sowie die Aufmachung ist nicht unbedingt ein Güteanzeiger. Wobei ich durchaus sage, dass wahre Lebensqualität immer etwas mehr kostet als lieblose Industrieprodukte 'von der Stange', denn irgendjemand oder irgendetwas hat irgendwann sein Bestes dafür gegeben! Zumindest sollte es so sein. Doch genug vom Wein, der für mich ein Lebewesen ist wie du und ich. Wahrscheinlich genau deshalb bleibt abschließend meine persönliche Meinung oder Feststellung über die Gemeinsamkeiten von Mensch und Wein:

„Diejenigen, denen wir die Zeit lassen, natürlich zu reifen, eigene Erfahrungen und Erkenntnisse zu sammeln, zu leben und sich zu entfalten, werden den anderen langfristig immer überlegen sein. Ihre Stärken liegen im praktischen Tun und im Gewusst-Wie, in einer Reife-Entwicklung, die wie von selbst erfolgt – natürlich halt! Ihre Kreativität sowie ihr Können – ihre Güte – zeigt sich erst richtig, wenn die anderen schon 'in den Seilen hängen' (Mensch sowie Wein) und nicht mehr wissen, was eigentlich ihr Potential ist, aus dem sie noch schöpfen könnten.“

Balance

Wie bei allen Dingen die wir machen,
geht es darum, die Balance zu halten – die Mitte zu finden.
Nicht zu viel und nicht zu wenig.

Doch wo steht geschrieben,
dass dieses 'Balance-halten'
schwer ist?

Wer zum ersten Mal als Kind das Geheimnis
der Balance auf seinem Fahrrad entdeckt hat,
vergisst es nie wieder.

Wer als Erwachsener das Geheimnis
der Balance in seinem Leben erkannt hat,
vergisst es nie wieder.

Wie das Kind die Balance
durch die Kraft seiner Sehnsucht erreicht,
so wirst auch du sie verwirklichen.

Indem du ausprobierst,
indem du lebst, indem du genießt,
jubelst und schimpfst, lachst und weinst.

Und plötzlich, wie beim Fahrradfahren, ist die Balance
einfach da; ist alles leicht und mühelos und wir fragen uns,
weshalb es uns jemals schwer erschien.

> Daniela Meyersick <

Veränderung und Gefühlsanbahnung

Als mir eine Freundin, die sich mittlerweile ins ferne Afrika zurückgezogen hat, zum ersten Mal sagte, dass ich meinem Vater sehr ähnlich sei, habe ich ihre Aussage innerlich belächelt. Habe diese Bemerkung für ziemlichen Blödsinn gehalten und bin nur ironisch darauf eingegangen. Denn..., so wie mein Vater wollte ich als sein ältester Sohn nie werden – niemals(!), weil ich an ihm so vieles zu bemängeln hatte. Aus damaliger Sicht war er rechthaberich, streng, unbelehrbar, stur, ungebildet, gefühllos, überhaupt vielfach unfähig und, und, und...! Heute glaube ich, dass viele Söhne während und nach der Pubertät (manche sogar weit darüber hinaus ...☺) diese Einstellung haben. Für meinen eigenen sturen Kopf von damals stand fest, dass ich keine Ähnlichkeiten erkennen konnte – wollte. Punkt und aus! Aber Vorsicht, das, was ich jetzt aus Männersicht erzähle, können ganz viele Frauen ebenso auf ihr Verhältnis zur eigenen Mutter übertragen. Über die Höhe des 'Wellengangs' dürft ihr selbst entscheiden.

Als die gleiche Freundin mir mit derselben Aussage – *„...du bist genau wie dein Vater“* – Monate später aus einer anderen besonderen Situation heraus nochmals begegnete, regte es mich innerlich auf und trug neben anderen schicksalhaften Ereignissen dazu bei, mich nachdenklich zu machen. Mit fortschreitender Zeit mehr begann ich die beiden Personen, Vater und Sohn, zu vergleichen. Damals war ich Mitte/Ende Dreissig und mir fiel bei genauerer Betrachtung tatsächlich auf, dass ich mich immer häufiger in Situationen ertappen konnte, in denen ich gleiche Gewohnheiten entdeckte, dass ich oft identisch redete, reagierte und handelte. Wie konnte das sein? Seitdem ich den persönlichen Entschluss gefasst hatte, nicht so zu werden wie er (wegen der langen Mängelliste ...☺), bemühte ich mich doch ständig, anders zu sein. Nicht nur das, sondern *'nie so zu werden wie er'* begleitete mich fortan sogar als mein persönlicher Leitsatz.

Nun ja, es versprach spannend und interessant zu werden. Vor allem waren es Lob und Anerkennung, die ich in jungen Jahren von ihm vermisste. Die Auswirkungen dessen sollten mich lange begleiten. Natürlich war ich mir über diese 'Mangelerscheinung' damals nicht bewusst, und irgendwie – wie bei Menschen so üblich – machte ich mich auf meinen Weg in das liebe Leben. Allerdings kam es anders, als mein Kopf sich das dachte. Eine unvorhersehbare, gegensätzliche 'Entwicklung', die ich nicht steuern konnte, nahm ihren Lauf. Unbewusst, unbemerkt, unkontrollierbar und unaufhaltsam! Donnerwetter, welches mir bis dahin unbekannte und unverständliche (Natur-)Gesetz kam in der Folgezeit zur Wirkung, um mich schmerzhaft umzuformen? Die Leserinnen dürfen weiterhin mit ihrer Mutter-Beziehung vergleichen (...☺).

Heute erst verstehe ich, blicke amüsiert zurück und sage mir: „Weit gefehlt!“ Dieses 'anders-sein-wollen' hatte zur Folge, dass ich ihm immer ähnlicher wurde und diese Tatsache gleichzeitig verleugnete – somit mich selbst verleugnete (...ohlala!). Das, was mich als Mensch sehr stark geprägt hatte, spiegelte sich in einem kontroversen Verhalten wider: Ja, ich wollte anders sein – doch konnte ich das? Um von der nicht bewussten eigenen Lage bzw. den übernommenen Tugenden abzulenken, spielte ich im Zusammensein mit anderen sowie in der eigenen Familie gerne den Clown. Ich war der Witzeerzähler, hatte stets einen lockeren Spruch auf den Lippen und war selten der Situation angemessen ernst. Ähnlich lebte es mir meine Mutter damals vor, und ich sah darin eine Möglichkeit, die Umstände zu ertragen bzw. locker damit umzugehen. Natürlich fühlte auch sie sich aus anderem Grunde nicht wirklich wohl in ihrer Rolle und überspielte und unterdrückte auf die Art und Weise ihre wahren Gefühle. Aber so schien das zu funktionieren, signalisierte mir mein Unterbewusstsein, und deshalb ahmte ich es einfach nach. Es wurde zu einer meiner Masken, in der ich mich wohl fühlte, in die ich mich hineinsteigerte, und in der ich immer *besser* wurde.

Auf der Suche nach Anerkennung betätigte ich mich sportlich, handwerklich und künstlerisch. Auch wurde ich zu einem guten Zuhörer und Versteher bei vertraulichen Gesprächen. Ebenso fühlte ich mich in den nicht wenigen Stammkneipen recht wohl und war auf den Bühnen der Weinfeste, Dorf- und Familienveranstaltungen als der 'Unterhaltungskünstler' zuhause. Auch mit meinen guten Weinen wollte ich ins Gespräch kommen, Auszeichnungen erringen, in Fachzeitschriften erwähnt sein und war in der Hinsicht auf einer guten Spur. Auf jeden Fall war nun ein Weg gefunden, gefühlt das Lob (im Aussen!) zu ernten, das ich von zuhause (in meinem Inneren!) vermisste.

Insbesondere der Alkohol, mit dem ich über die Nähe zum

Weinbau vertraut war und der als Wein in der Folgezeit zu meinem Beruf wurde, ließ mich manchmal zu sehr sein Vertrauter werden. Vertrauen in den Alkohol(!) und damit... oftmals in der sogenannten Sturm- und Drangzeit 'einen über den Durst zu trinken' – hoppla, da stieß ich auf Zusammenhänge, die mich nachdenken und mit den Jahren verstehen ließen. Heute sehe und spüre ich den psychologischen Zusammenhang und die Symbolik wort-wörtlich darin: Alkoholische Getränke bis zum 'Über-fluss' waren phasenweise in dieser Zeit nicht selten (hier finde ich die eindeutige Aussage/Herkunft, den Ursprung dieses Wortes = überfließen/überlaufen oder auf menschliches bezogen auch ugs.: 'kotzen'). Dieses Wort 'Überfluss' brachte mich auf die Spur von 'über-flüssig'; denn genauso fühlte ich mich manchmal, ohne mir darüber im Klaren zu sein – überflüssig in einem Umfeld, in dem ich mich eigentlich wohl fühlen sollte! Mit der logischen Konsequenz, dieses in mir vorherrschende Gefühl in die Materie der betäubenden 'Flüssigkeit' umzusetzen. Einfach logisch und gigantisch zugleich – was für eine Erkenntnis!

Heute fallen mir ähnlich geprägte Menschen auf. Ich fühle in sie hinein und stelle immer wieder fest, wieviel Wahrheit in dieser Aussage liegt: Menschen, die sich übermäßigem Alkoholgenuss hingeben, fühlen sich in ihrer Tiefe – innerhalb des Mileus oder Umfeldes, in dem sie sich gerade befinden und betrinken – fernab ihres Bewusstseins unbeachtet, überflüssig oder gar komplett am falschen Platz. Das kann durchaus in der eigenen Familie sein, am Arbeitsplatz, in gesellschaftlichem Beisammensein oder vielen ähnlichen Lebensumständen/Gelegenheiten. Es fehlt ihnen nur eine sie erfüllende Aufgabe oder ein Platz, an dem sie sich wohlfühlen, wo sie sich verwirklichen können; sie Beachtung, Lob und Anerkennung für ihre Leistung bekommen und in ein stimmiges gesellschaftliches Umfeld eingebunden sind. Fertig!

„Der Mensch kann nicht tausend Tage gute Zeit haben,
so wie die Blume nicht hundert Tage blüht.“

> Tseng Kuang <

Neben der fehlenden Anerkennung spürte ich, von meinen Eltern ausgehend, so etwas wie Vernachlässigung in Verbindung mit der Ignoranz meiner Person. So fühlte es sich an und war wohl auch so, obwohl sie das bewusst niemals wollten, soviel kann ich heute spüren. Doch die täglichen Aufgaben und Arbeiten meiner Eltern sowie ihre damit verbundene wenige Zeit ließen einer liebevollen Zuwendung kaum den Platz, der angemessen gewesen wäre. Die Jahre vergingen und dann und wann meldete sich meine innere Stimme mit den Worten: „Wenn die nicht wollen, dann will ich auch nicht“. Ich begann, mich den Eltern gegenüber zu verschließen und suchte mir, wie geschildert, einen eigenen Weg ohne deren hilflose Liebesbezeigungen.

Viel später erst stieß ich in dem Zusammenhang auf noch eine wichtige Erkenntnis: Bei mir war es vorwiegend der Vater den ich phasenweise sogar hasste und oftmals hätte auf den Mond schießen wollen. Ja, manchmal schämte ich mich damals sogar für meine Herkunft, letztlich meiner Wurzeln. Ohlala – was ja auch bedeutete, die eigenen Wurzeln zu verleugnen und vielleicht sogar abstoßen zu wollen. Kannst du die Symbolik darin sehen? Dann sehen wir jetzt beide, dass dieser Vorgang irgendwann den stärksten Baum umwirft. Dies ist die unumgängliche Folge davon, ...die eigenen Wurzeln abzustoßen – richtig? Wurzeln – egal wie kräftig und ausgeprägt sie sind, bedeuten letztlich Halt, Sicherheit, Stabilität und stehen auch für Nahrungsaufnahme – Liebe! Tatsachen, die mir viele Jahre später erst bewusst wurden, nachdem ich mir den Umgang mit diesen Auffälligkeiten ausgiebig anschauen und in ihnen leben durfte. Es sind unvergessliche Lernaufgaben!

Manchmal tat es weh, wenn ich wieder einmal das Opfer der Hilflosigkeit meiner Eltern war und das als Ignoranz empfand. Verständlich, dass ein Gefühl aufkeimte, welches *mitten ins Herz* traf! In meinem Inneren war ich verletzt und enttäuscht, doch das durfte niemand sehen, und deshalb zeigte ich als Ausgleich nach aussen meine 'guten Seiten', mit denen ich glänzen konnte. Das zarte Pflänzchen der Liebe in mir drin verkümmerte während dieser Zeit mehr und mehr, ohne dass ich es bemerkte. Heute sehe ich es, sehe viele Männer und auch Frauen, die ein ähnliches Schicksal tragen, ohne es wirklich zu wissen. Erkenne sie sehr schnell, weil sie mir den Spiegel meiner eigenen Vergangenheit vorhalten. Mir scheint, du bist auf deine individuelle, besondere Art auch jemand davon und bist gleichzeitig einzigartig und bewundernswert. Fühle dich dazu eingeladen es dir anzuschauen.

Damals wusste ich es nicht und schuf mir ein neues Umfeld, in welchem ich bewundert wurde, fühlte mich gut dabei, und so konnte ich hervorragend den spielen, der ich tief in mir drin gar nicht war. Selbiges war die Ursache für mein offensichtliches 'Fehlverhalten', dessen Erfahrungen ich heute auf keinen Fall missen möchte. Es wurde mir erst viele Jahre später bewusst, als ich so langsam begann, zu meinem Wurzelwerk vorzudringen und es zu erkunden. Intensivste Forschungen in der Familiengeschichte beider Elternteile halfen mir ein Stückchen weiter. Meine eigene Kinderzeit, in die ich mich immer mehr hineinfühlen lernte, brachte mich meiner Wahrheit näher und auch die ständige Beschäftigung mit mir selbst und meinem Werdegang. Allerlei Seminare, entsprechende Lektüre, sehr berührende, unzählige System- und Familienaufstellungen, sowie die vielen Menschen die mir begegneten, halfen mir bei der Selbstfindung – oftmals ganz unbemerkt. Sie alle wollten angehört werden, wollten Aufmerksamkeit und bargen Schätze, die zu entdecken meine Aufgabe zu werden schien. Soviel Symbolik, soviel Wahrheit, soviel von dem, worin ich mich oft selber widerfand. Und immer dann, wenn ich wieder eine Selbsterkenntnis hatte, konnte ich so richtig tief durchatmen, so richtig tief und lösend von ganz unten aus dem Bauch heraus. Kennst du das auch? Für mich war das stets ein Zeichen dafür, dass sich wieder ein Teil meines Selbst in meinem Inneren befreit hatte – es tat gut und tut heute noch gut, tief 'durchatmen' zu können.

Ich brauchte nur richtig zuzuhören, denn es begegneten mir in den ganz normalen Unterhaltungen so viele Hinweise, Gesten, 'Versprecher', Aussagen, Wortspiele, Impulse und Inspirationen, die manchmal etwas ganz anderes über das Gesagte preisgaben, als das, was ausgesprochen wurde. So oft ist mir die Wahrheit 'zwischen den Zeilen' regelrecht aufgedrängt worden – ein Kuriosum, dass jeder für sich selbst feststellen kann, wenn er anfängt, dafür sensibel zu werden. Insbesondere die eigenen Partner/Innen zeigen uns so oft den Spiegel der eigenen Wahrheit, wenn man denn die Reife hat hineinschauen zu wollen. Und wer tief hineinschauen kann wird entdecken, dass man diesen Spiegel unbewusst sogar im anderen sucht. Nun gilt es mit entsprechender Geduld, und im liebevollen Umgang miteinander, 'nur noch' das darin steckende Heilungspotential zu erkennen und zu nutzen.

Manchmal weisen PartnerInnen uns auch im direkten Gespräch auf Dinge hin, die uns weiterhelfen können, weil wir sie selber – in unserem System gefangen – nicht sehen. Oft wollen wir es gar nicht sehen, weil dadurch an den Säulen gerüttelt würde, auf denen der eigene Charakter steht, den man ja überwiegend gut und richtig findet. An meinen persönlichen Säulen, so fällt mir gerade auf, wurde häufig bis zum Einsturz manch alten Glaubenssatzes gerüttelt. In dem Moment des Rüttelns war es zwar schmerzhaft, aber im Nachhinein bin ich dankbar für all diese 'Umkrempel-Lektionen'.

Auch begegnete mir etwas sehr Interessantes, worauf ich kurz näher eingehen will: Nämlich die Frage, wie ich mit persönlicher Kritik umgehe? Viele Menschen geben zwar zu, dass sie auch sogenannte Fehler haben und solche machen, doch wenn sie vom Gegenüber in der jeweiligen Situation direkt darauf hingewiesen werden, ist die Toleranzgrenze meist schon überschritten (...☺). Hier kommt es häufig zu Spontanreaktionen, die zur Herausforderung werden können. Denn meist sind wir es gewohnt, jegliche Kritik abzuschmettern oder mit gleicher Münze zurück zu zahlen, weil wir uns angegriffen fühlen. So nach dem Motto: Ja, ich habe zwar das und das, aber was du dir kürzlich geleistet hast, ...!

Wenn ich so in mein Leben zurückblicke, hatte ich mir im Umgang damit besondere Fähigkeiten angeeignet. Im Ablenken war ich stark, Unangenehmes überhören, konnte ich gut, im Ball-Zurückspielen war ich allerbestens, Abwehren und anschließendes Kontern lernte ich bravourös. Damit ging es mir gut – glaubte ich damals, und es sind Eigenschaften, die ich bis heute manchmal anwende. Auf diese Weise gestattete ich damals niemandem, zu nah an mich heranzukommen, weil ich Angst vor zu viel (Gefühls-)Nähe und Kritik hatte. Tief in mir drin war ich tatsächlich ängstlich vor zu viel Nähe. Damit konnte ich nicht umgehen, so wie die meisten Menschen. Auch du wirst aus der eigenen Erfahrung wissen, welch ausgeklügelte Abwehrmechanismen der Mensch zu entwickeln im Stande ist, um unangenehme Konfrontationen zu vermeiden. Und wer nur abwehrt gibt dem Neuen – was auch immer das ist – natürlich keine Chance, lässt es nicht an sich heran. Lässt es nicht in sich hinein, damit es Wurzeln schlagen kann, um damit neues, persönliches Wachstum zu ermöglichen. Deine Offenheit vorausgesetzt kannst du jetzt das Bild sehen, welches ich beschreibe, denn du kennst es aus deinem eigenen Leben. Stimmt's?

Die selbst gemachten Fehler gegen die des anderen aufrechnen – also sofort zurückzuschießen – das tut in dem Moment zwar dem Ego gut, bringt aber niemanden weiter. Wir alle haben schon zu oft erlebt, dass aus kleinen Meinungsverschiedenheiten auf diese Weise schnell ein ausgewachsener, verletzender Streit wurde. Dabei ist diese Reaktion absolut falsch, denn genau an diesem Punkt, hier wo so gerne die ruhende Asche zum flammenden Streit geschürt wird, genau hier liegt nach meiner Erfahrung die Chance zum eigenen Wachstum. Hier gilt es, den anderen nicht im Streit besiegen zu wollen oder dem eigenen Sturkopf zu huldigen, sondern einsichtig zu sein und eine Lösung zu finden. Ja, ich weiss, einfacher gesagt als getan! Denn Lösung heisst, dass einer der beiden sich von etwas lösen – ja, etwas loslassen darf. Das können sowohl schlechte Gewohnheiten/Verhaltensmuster, falsche Meinungen/Glaubenssätze, alte Eide/Schwüre und beispielsweise auch belehrungsresistente Sturheit (...☺) und vieles andere mehr sein.

Du, der du das jetzt liest, wirst verstehen, dass hier und jetzt, wo es dir in der 'Aus-einander-setzung' damit gezeigt wird (du verstehst?), sich die Gelegenheit bietet, daran zu wachsen.... Gedankenpause...!

Der wahre Triumph ist schließlich nicht der Sieg über einen geliebten Menschen – ist doch einleuchtend – oder? Er entsteht erst, wenn wir es schaffen, in die soeben aufgewühlten Gefühle hineinzugehen und sich ihnen zu öffnen. Und ich durfte schon oft feststellen, wie schwer es ist, über den eigenen Schatten zu springen. Am besten geht man es gemeinsam an, weil eine gute Partnerschaft das ermöglicht. Ein jeder kommt in solche Situationen und ein jeder, der sich das traut, darf sich dieser schweren Aufgabe stellen, wahrlich über den eigenen

Schatten zu springen und so einfache Regeln einzuhalten wie zum Beispiel:

- Den anderen ausreden lassen – zuhören – ohne ins Wort zu fallen.
- Nicht vom Thema ablenken, überhören wollen, den Ball zurückspielen.
- Eigene Gefühle, die im Streitgespräch berührt werden, aufspüren, hineinfühlen, mich damit auseinandersetzen.

Sehr tolerante Verhaltensweisen, die gerade schon schwer genug zu handhaben sind, doch anschließend drei einfache Fragen:

...fühle ich mich angegriffen?
...will ich mich verteidigen?
...möchte ich mich rechtfertigen?

Selbst wenn nur eine dieser drei Fragen ein 'ja' zur Folge hat, dann spüre ich, dass es mir weh tut oder mich zumindest berührt, was der andere sagt. Und immer dann, wenn es weh tut, dann und dort ist das der richtige Punkt, wo es anzusetzen gilt. Wenn mein Bauch nämlich rebelliert, wenn ich wütend werde, aufbrausen will oder innerlich verkrampfe, dann und genau dann bin ich an einer Stelle, wo ich mit mir selber etwas zu bereinigen habe. Hier nämlich kann ich 'ent-decken', aufdecken, was meine eigenen 'Macken' sind. Der andere oder das, was er mir entgegenbringt, zeigt mir in dem Moment einen Spiegel, in dem ich mein eigenes Fehlverhalten oder unangenehmes altes Verhaltensmuster sehen und erkennen kann. Ich muss es nur WOLLEN und mich öffnen, bewusst öffnen für etwas, was da in mir schlummert, und zu dem ich bisher keinen Zugang hatte. Das erfordert eine ganze Menge Reife und Mut, weil solche Gefühle wie Schmerz, Scham, Trauer, Ohmacht und oftmals Wut, plötzlich und unangenehm davon berührt, ihren Platz beanspruchen. An der Stelle kommt es gerne zu Erkenntnissen, die mich völlig zurecht an meinem eigenen Selbstbild zweifeln lassen und manchmal sogar – zugunsten des immens wichtigen, inneren Wachstums – die Umgestaltung dieses Bildes erfordern.

Nun schauen wir mal kurz in dein Leben und fragen, wie oft du den Satz „...das enttäuscht mich sehr", oder „...du enttäuschst mich" schon gehört hast? Was will der- oder diejenige, der diese Formulierung nutzt, eigentlich wirklich sagen oder damit bezwecken? Nun wird's interessant! In der Regel ist diese Wortwahl das Resultat einer Diskussion, die sich zum Streit auswachsen will – soweit meine Erfahrung. Um die Wahrheit hinter dieser Aussage zu erspüren, muss ich schon im Vorfeld gut zugehört haben, bei mir und bei der Sache sein.

Fühlen wir mal hinein in eine solche Situation. Ich glaube, dass du dich an eine ähnliche Begebenheit in deinem Leben erinnerst – das erleichtert es. Also los – wenn ich meinem Gegenüber in einem Diskussionsverlauf etwas sage, was ihm/ihr nicht gefällt, dann beginnt schon – erst vorsichtig und zögerlich, dann immer heftiger – die Gegenargumentation. Das ist schon mal ein eindeutiges Zeichen für die Verletzung der inneren, einbetonierten Werte, Ansichten, '(Schein-)Wahrheiten'. Hier ist schon mal klar: es wurde eine Stelle berührt, wo meist versteckte Sichtweisen im jeweils anderen ruhen, die nicht so gerne gezeigt werden oder gar unbewusst in seinem Innern schlummern. So, als ob sie auf ihre Chance warten, mal wieder ans Tageslicht zu kommen um gesehen zu werden. Und eines ist sicher: Jeder hat die Tendenz, das eigene Verhalten zu verteidigen in der Annahme, dass es (das eigene Verhalten) absolut richtig sei. Und das bis hin zum Höhepunkt einer Meinungsverschiedenheit, welche in diesem Beispiel mit dem Satz endet... „ich bin total von Dir enttäuscht!"

Stimmt, wer diesen Satz ausspricht(!), der wurde 'in der Tat' vom Gegenüber 'ent-täuscht', es ist sozusagen das Ende einer Täuschung. Man könnte es auch 'ent-tarnt' benennen, bzw. ...es wurde eine Wahrheit aufgedeckt, die bisher als solche nicht bewusst im 'Satzanwender' existierte. Ab hier könnte es im weiteren Verlauf für den Enttäuschten schmerzhaft werden... ohlala. Um nun beim Enttäuschten (Benutzer des Satzes) den entstehenden Schmerz zu vermeiden, will dieser dem jeweils anderen, mitleideinfordernd, mit eben jener Enttäuschungsformulierung nichts weiter als das Ende der eigenen Diskussionsbereitschaft signalisieren.

Im Grunde genommen wird die angekratzte (Schein-)Wahrheit dadurch geschützt, indem aus der eigenen Enttäuschung sehr geschickt eine Schuldzuweisung wird. Auf einfachste Weise wird also der Spieß umgedreht – natürlich völlig unbewusst – und wird ebenso oft wie auch kurioserweise als solche vom Gegenüber angenommen. Die Geschichte dreht sich also unvermittelt um. Der sich vorher falsch behandelt Fühlende/der Enttäuschte ist fein raus und folglich schleicht sich Schmerz beim anderen ein. Hier ist nun ein gefühlvoller Durchblick, Reife und diplomatische Handlungsweise gefordert, denn nur damit ist der Spagat zu bewältigen, der die Situation verharmlosen und vielleicht sogar richtigstellen und zur Versöhnung oder zum Verzeihen führen kann. Möge dieses Erfahrungsbeispiel dir helfen! Viel Glück beim Umsetzen und Daranwachsen im richtigen Leben!

Heute denke ich mit einem Schmunzeln an so manch schmerzhafte 'Konfrontation' mit unangenehmen Erkenntnissen, die mir oftmals schwer fiel (vor allem am Beginn meines Weges); die mir aber dabei half, zu mir selbst zu finden. Begleitet von der Erkenntnis, dass die einzige Schwierigkeit stets darin lag, reif genug zu sein, um in diesen Spiegel hineinzuschauen, mich selber anzuschauen. Hier liegt eine ganz besondere Chance, die ein jeder nutzen kann, um auf dem rechten Weg zu bleiben oder ihn wieder zu finden. Für solche Gelegenheiten der Selbstfindung dürfen wir uns bedanken, anstatt mittels ausgeklügelter Strategien Schuld zuzuweisen, zu ignorieren oder gar so etwas wie einen 'Gegenangriff' vorzubereiten. Übrigens bietet das Leben ständig Möglichkeiten, diese Methode zu testen. Sie ist bei sämtlichen Meinungsverschiedenheiten oder gar Streitigkeiten, die mir begegnen, anwendbar. Auch bei solchen, die ich nur als Aussenstehender beobachte, kann ich auf die Art und Weise unheimlich viel über die streitenden Menschen und vielleicht sogar über mich selbst erfahren.

Auch denke ich gerade an die Formulierung: „Du gibst mir das Gefühl von..." der in so manchen partnerschaftlichen Diskussionen ebenso gerne auf den Tisch kommt. Weisst du – niemandem kann ich ein Gefühl geben, sondern das angesprochene Gefühl ruht bereits ziemlich vergessen im Unterbewusstsein des Gegenüber. Im Fall eines unguten Gefühls wurde es irgendwann in der Vergangenheit durch irgendeine Art falscher Behandlung oder Verletzung dort eingelagert und fristet völlig unauffällig, ignoriert und ausgeblendet sein Dasein. Vielleicht wird dieses dort gespeicherte Gefühl über viele Jahre nicht berührt und gerät deshalb in völlige Vergessenheit. Aber dann auf einmal, durch eine ganz bestimmte Bemerkung, Handlung oder nochmaligen ähnlichen Verletzungsakt bricht die alte verschlossene Kapsel in Erinnerung an ihren Ursprung wieder auf. Und 'zack' – steht besagtes Gefühl wie aus dem Nichts auf dem Plan. Plötzlich ist die alte Verletzung wieder präsent, flammt auf, und dabei wurde sie lediglich vom anderen berührt, aber wurde dir niemals von diesem Menschen *gegeben*. Gefühle kann man niemandem *geben!* Wie anfangs erwähnt, werden die auf diese Weise berührten Gefühle (meist geht es um schmerzliche Wahrnehmungen) durch ein frühes, leidvolles Ereignis verursacht bzw. von jemandem in dir ausgelöst und in deiner Zell- und Gefühlserinnerung hinterlassen. Zugegeben – es mag sich vielleicht etwas kompliziert anhören, doch die Erfahrung mit diesen Wahrnehmungen zeigt, dass es des Nachdenkens und Hineinfühlens lohnt.

Inneres Wachstum

Im sichtbaren Wachstum der Natur – also dem Wachstum, das wir 'da draussen' wahrnehmen, sehen, messen, zählen, wiegen können (z. B. Gräser, Büsche, Bäume, Blätter, Blüten, Früchte), lässt sich für mich erkennen, dass dies alles auf ein unsichtbares, inneres Wachstum, sprich Wurzelstabilität, Gewebefestigkeit, Ausgereiftheit, seelisch-kosmisches Pflanzenbewusstsein aufbaut. Wenn man so will: erlebte und umgesetzte Erfahrung, Balance, Lebensfähigkeit, Reife, und dem Drang zum Licht.

Beim Tier und insbesondere bei uns Menschen identisch, denn immer wieder erfahre ich in meinen Begegnungen, dass genau jene die wahrhaft 'erwachsenen' Menschen sind, die sich ihrer Wurzeln, ihrer Erfahrungen, ihres inneren Wissens und ihrer Gefühle sowie im besten Fall ihrer Seelenzugehörigkeit bewusst sind. Aus ihnen erwachsen kontinuierlich die Früchte der besonderen Taten, liebevolle Umgangsformen, weiterführende Gedanken, gesunde Zuversicht, beruhigende Geduld, aufgeweckte, gesunde und fröhliche Kinder sowie vieles mehr. Darin lässt sich fühl- und sichtbar wahre Reife/Weisheit erkennen, die es ohne inneres Wachstum nicht gäbe.

Viele fragen immer wieder, wie denn nun inneres Wachstum und Reife zu erreichen sei? Erlange ich es durch religiöse Beschäftigung, durch spirituelle Seminare, durch wohltuende körperliche Übungen, durch Meditation oder vielerlei esoterische Lektüren und Methoden? Wie führt der wahre Weg zum eigenen Herzen, zu meinem höchsten Selbst, zu meinem inneren Kind, zu dieser göttlichen Energie, die mich und mein Leben festigt und in eine wohltuende Balance bringt? Was muss ich tun, um endlich aus meiner knechtenden Tretmühle herauszukommen und das Leben zu leben, das mir wahrhaft Freude bereitet? Ein Leben, in dem ich aufblühe, weil ich Sinn darin spüre, in dem meine Augen leuchten, mein Herz aufgeht und überquillt vor Lebensfreude?

Jene Menschen, die bereits auf diesem besonderen Weg sind, bestätigen die Erfahrung, dass jedes Wachstum mit Schmerz, Aufschrei und oft sehr unangenehmen Gefühlen zu tun hat. Ähnlich wie bei einer Geburt. Es will etwas Neues entstehen – heraus aus etwas Altem, von innen nach aussen. Das Altbekannte muss verlassen werden, so wie der Schmetterling seinen Kokon verlässt, so wie die Schlange ihre alte Haut abstreift, so wie die Rinde des Baumes birst, sich dehnt, damit das neue, innere Wachstum hineinpasst. So macht die Natur es uns vor – ständig! Und dieser Vorgang verursacht nunmal Schmerzen, weil alte Formen und die bekannte 'äussere Komfortzone' dringender Veränderung bedarf. Meist muss sie unwiederbringlich verlassen/losgelassen werden, um sich dem Neuen, Weiterbringenden zu widmen – Wachstum überhaupt zulassen zu können. Neues Bewusstsein will wachsen – ein Naturgesetz – größer, schöner, reifer, widerstandsfähiger, 'erwachsener' werden. Und das bringt erst einmal inneren Schmerz! Beim Menschen ausgelöst durch das Anschauen, Fühlen und Verarbeiten von alten, unbewusst gespeicherten, unangenehmen Gefühlen, sowie durch das Aufbrechen und wahrhaftiges Heilen lange bestehender Herzenswunden.

Ebenfalls heilend spielt das Verzeihen alter Verurteilungen, und

Loslassen so manch schmerzlicher, längst ungültig gewordener Ansichten, Schwüre und Widerstände mit hinein. Aus allen unangenehmen Erfahrungen die in uns gespeichert sind, hat der Verstand/das Ego eine begrenzende (schützende) Mauer im Unterbewusstsein um das Herz herum gebaut. Im Alter werden aus diesen Schutzmauern jedoch oft Gefängnisse die das Wachstum verhindern, weil man sich darin nach aussen abschottet – schützen will. Ein Verhalten das in einem Teil auch Widerstände und damit Sturheit spiegelt, welche das Wachsen einschränkt. Dies bedeutet automatisch wiederum Schmerz der geheilt werden will. Mit ein Grund, weshalb der Schmerz immer wieder das Tor zu Wachstum und Liebe ist! Eine alte Weisheit lautet: "Der Weg zum Herzen führt durch die Schmerzen." Mit alle dem will sehr mitfühlend und liebevoll zum wahren Wohle der jeweiligen Seele umgegangen werden.

Ganz normal also, dass Wachstum zeitweise weh tut und nur sehr beschränkt stattfindet in einem verstandsgeprägten Leben, das stets auf rosa Wölkchen gebettet ist. Seelenwachstum meidet menschengeschaffene, von Gewohnheiten geformte, bequeme Umgebung, welche die altvertraute Sicherheit bietet, ohne die man glaubt, nicht leben zu können. Möglichst alles sollte vorhersehbar und kontrollierbar sein, nach Plan verlaufen als Voraussetzung für ein angenehmes, sorgenfreies, dahinplätscherndes Leben! Schließlich ist dies die Lebensschablone und somit Funktionsweise der meisten Artgenossen. Wer kündigt schon gerne radikal und freiwillig diese Komfortzone, wenn er nicht vom Schicksal brutal herausgeworfen oder dazu gezwungen wird, diese 'gut' funktionierende Lebensbahn zu verlassen? Wer begibt sich schon freiwillig in dieses Vakuum eines Geburts-

kanals, der entgegen aller Ängste so viel Neues, Unbekanntes und dennoch der wahren Entwicklung Dienendes bereithält?

Schmerzhaft Unangenehmes zulassen, anschauen, hineinfühlen, eventuell verzeihen und durchleben, ohne zu verurteilen. Es als einen Teil von mir annehmen, ist also der Schlüssel zu innerem Wachstum. Und nur das Sich-Öffnen und Akzeptieren des neuen Unbekannten ermöglicht dies und bedeutet in der Folge und auf Herzensebene ...wahres und zufriedeneres Leben!

Doch wie so oft ist die Umsetzung das Schwierige und scheitert gerne daran, dass man Schmerz vermeiden will. Sobald etwas Unangenehmes ansteht, bauen sich im Menschen automatisch Blockaden der Angst auf, um diese Wahrnehmung zu umgehen. Wie eine düstere, energiegeladene Gewitterwolke hängt dieses mysteriöse Gefühl über den Betroffenen und wartet auf seine Entladung. Selbst die vielen Menschen, die gefühlt in den Startlöchern zu spirituellem Wachstum stehen, wollen aus Angst meist Blitz und Donner – die eigene Wahrheit – meiden. Lassen sich Hintertüren offen für den Fall, dass etwas nicht plangemäß verlaufen sollte. In ihren erstarrten Gefühlen suchen sie nach Rat, nach Wundern, nach möglichst unspektakulären, schonenden, wohltuenden Veränderungen und/oder Kehrtwendungen. Sie verstehen nicht, dass sie noch immer keinen 'Erfolg' sehen, obwohl sie sich doch jetzt schon so lange mit sich und ihrem Wachstum beschäftigen. Sie warten beharrend darauf, dass als Ergebnis ihres Bemühens, es doch an der Zeit sei, dass der Sprung ins neue Bewusstsein jetzt kommen müsse. Derweil haben sie ihr sicheres Einkommen und sind kaum dazu bereit, ihren Lebensstandard einzuschränken, oder das gewohnte Um-

feld umzugestalten. Entsetzen(!), weil nichts Spür- und Erkennbares passiert, ausser dass ihre Verzweiflung wächst, oder sie bei jedem wahrnehmbaren Schmerz anderen dafür die Schuld zuweisen, verurteilen, ignorieren, intrigieren, gar hassen oder für das eigene Nichtloslassen-Können des Altvertrauten oder Nichthinschauen-Wollen auf schmerzliche Wahrheiten.

Nach aussen soll die lange antrainierte Härte, meist durch freundlich-weiche Ausdrucks- und Umgangsformen getarnt, vor solchen Verletzungen schützen, so wie die Vergangenheit es sie lehrte. Sie bemerken nicht, dass diese oft brutale Härte sich gegen das eigene Innere richtet. In ihrer Hilflosigkeit flüchten die Betroffenen sich in Wichtigkeiten, in Termine, zu seelenstreichelnden Freunden, in die Organisation ihres Lebens oder der Familie. Sie sind ständig sowohl geistig als auch körperlich unterwegs, nur um sich diesem schwelenden Gefühl zu entziehen. Umgeben sich mit angenehmen Ablenkungen, nutzen Menschen die ihnen gut tun, unbewusst als 'lebende Spielzeuge', um ihren Gefühlen Wohlsein zu heucheln. Nichts weiter als bis in Perfektion zelebrierte Ablenkungsmanöver und Verzögerungstaktik! Erneutes Leid ist die Folge des Schmerz-Missachtens, weil diese an Leichtigkeit erinnernden Selbstbeweihräucherungsrituale mit der Zeit zwangsläufig wiederum zu den anstehenden Themen führen, die angeschaut werden wollen.

Mit dem Aufschrei: "Das darf doch nicht wahr sein!", geschieht es dennoch immer wieder und wieder, bis der Schmerz nicht mehr zu ertragen ist und das Gewitter sich auf natürliche Weise entlädt. Manchmal! Doch genau so oft finden sich weitere Möglichkeiten, diese emotionsschwangeren 'Gefühlswolken' zu ignorieren, und dadurch kompensieren sie sich zu noch Schlimmerem. In der Konsequenz ist das Ergebnis davon Krankheit, Leid und neues Desaster. Ablenkung, Verdrängung, Wegschauen und Ignoranz ist also kaum der richtige Weg, denn es zeigt sich: Was ich nicht bereit bin anzufassen, hineinzufühlen, mich damit zu beschäftigen, das kann ich in der Tiefe meiner Gefühle auch nicht verarbeiten, heilen und loslassen. Auch das ist ein absolut logisches Naturgesetz!

Insofern gilt es, beim Erkennen von innerer Stagnation, beim Aufkommen von Zweifeln und heftigen Ängsten, bei seelischen Verletzungen 'durch andere', den eigenen inneren Schweinehund zu überwinden, um sich von etwas Altem zu verabschieden. Es gilt, die Brücke früherer Verlockungen und selbst erschaffener Bequemlichkeiten hinter sich abzubrechen und zwar dann, wenn es gerade jetzt als unmöglich erscheint – nur auf diese Weise kann wahres, inneres Wachstum erfolgen. Das darf ein jeder der wahrhaft mutig genug ist ausprobieren, und wer die damit verbundenen enormen Gefühlswallungen schon kennt, wird diese Aussage bestätigen. Hat man jenen besonderen Weg gefunden, folgen alsbald die angenehmen Wahrnehmungen, das Durchatmen, das fühlbare innere Wachstum als großartige Entschädigung für das durchlebte 'Drama'.

„Was hat solcher Schmerz mit Liebe zu tun?“, ...denkt sich manch einer. Um tiefer hineinzuschauen, und in Anbetracht dieser Sätze stellt sich die wiederholte Frage: „Ist Schmerz nicht der beste spirituelle Lehrer?“ Wie auch immer, die Liebe meint es gut mit uns, und für sie ist dies der natürliche Weg uns auf 'das Gute' hinzuweisen – behutsam und wortlos mit uns zu

'sprechen'. Und schmerzlich ist es nur deshalb, weil unser Verstand seine alten Ängste in den Gefühlen verankert hat und diese um Beachtung rufen. Schau hin, liebe diese, deine nach Aufmerksamkeit rufenden Gefühle, nimm sie tröstend in den Arm und sie beruhigen sich – wirst sehen!

Dies ist der Weg des inneren Wachstums, und die Zeit ist jetzt gekommen, in der wir das sehen, erleben und spüren können und dürfen. Ein jeder, der sich auf diesen Weg begibt, stellt bald fest, dass es nie schlimmer kommt, als man geschaffen ist, es zu meistern. Und Hilfe gibt es überall, sobald man sich ihr öffnet. Die liebenden, gleichklingenden Seelen erkennen sich, wollen sich gegenseitig helfen und finden zusammen auf wunderbare Weise.

Auf diesem Weg zu bleiben darf ich dich einladen, und wünsche dir allen Mut, dem es dazu bedarf, ebenso Kraft, Ausdauer und Vertrauen. Sei dir sicher, die Liebe führt dich an den für dich vorgesehenen, 'kuscheligen' Platz deiner Bestimmung in diesem Universum. Nur dort bist du in wahrer Sicherheit, dort darfst du dich entfalten und all dein Potential zur Geltung bringen. Dort findest du die Menschen, die zu dir gehören und dich unterstützen. Daran glaube ganz fest, denn sobald du den ersten Schritt tust, kommt die Lawine ins Rollen, die dich in ein neues Leben führt. Jetzt gilt es nur noch standhaft zu bleiben und unbeirrt weiter voran zu gehen. Mögen wir alle gut geführt sein in ein wunderbares, wahrhaftiges Paradies des menschlichen Miteinanders, der unendlichen Liebe innerhalb unserer gemeinsamen Seele!

Eigene Verhaltensmuster loszulassen, die sich über viele Jahre eingeschliffen haben und nun als 'falsch' erkannt werden, das bedeutet wahre Veränderung. Und alle Veränderung bedarf einzig und allein der Vorraussetzung, auch offen für dieselbe zu sein. Du hast bereits darüber gelesen. Probiere es aus! Wenngleich das Offensein manchmal eine gewisse Herausforderung ist, wirst du deine eigene Erfahrung machen. Und während wir, jeder für sich selber, immer tiefer in dieses Thema einsteigen, können wir zunehmend mehr feststellen, dass unser wahrer Charakter überwiegend in der Kindheit geprägt wurde. Oder siehst du das anders?

Eine Aussage, die mich wieder zu meinem eigenen Kern zurückkommen lässt: Mein damaliges Verhalten signalisierte nichts weiter als die Suche nach Liebe und Anerkennung (so wie bei jedem!) und war die Reaktion darauf, dass meine Eltern aus ihrer 'Notsituation' heraus in meiner Kinderzeit gerne mit der Liebe gegeizt hatten. Sie hatten es halt so gelernt. Mit fortschreitendem Alter entwickelte sich ein immer stärkeres Konkurrenzverhalten zwischen meinem Vater und mir. Eigentlich normal, doch durch unseren weinbaulichen Familienbetrieb, und die damit einhergehende fast tägliche Zusammenarbeit verstärkte sich dieses Verhalten um ein Vielfaches.

Mein Vater hatte wenige pädagogische und betriebswirtschaftliche Kenntnisse. Er machte seine alltägliche Arbeit, machte sie gut und das genügte ihm. Es fehlte ihm die planerische Weitsicht, Marketing- und Kaufmannsfähigkeiten sowie manch neutrale Betrachtungsweise, um Entwicklungen realistisch einschätzen und begegnen zu können. All das lernte ich auf meinem beruflichen sowie auf meinem weiteren Lebensweg. Schade war nur, dass ich vieles aufgrund der beschriebenen Verhältnisse zuhause kaum umsetzen konnte/durfte. Wenn ich bedenke, mit welcher Leichtigkeit ich manche Dinge tat oder auf mich zukommen sah, und welche eintreffenden Zukunftsvisionen ich hatte, würde ich tatsächlich sagen, dass in meinen Genen sagenhafte Fähigkeiten verankert waren und sind. Manchmal war ich im Nachhinein erstaunt, woher ich so manches wissen konnte, obwohl es noch weit vor mir lag.

Über diese besondere Gabe bin ich mir heute erst bewusst. Doch meine Prognosen, die Vorschläge und den damit zusammenhängenden Handlungsbedarf wurden meist abgeblockt, und deshalb kam es häufig zum Streit zwischen uns. Damals wusste ich schon, dass Vaters Marschrichtung falsch war. Finanzielle Sorgen kamen hinzu und so wurden auch unwesentliche Veränderungsvorschläge meist schon im Keim erstickt, obwohl ich sie bis zuletzt durchzusetzen versuchte. Ein immer häufigeres Gegeneinander steigerte sich in Sturheit, Streit, meinerseits manchmal bis hin zum Hass. Den Vater bezeichnete ich in seiner 'natürlichen Unfähigkeit' – 'pädagogische Not' wäre richtiger – als stur und gefühllos und war selbst genauso geworden – stur und gefühllos! Statt miteinander arbeiteten wir gegeneinander, ohne es zu bemerken.

Die Konsequenzen konnten keine guten sein, doch das sehe ich erst heute, nachdem es das damalige Weingut schon seit vielen Jahren nicht mehr gibt. Die konträren Interessen unserer beiden Generationen haben letztlich den Fortbestand des von den Vorfahren Geschaffenen nicht zugelassen. Kurz: Gefühle, die sich durch visionäre Ziele – Wünsche – verstärkten, haben die alte, verkrustete Materie in die Knie gezwungen. Und das, was ich hier mit einer Leichtigkeit niederschreibe, waren damals für mich fast unüberwindliche Klimmzüge. Darauf möchte ich zum besseren Verständnis näher eingehen, denn vor allem für die männlichen Leser könnte es wichtig sein. Ach ja, auf weiblicher Seite gibt es mittlerweile wahrscheinlich ähnliche Vergleichsmuster – oder?

„Leben = zeichnen ohne Radiergummi!“

> Verfasser unbekannt <

Die Zeit brachte zusätzliche, teilweise fast geheimnisumwobene, finanzielle Belastungen mit sich und über Geld – erst recht über den betrieblichen Schuldenumfang – wurde nicht gesprochen (der Scham wegen!). Altlasten und unkompetente Finanzberatung der es nicht besser wissenden provisionsgierigen Dorfbänker hinterließen ihre Spuren. Dort, wo einstmals freundliches Entgegenkommen an der Tagesordung war, zählten langjährige persönliche Bekanntschaften, menschliche und berufliche Fähigkeiten sowie gewinnbringende Konzepte nach gewisser Zeit nichts mehr, obwohl unsere Familie, wie man so sagt, sich nie etwas zu Schulden kommen ließ. All das hatte keine Bedeutung mehr, sondern nur die augenblicklichen Zahlen und die im Grunde genommen von ihnen selbst manipulierte betriebswirtschaftliche Vergangenheit wurden betrachtet. Dieses Zahlenmaterial ermöglichte angeblich keinerlei weitere finanzielle Unterstützung. Die Umgangsformen wurden kälter, die Regeln härter und die Vorteile nisteten sich seltsamerweise alle ausschließlich auf der anderen Seite ein. Die damals (Mitte der 1980er Jahre) beginnende allgemeine weinwirtschaftliche Talfahrt trug ein Weiteres dazu bei, dass es bergab ging. Meine privaten Ersparnisse hatte ich bereits in den Betrieb gesteckt, obwohl er mir noch nicht wirklich gehörte. Zu der Zeit hatte ich ihn formell vom Vater gepachtet und sollte ihn später übernehmen, soviel war geregelt. Wie man so schön sagt: „Viel gutes Geld in schlechtes gesteckt“.

Mittlerweile hatte ich geheiratet, und neue Gefühle und Möglichkeiten schienen sich aufzutun. Es brachte über einige Jahre ein kurzes Durchatmen, doch der Kopf wurde nicht wirklich frei. Ständig das Gefühl, die finanzielle Enge (= Angst) nähme mir Freude, Freiheit und die Luft zum Atmen. Diese Angst war wie ein Verfolger, den ich trotz vieler Fluchtversuche nicht wirklich abschütteln konnte. Demzufolge drohte Ende der 1990er Jahre eine klassische Pleite, die ich lange hinausgezögert hatte. Doch ich wollte es zu dem Zeitpunkt immer noch nicht wahrhaben, wehrte mich mit Händen und Füßen, wollte nicht klar sehen, konnte nicht loslassen. In Trier eröffnete ich einen Weinladen in der Hoffnung auf steigenden Weinabsatz, widmete mich dem Telefonmarketing, und alles lief gut – aber nicht gut genug!

Ich spürte, dass das Kommende sich zu einer kleinen Katastrophe auswachsen würde, schützte mich durch noch eine Schale, noch eine Schutzmauer um mein verletztes, zartes Inneres – mein Herz –, so dass ich mich zu einer immer härter werdenden Nuss formte. Ich hatte, ohne dass es mir bewusst war, gelernt, dass der Bauer an seiner Scholle festhält – boooah! Das ist allerdings nicht nur ein 'Bauernphänomen', sondern fast allen Männern (mittlerweile auch vielen Frauen) ist materieller Besitz enorm wichtig. Die Umstände brachten innere Unruhe, Druck und einengende beängstigende Gefühle. In so mancher Stunde fühlte sich mein Herz an, als würde es von einem Stahlseil zusammengezurrt. Sodann wollte ich der Situation entfliehen, begann eine Flucht vor den Umständen und vor mir selbst, flüchtete in Arbeit, in Termine, in Seminare, und allerlei 'Wichtigkeiten' die in mir das Gefühl auslösten lobend wahrgenommen zu werden. Ich war viel unterwegs, keine Zeit, gehetzt, überall und nirgendwo. So schaffte ich mir immer mehr Druck und bemerkte nicht, wie weit ich schon vor mir selbst davon gelaufen war.

Alles, was im AUSSEN um mich herum geschah, gewann an Wichtigkeit und mein INNERES, dem es nicht besonders gut ging, zog sich weiter hinter schützende, dicke Mauern zurück. Bis eines Tages ein schwerer Autounfall mich ausbremste und nachdenklich machte. Das, was auf eisglatter Straße passierte, war meine erste persönlich-bewusste 'Tod-Erfahrung'. Heute weiss ich, ich habe 'ihm' ins Auge gesehen! Chancenlos vor dem Frontalaufprall auf die hintere Heckkante eines stehenden 30-Tonner Sattelzugaufliegers, der quer über alle Fahrspuren auf der spiegelglatten Eifelautobahn stand. Während ich bergab immer schneller auf ihn zurutschte und meine Lenkmanöver auf der vereisten Fahrbahn nichts mehr nutzten, hatte ich auf den letzten Metern vorm Aufprall innerlich schon abgeschlossen! Wäre da nicht mein Schutzengel gewesen. Er ließ alles so geschehen, dass mir ausser einer kleinen Prellung und der erröteten Druckstelle des Sicherheitsgurtes quer über meine Brust nichts passierte. Nichts war mir geschehen in einer Situation, die ich als mein Ende auf mich zukommen sah, und damals war ich sehr realistisch kopfgesteuert. Mein Auto, ein Kleintransporter (bei dem man als Fahrer fast ohne 'Knautschzone' unmittelbar hinter der Frontscheibe, also hautnah am Aufprall sitzt!), hatte natürlich Totalschaden – einen Tag vor Heiligabend 1996.

Erst heute kann ich mich in die Situation hineinfühlen, und du magst darüber denken, wie du willst, doch mir war, als wäre ich für den Moment des Aufpralls nicht in meinem Körper gewesen. Dies war der Höhepunkt meines Davonlaufens und gleichzeitig so etwas wie eine Initialzündung. Inzwischen sehe ich einen Sinn in so vielen unangenehmen und/oder seltsamen Ereignissen, die mir in dieser Zeit nur deshalb zustießen, um meine Flucht abzubremsen bzw. mich nachdenklich zu machen.

Damals wusste ich es nicht, und bis zu diesem Zeitpunkt provozierte ich mein eigenes Schicksal solange, bis es mich in besagte Schranken verwies... bis zu diesem Unfall! Die anderen unschönen Vorkommnisse dieser Zeit konnte ich zu meinem Vorteil immer noch gerade so hinbiegen, und ich nannte es 'Glück' oder beweihräucherte mich selbst ob meines Könnens, wenn ich nach jedem 'Hinfallen' wieder aufstand, anstatt die Geschehnisse als Hinweis auf den rechten Weg zu sehen. Ach ja, in dieser Zeit ereignete sich noch etwas sehr Kurioses, dessen Bedeutung ich bis heute nicht ergründen konnte: Nie vorher und nie wieder nachher war mir wissentlich etwas ähnliches passiert. Schlafwandeln – oder wie ich das nennen soll! Während einer Lieferfahrt in der Vorweihnachtszeit war ich bei einem befreundeten Ehepaar in Kiel, wo ich auch übernachten sollte. Deshalb zogen wir abends noch ein wenig um die Häuser, trafen alte Bekannte, genossen die hier typischen alkoholischen Getränke, bis wir genug hatten, um den Nachhauseweg anzutreten. Dort noch einen Absacker und dann zu Bett.

Einigermaßen trinkfest zu sein, war mir damals eigen. Das mag der/die ein oder andere vielleicht als nicht rühmenswert bezeichnen, doch ich kann gut damit leben, kenne mittlerweile meine diesbezüglichen Grenzen, und damit lasse ich es gut sein. In dieser Nacht am ländlichen Rande der Stadt, wo in den 1960er/70er Jahren in sumpfig-moorigem Land Baugebiete erschlossen wurden, stand das Haus meiner Freunde. Wasseradern durchzogen die Grundstücke und wer weiss, welche Wirkung sie taten. Sicherlich hatten sie mit meinem Erlebnis zu tun. Manche Gärten oder Wege hatten etwas Mystisches, was mich hier und da an die ein oder andere Edgar-Wallace-Gruselfilmszene in Moorgebieten erinnerte. Jedoch sollte in dieser Nacht keine Filmszene gedreht werden, vielmehr war es sehr real und doch gespenstisch, was ich erlebte. Es muss so zwischen vier und fünf Uhr nachts gewesen sein, als ich aufwachte – halt –, denn ich wachte nicht wirklich auf! Es war eher so, als wenn ich mich im Halbschlaf auf den Weg machte! Übrigens ziemlich exakt zu meiner Geburtszeit (4.30 Uhr) und wer weiss, ob es damit in Zusammenhang zu bringen war.

Das, woran ich mich noch erinnere, habe ich aufgeschrieben, damit mir alles aus meinen Traumwelten erhalten bleibt: Ich verließ das Schlafzimmer nur mit Unterhose bekleidet und ging leise die Treppe hinunter. Unten im Flur vor der Garderobe angekommen schlüpfte ich mit nackten Füßen in meine gefütterten Stiefeletten, griff nach der Winterjacke meines Freundes Ralf, zog sie über, ging zur Haustür, öffnete und schloss sie hinter mir wieder ordentlich. So verließ ich das Grundstück bei ungefähr drei Grad minus auf dem Aussenthermometer. Dazu sei gesagt, dass Ralf fast einen Kopf größer war als ich und zu der Zeit in Volumen und Körpergewicht sicherlich mindestens ein Drittel mehr vorzuweisen, bzw. auf die Waage zu bringen hatte. Insofern hing seine weit ausladende Winterjacke, die für mich eher ein Mantel war, mit dickem Luftpolster zwischen Stoff und meinem Körper, überweit und unförmig an mir herunter bis fast auf die Knie. Darunter nackte Beine und ein paar Schuhe. Wie mein Gesicht aussah...(?) gut, dass ich mich nicht gesehen habe. Eigentlich schlafend bin ich auf diese Weise, wohl eher einer Vogelscheuche ähnlich, in Richtung Innenstadt gewandelt. Mancher Fußgänger oder Autofahrer kam sich bei dieser nächtlich unerwarteten, 'ausserirdischen Begegnung' wohl eher vor wie im falschen Film.

Im weiteren Verlauf der 'Wanderschaft' erinnere ich mich nur, dass ich irgendwo über eine größere Verkehrsinsel mehr gestolpert als gegangen bin. Sie war mit Rosen bepflanzt, deren Dornen ihre Spuren an meinen Waden hinterließen. Irgendwann sah ich in der Ferne grelles Licht und nahm es wahr als die nächtlich weiss-gelb-rote Beleuchtung einer Tankstelle. Mit diesem Anblick überkam mich der Anflug des So-langsam-Erwachens. Genauso langsam wurde mir bewusst, wer ich war, wo ich so ungefähr war, und erstaunlicherweise wusste ich auch, was zu tun war. Ich sah an mir herunter, naja, vielleicht schämte ich mich ein wenig, war aber mutig genug, auf das Tankstellengelände zu gehen. Vielleicht waren mir die Äusserlichkeiten auch egal, weil der Alkohol noch nachwirkte. An der Tanke war ich völlig alleine und sah durchs Schaufenster ein junges Mädel an der Kasse stehen. Und..., es war noch in der handyfreien Zeit des letzten Jahrtausends. Ich betrat den Laden, als sei meine Kostümierung das Normalste von der Welt und ging auf die Kassiererin zu. Ihr etwas erschrockener Blick reduzierte meine Worte automatisch auf das Nötigste und das war: „Guten Morgen, wundern sie sich nicht über meinen Aufzug, sondern rufen sie mir bitte ein Taxi!"

Ab dem Moment – so glaube ich – war ich wieder wach und ganz in dieser Welt. Wie in Großstädten üblich, dauerte es nicht lange bis ein creme-weiss-farbener Wagen vorfuhr, der Fahrer ausstieg, hereinkam und nach seinem Fahrgast fragte. Auch er musterte meine Erscheinung mit etwas verwundertem Blick, fragte, wo ich denn hin wolle und brachte mich ohne viele Worte anstandslos zum Zielort, den ich Gott sei Dank kannte. Jetzt kam noch eine kleine Überraschung für alle: Natürlich hatte ich kein Geld dabei! Den Taxifahrer bat ich zu warten, klingelte mehrmals an Ralfs Haustür, bis mir mein total erschrockener Gastgeber endlich mit etwas zerknittertem Gesicht die Tür öffnete. Das war morgens etwa zwischen halb Sechs und halb Sieben Uhr. Ihn bat ich dann nur, das Taxi zu bezahlen, und anschließend wollte ich ihm die Situation erklären. Gesagt – getan, und er schaute und staunte zusammen mit seiner Frau nicht schlecht, als sie mich so erlebten. Schnell war in groben Zügen die Geschichte erzählt, die 'Vogelscheuche' abgelegt und ich konnte den verpassten Schlaf nachholen.

Irgendwann krochen wir jeder aus seinem Bett, trafen uns am Frühstückstisch bei wachmachendem Kaffee, alberten herum und ließen bei schallendem Gelächter, fragenden Gesichtern und meinen Erklärungen den Tag beginnen sowie die Nacht Revue passieren. Unsere Rekonstruktionen meines nächtlich zurückgelegten Weges nahmen aufgrund des Taxipreises und meiner wenigen Erinnerungen Formen an. Auch die Tankstelle mit der weiss-gelb-roten Beleuchtung konnten wir ausfindig machen und das Resultat aus alledem sagte eindeutig, dass ich in dieser Nacht mindestens eineinhalb, wenn nicht zwei Stunden zufuß unterwegs gewesen sein musste. Ein sagenhaftes Erlebnis, das ich nie vergessen werde.

Was auch immer diese Nachtwanderung mit meiner persönlichen Entwicklung zu tun haben könnte, für irgendwas sollte auch diese Erfahrung wohl gut sein. Bis heute habe ich keine Ahnung (...☹)? In dieser Zeit wollte auf jeden Fall so etwas wie eine Wende in meinem Leben beginnen. Doch immer noch wehrte ich mich gegen die unbewusste Wahrheit, die in mir ruhte. Und weil das so war, gingen die Dinge unaufhaltsam ihren Weg.

Auf meinem Weg...

lerne ich wunderschöne Gegenden kennen,
in einigen verweile ich und genieße.
Lerne viele interessante Menschen kennen,
gerne bin ich ein Stück mit ihnen.
Lerne lehrreiche Geschichten kennen,
ganz aufmerksam höre ich zu.
Lerne neue Möglichkeiten kennen,
wissbegierig widme ich mich ihnen.
Lerne mich selbst näher kennen,
liebevoll finde ich zu mir.

'Ent-decke' lange unterdrückte Gefühle,
sehr berührt beschäftige ich mich damit.
Ent-decke hier Gefühl und dort Verstand,
friedlich gehe ich mit der Erkenntnis um.
Ent-decke meine Ganzheit und Vollkommenheit,
ganz ruhig wird es mir bewusst.
Ent-decke Wahrheit und Vertrauen,
gerne gebe ich sie weiter.
Ent-decke Wachstum und neue Energie,
sie führen mich zu neuen Wegen.

Lerne wunderschöne Gegenden kennen,
in einigen verweile ich und genieße...

Dann mischte das Schicksal sich ein

Das, woran ich festhielt, wollte sich langsam auflösen und mir aus den Händen entrinnen. In finanzieller Not begannen meine Eltern und ich zwangsläufig Teile unseres Grundbesitzes zu verkaufen, und wenige Jahre später kam es sogar dazu, dass wir uns von meinem Geburts- und Elternhaus trennen mussten. Das Haus, in dem meine persönliche Geschichte begonnen hatte, wurde versteigert. Und meine Geschichte oder auch mein Lebensweg suchte nun, ein wenig verzweifelt, nach einer neuen Richtung. Es blieb meinen Eltern und mir eine 'Gnadenfrist' von wenigen Monaten, um neues Leben zu gestalten und gleichzeitig das von Generationen geschaffene Alte hinter uns zu lassen. Somit schwand durch eine radikale Richtungsänderung oder durch einen Sprung ins kalte Wasser die Basis der bisherigen Existenzgrundlage dahin. Es war für mich ein Gefühl wie der Sprung von einer Klippe ins Wasser einer tosenden Brandung, die ich noch nicht einmal sehen konnte.

„Doch manchmal musst du einfach springen und auf dem Weg nach unten kannst du feststellen, dass dir Flügel wachsen.“

> Verfasser unbekannt <

Rückblickend wird mir in diesem Augenblick des Schreibens klar, dass ich ohne eine solch 'erbarmungslose Härte' des

Schicksals an schmerzlicher Zurechtweisung und damit verbundenem heftigstem Wehleid und Ängsten, niemals die Kurve hin zum Fühlen bekommen hätte. Meine Erfahrung und Erkenntnis daraus sind, dass es sowohl bei mir selbst als auch bei allen anderen Menschen, denen ich je begegnete, tatsächlich an die materielle oder physische Existenz/Substanz gehen muss, um bereit für ein Hinschauen oder gar rigorose Veränderung zu sein. Hin in die Tiefe der wahrhaftigen Essenz des eigenen Ich's musste ich geführt werden, um – bestenfalls verstehend und verzeihend – zu dieser Geburtsstätte der (Selbst-) Liebe zu gelangen. Grob gesagt muss einem also die 'Kacke', in der man sitzt, wort-wörtlich bis zum Halse stehen (oder sogar schon in den Mund schwappen), damit man endlich hinguckt und erkennt, wie wenig es doch ist, was man im Leben wirklich braucht, um durchzukommen oder sogar zufrieden zu sein. In der Folge brauchte 'es' bei mir selbst zwar Zeit, doch es war die einzige Möglichkeit, mein versteinertes Herz langsam und vorsichtig zu erweichen und wieder offen zu werden für die Begegnungen mit der wahren Liebe. Doch bis zu dem Punkt sollte es noch etwas dauern, sonst wäre es ja zu einfach gewesen. Befindest auch du dich gerade an einem solchen 'Wendepunkt', dann darfst du gerne deine Geschichte mit der meinen vergleichen, die ich nun erzählen möchte...

Im Vorfeld schon meine Ehescheidung, für die ich viel später zu einem großen Teil meine eigene Einstellung zu den Dingen verantwortlich machte. Heute ist es leicht, in diese Zeit zurückzuschauen, doch damals... mein lieber Herr Gesangverein! Meiner Frau gegenüber tat ich beim Auseinandergehen sehr verständnisvoll, und war noch hilfsbereit beim Auszug. Doch innerlich schmerzte es heftigst, als sie und mit ihr der Glaube an einen sogenannten 'lieben Gott' mich verließen. Heute erst komme ich meinem damaligen Trennungsgefühl auf die Spur, welches mir sagte, dass die Liebe mich schon wieder im Stich lassen wollte. Nicht ernst genommen und allein gelassen werden! Was so nicht richtig war – dennoch traf es *mitten ins Herz!* Und mein Herz verhärtete sich einmal mehr angesichts des alten erwachenden Ignoranzgefühls. Noch eine Schale um die ohnehin schon harte Schale, nur um das enttäuschte Kind in mir vor weiteren und zukünftigen Verletzungen zu schützen. Lange brauchte es, bis ich erkannte, was in meiner damaligen Frau und mir 'vor-ging'.

Was uns beiden fehlte, war nichts weiter als die Reife, um auf dem gemeinsamen Weg zu bleiben, ihn überhaupt zu sehen. Dennoch bin ich aus jetziger Sicht froh, sagen zu können: Ich wurde in beiderseitigem, friedlichem Einvernehmen glücklich geschieden und dafür bin ich sehr dankbar! Ebenso danke ich allen 'Beteiligten', dass diese 'Ent-scheidung' wesentlich dazu beitrug, (m)einen ganz besonderen Weg antreten zu dürfen. Ein Weg der mich hinein in mein Inneres führen sollte, mich als Mensch veränderte und mir das erst brachte, was ich meiner damaligen Frau nicht geben konnte. Schön, dass wir zwar selten, aber doch noch einen guten Kontakt miteinander haben.

Tja, und dann rutschte ich ab in das vorhergesehene Desaster. Mit dem Abgeben unseres Eigentums und der Scheidung meiner kinderlosen Ehe war der Boden der Existenz komplett unter meinen Füßen weggezogen. Dem folgten schier endlose

Familiendiskussionen, Getratsche unter Bekannten und Verwandten, Rechtfertigungsversuche, Dorfgespräche, Hilflosigkeit, Selbstzweifel, Schuldgefühle, Scham, Wut und vieles mehr, was damals drohte, mich komplett aus der Lebensbahn zu werfen. Der Kreis von Verwandten, Bekannten, Kollegen und sogenannten Freunden, die um weiteren Kontakt bemüht waren, schrumpfte plötzlich auf ein Minimum. Einige meinten tatsächlich, sie könnten verstehen, wenn es mir jetzt schlecht ginge, und ich öfter den Durchhänger hätte. Doch ich sage heute und hier, dass das niemand verstehen/nachfühlen kann, der Vergleichbares noch nicht durchlebte.

Mir kam es vor wie ein langsames Sterben oder der von unzähligen Augenpaaren begleitete Gang zum Scheiterhaufen. Aus der Situation heraus war es nun allen klar, wie unsere lange verheimlichte finanzielle Lage sich darstellte. Ehrlich gesagt – das tat weh, ließ mich einen tiefen Schmerz fühlen, und ich empfand es damals als ein peinliches, öffentliches Bloßstellen, welches den gehüteten, heiligen Tresor sprengte, in dem jenes Geheimnis verborgen lag, dass man über umfangreiche, familiäre Geldsorgen nicht spricht. Ein Glaubenssatz, der tatsächlich keinen Sinn machte, wurde auf einen Schlag enttarnt! So ein bisschen fühlte es sich an wie eine Blamage oder ein Versagen, zu dem auch ich meinen Teil beigesteuert hatte. Aber das war keine Wahrheit, sondern nur eine Meinung, welche mir von allerlei fremden Erwartungen übergestülpt wurde. Was war an dieser Stelle mit der Würde des Menschen, so fragte ich mich, die angeblich unantastbar sein soll. Mit Füßen wurde sie unter anderem auch von den Behörden getreten, und die Dorfbevölkerung, mit der es ständige Berührungen gab, redete nur noch hinter meinem Rücken über mich. Meine Arbeit im Gemeinderat, die erworbenen Verdienste im örtlichen Vereinsleben, in beruflichen Arbeitsgremien, in der Dorfgemeinschaft – der sogenannte gute Ruf(!) – war auf einen Schlag dahin! Die Leute, mit denen ich mich früher gut zu verstehen glaubte, wechselten die Straßenseite, um mir aus dem Weg zu gehen, weil sie plötzlich nicht mehr wussten, was sie mit mir reden sollten. In ihren Hosentaschen sah ich die Finger, die spöttisch auf mich zeigten. War ich denn aufgrund dessen jetzt ein anderer als vorher?

Neben unzähligen weiteren von mir gefühlten peinlichen Randerscheinungen war auch das eine Art Grausamkeit, die Menschen angetan wird. So empfand ich es, quasi ohnmächtig, während von einem Tag auf den anderen Berge von Schuldgefühlen mich überrollen wollten. Mein neuerliches Gespür in diese Zeit hinein sagt eindeutig, dass ich erziehungsbedingt einen Teil davon auch angenommen hatte, obwohl das nicht in Ordnung war. Auch weiss ich heute, dass es ganz normal ist, dass Kinder das Leben und Schicksal der Eltern – als Erstgeborene vor allem das des Vaters – übernehmen. Sie wollen die Gefühle und damit das im JETZT Erlebte, welches auf irgendeine Art und Weise aus der Balance kam, instinktiv ausgleichen. Und das mit allen dem Kind zur Verfügung stehenden Mitteln! Meist sind die natürlich sehr bescheiden und schaden den jungen Seelen im Endeffekt selber.

Unbewusst übernehmen sie Schuld für allerlei Schieflagen. Am Kinderverhalten können Eltern solche und ähnliche Situationen, die sie bei sich selber gar nicht unbedingt erspüren, leicht ablesen. Kinder fangen z. B. an, häufig zu husten, wenn ihnen die angemessenen Worte fehlen, und sie ihre Gefühle wortlos 'hinausbellen'. Ihre Sehschärfe wird in kurzer Zeit schlechter, sie benötigen plötzlich eine Brille, weil sie 'etwas' nicht mehr sehen können oder wollen. Sie bekommen Probleme mit den Ohren und dem Hören, weil sie 'etwas' nicht hören dürfen. Sie werden rebellisch, aggressiv oder gar depressiv, weil sie die unangenehmen Wahrnehmungen in sich hineinfressen, und es nach aussen nicht angemessen verarbeiten können. Ganz klar, dass sich solche Gefühlsphasen unter Umständen sogar sehr nachteilig auf das weitere Gefühls- und Geistesleben des Kindes auswirken. Denn du bist und wirst mit jedem Tag deines Lebens mehr zu dem, was du denkst und fühlst. Und dabei ist es egal, ob bewusst oder unbewusst!

Es war meine persönliche Lernaufgabe, mit der ich mich noch ein wenig zu beschäftigen hatte, um es als solche zu erkennen. In dieser Schicksalsfalle nützte es auch nichts, einen 'lieben Gott' zu fragen: „Warum gerade ich?“ Eine Sackgasse, in der ich erfahren und schmerzhaft spüren durfte, wie aus angesehenen Menschen in der einst vertrauten dörflichen Gemeinschaft innerhalb weniger Tage Geächtete wurden. In dem Zusammenhang fällt mir ein dazu passendes Wortspiel ein: Kommt dieses Wort 'geächtet' nicht von 'geachtet'? Eindeutig ja(!) und bedeutet in dem Fall also das Gegenteilige: 'nicht mehr geachtet'...! Es ist schon irgendwie bemerkenswert, was die beiden Pünktchen auf dem 'a' doch verändern können! Vielleicht spielt aber auch das alte Wort 'geschächtet' mit hinein, was früher das Halsaufschneiden zum Blutablass beim geschlachteten Vieh bezeichnete (geschlachtet/geschachtet/ geschächtet/geächtet sieht mir doch im Wortursprung sehr miteinander verwandt aus). Insofern scheint 'geächtet' mir als eine etwas grausam-makabere Kombination aus alle dem. Na, vielleicht wird dann, wenn der Menschheit allgemein die Wahrheit wieder wichtiger wird, aus der Ächtung auch wieder eine Achtung. Das wäre mir dann so etwas wie eine Rehabilitation, die mich aber im Nachhinein nicht mehr wirklich interessieren würde.

Viele hätten sich in meiner damaligen Situation wohl die Kugel gegeben, wären dem Alkohl verfallen (was manchmal auch schön sein konnte ...☺), wären unter der berühmten Brücke gelandet oder ähnlichem Unheil verfallen. Doch nein, bei mir kam es anders! In meinem angeschlagenen, aber unzerbrechlichen Optimismus stolperte ich von einem Interessanten in das nächste, wurde etwas vorsichtiger und begann meine 'Überlebensaktivitäten' örtlich zu verlagern. Auch deshalb, damit ich den gefühlten Demütigungen ein Stück weit entgehen konnte. Gleichzeitig erkannte ich in dem Ausspruch: *„Ist der Ruf erst ruiniert, lebt es sich ganz ungeniert“,* plötzlich eine tiefe Wahrheit. Sie ließ mich zunehmend mehr, ...auch freier leben. Viele Ereignisse und Lektionen der Vergangenheit sollten nun aufzeigen, ob ich einen Nutzen daraus ziehen könnte. Und siehe da, sie hatten mich zu so etwas wie einem 'Steh-auf-Männchen' gemacht, einem Lebenskünstler, der ständig nach vorne sah, wissend, dass es irgendwie weiter ging, und waren die Schritte auch noch so klein.

Ich hatte also ziemlich unbewusst einen Weg eingeschlagen,

der einer immens großen inneren Festigkeit, unbewusster Intuition, starkem Willen, beharrlicher Ausdauer und wohlüberlegter Handlungsweisen/Diplomatie bedurfte, um die Richtung beibehalten zu können. Eine wahre Herausforderung, die mir eine Menge Energie abverlangte. Doch diese Festigkeit, Kraft und ein enormes Durchhaltevermögen waren wohl in mir angelegt, was mir viel später erst bewusst werden sollte. Mittlerweile war ich in einem Lebensabschnitt, der mich insbesondere lehrte, die Menschen um mich herum wahrhaft kennenzulernen. Heute, viele Jahre nach diesen Geschehnissen, möchte ich mir, entgegen so vieler Verleumdungen, die teilweise jetzt noch im Raum stehen, die Wahrheiten aus dieser Zeit von der Seele schreiben. Wahrheit, so wie ich sie erfuhr und nach bestem Wissen und Gewissen hier veröffentliche, um meiner Würde Raum zu geben, und um meinen verletzten Gefühlen endgültig Luft zu machen, denn sie schreien danach. Nicht zuletzt, um meinem teilweise auf der Strecke gebliebenen Herzblut wieder in seine wohlverdienten, ruhigen und friedlichen Bahnen zu verhelfen.

Das, was Menschen anderen Menschen antun, nur weil sie sich aufgrund gesellschaftlicher oder ihrer persönlichen Regeln in einer Machtposition fühlen, gebe ich authentisch wider: Angefangen bei einer weitverbreiteten Genossenschaftsbank, deren profitgierigen Berater in den weinbaulich gewinnbringenden Jahren meine gutgläubigen Eltern zu unverantwortbaren Krediten überredeten. Aufgrund verschiedenster Unterlagen wurde mir viel später erst klar, welch seltsame Methoden damals von der Filialleitung vorteilshungrig abgesegnet wurden. Ein Geschäftsgebaren (teilweise Unehrlichkeit), das in der Folge sogar deren eigene, darin wohnenden Ängste hervorbrachte. Deshalb kam es, nachdem in unserem 'Fall' Immobilienverkauf und Versteigerung abgeschlossen waren, wie aus heiterem Himmel zu personellen Veränderungen, Versetzungen oder auch Entlassungen in den Vorruhestand. Damit die 'saubere Weste' nach aussen 'rein' blieb – seltsam –, aber ich verstand!

Zu den diversen Kuriositäten gesellte sich ein anderer Dorfbewohner, dem es sehr entgegen kam, dass er mithilfe des gleichen Geldinstituts unser Anwesen ersteigern konnte. Er entpuppte sich als jemand, für dessen 'Unseriösität' ich keine Worte mehr finde. Nur gut, dass meine Eltern zu dem Zeitpunkt bereits eine andere Wohnung in einer nahen Kleinstadt bezogen hatten. Denn über die Einzelheiten der weiteren Entwicklung berichtete ich den beiden nur das, was für sie wahrhaft relevant war, um sie und ihre angeschlagene Gefühlswelt so weit wie möglich zu schonen.

Demgegenüber wollte ich die Situation im altvertrauten Zuhause noch ein paar Wochen aussitzen, denn ich hatte mich noch über einiges Betriebliche und Private, was meiner Verantwortung unterlag und deshalb nicht zur sogenannten 'Versteigerungsmasse' gehörte, mit dem angehenden, neuen Besitzer zu einigen. Erste Absprachen zwischen uns klangen gut und aufgrund meiner prekären Notsituation sogar entgegenkommend und vertrauenswürdig. Fürs Erste konnte ich mit meinen Schlüsseln weiteren Zugang zu Haus und Wirtschaftsgebäuden behalten, um den baldigen Auszug vorzubereiten und durchführen zu können. Der anklingende Hauch von Menschlichkeit ließ mich aufatmen aufgrund einer gütlichen 'Übergangslösung' für die kommenden zwei bis drei Monate. Innerhalb dieser Frist wollte ich mich vom alten Zuhause verabschieden, mein persönliches Hab und Gut Stück für Stück aus den Gebäuden entfernen und mich meinem neuen Leben widmen.

Pustekuchen – keine vier Wochen später sollte ich die neue Besitzerfamilie von einer Seite kennenlernen, die mir bis dahin fremd war. Wie ein Schlag in die Magengrube kam es mir vor, als ich eines Tages vor verschlossenen Türen stand und meine Schlüssel nicht mehr auf die Schlösser passten. Bei derartigem Eigentumswechsel von Immobilien gibt es gesetzliche Regelungen, die ich damals nicht kannte. Ich glaubte, dass langjährige, persönliche Bekanntschaften und daraus resultierende mündliche Absprachen genügen müssten, um auf dieser Vertrauensbasis eine friedliche Übergabe durchführen zu können. So dachte ich, doch stattdessen begegnete mir ein Vertrauensmissbrauch der wirklich allerübelsten Sorte.

Was nützen in solchen Fällen gesetzliche Fristen und Vorschriften die kaum jemand kennt? Auf mein Anfragen durfte ich behördlicherseits erfahren, dass es in unserem supergerechten Deutschland Niemandens Pflicht ist, Menschen, die in solche Notlage geraten, über ihre Rechte zu informieren. Heute würde man einfach mal ins Internet schauen, aber damals hätte ich mir ein schlichtes neutrales Info-Blatt mit der Aufzählung von Rechten und Pflichten der Betroffenen von Seiten der Kommune gewünscht. Denn wer hat in solcher Situation schon den Kopf, sich selbst umfassend darum zu kümmern, und wer katapultiert sich selbst freiwillig in so ein Debakel, einem Rufmord ähnlich? Und am Rande dessen reiben sich alle

'Beobachter' die Hände in Unschuld, während die Betroffenen gesellschaftlich und emotional regelrecht 'ausbluten'.

Was sollte ich also tun, als der neue Eigentümer eines Tages, es wahrscheinlich auch nicht besser wissend, dennoch absolut gesetzeswidrig, während meiner Abwesenheit in dieses Haus einbrach, neue Schlösser an die Türen schraubte, und ich keinerlei Zugang mehr zu meinem persönlichen Eigentum hatte? Telefonisch darauf angesprochen, wehrte er meine Ansprüche rigoros ab, und auf die Frechheiten seiner Frau will ich erst gar nicht näher eingehen. Kurz darauf wurden große Weinmengen in Fässern und auch in Flaschen ohne mein Wissen auf ebenso fragwürdige Weise einem ortsansässigen Weinkommissionär verhökert. Selbigem war ich persönlich sowie die Situation zwar bekannt, doch er besaß leider nicht so viel Anstand, mich über dieses seltsame Geschäft zu informieren – ein Anruf hätte genügt.

Oder hatte ich da etwas übersehen in diversen Briefumschlägen, die ich gar nicht mehr alle öffnen wollte, sofern sie mich überhaupt erreichten? Denn eine wirkliche postalische Erreichbarkeit bzw. Wohnungsanschrift hatte ich nicht mehr? Doch solche Mitteilung übersehen zu haben, konnte ich mir nicht vorstellen, weil mir dafür mein Eigentum zu wichtig war. Wie auch immer – ich fühlte mich ein weiteres Mal hintergangen. Abgesehen vom Wein waren es für mich damals beachtliche Werte, die sich bis dahin in Form von Maschinen und Gerätschaften, Mobiliar und privaten Dingen in diesem Anwesen befanden und nachweislich mir persönlich gehörten – also niemand sonst darüber Verfügungsrecht hatte!

Das war zwar Fakt, doch um dieses Recht zu bekommen, hätte ich Geld gebraucht, das ich nicht hatte, um einen Rechtsanwalt einzuschalten. An eine polizeiliche Unterstützung, die mir zugestanden hätte, kam mir kein Gedanke und zu alledem kam sehr erschwerend hinzu: Mein Radius um das schwarze Loch herum, in dem ich seit Monaten kauerte, ließ vorübergehend kaum einen Lichtblick zu und lähmte meine Handlungsfähigkeit, die dringend notwendig gewesen wäre. Kraft, Mut sowie Durchsetzungsvermögen waren zugunsten des Überlebens-triebes kurzzeitig auf ein Minimum reduziert. Wut wegen allerlei Ungerechtigkeiten und völlig unangemessene Scham, die konnte ich noch fühlen. Auch konnte ich nur noch zuschauen, wie ich um materielle Dinge, die nichts mit der 'Betriebspleite' zu tun hatten, im damals sechsstelligen DM-Bereich bestohlen bzw. betrogen wurde. An diesem Punkt meines Lebens durfte ich erfahren, wozu Menschen fähig sind, wenn sie Vorteil wittern (egal ob legal oder illegal). Worte finde ich heute noch nicht für eine solche Dreistigkeit.

Das war also der Gipfel, um mich schachmatt zu stellen – Punkt. Einige andere 'Hinterhältigkeiten' sogenannter Nutznießer, allerdings mit geringerer Tragweite, gesellten sich in dieser Krisenzeit hinzu. Und irgendwie registrierte ich damals nur, dass plötzlich, sozusagen bei Nacht und Nebel, alle Vorteilshungrigen sich wie in einer Kettenreaktion zusammenfanden und jeder ein schnelles Geschäft machen wollte. Und das nutzten alle, die ihre Chance dazu witterten – eiskalt, ...während ich das Nachsehen hatte. Als gäbe es mich nicht, wurde ich quasi vorgeführt. Ich kam mir vor, als wäre ich plötzlich ein Aussätziger. All diejenigen, die sich unrechtmäßig an meinem Hab und Gut bereicherten, werden früher oder später feststellen, welche Energien auf diesem Planeten wirken, um solche Machenschaften auf andere Art und Weise auszugleichen... dessen bin ich mir sicher! Und in deren Haut möchte ich zu dem Zeitpunkt nicht stecken. Soviel kann ich aus meinen bisherigen Lebenserfahrungen sagen.

Eines möchte ich an dieser Stelle unbedingt einflechten, bevor jemand meint, mich aufgrund dieser Veröffentlichung im Nachhinein rechtlich in meine Schranken weisen zu müssen: Ich will betonen, dass ich niemanden der von mir angedeuteten Personen mit den vorangegangenen Sätzen angreifen will, sondern ich wiederhole aus meiner persönlichen Sicht lediglich wahrheitsgetreu, was sich damals ereignete. Im Zweifelsfall verfüge ich über Zeugenaussagen, Fotos, schriftliche Unterlagen und umfangreiche chronologische Aufzeichnungen aus dieser Zeit, wodurch meine Aussagen heute noch, bei der ersten Bucherscheinung, nachweisbar sind. Die wenigen Zeitzeugen, die meine Geschichte persönlich kennen, werden sich erinnern, und vielleicht wollen sie an ihrem eigenen Bild über die Vergangenheit jetzt sogar ein wenig korrigieren. Schlussendlich werden sich durch meine Ausführungen nur diejenigen, noch Lebenden getroffen fühlen, die auch gemeint sein könnten, und die werden schon wissen warum.

Eine ereignisreiche Zeit, in der ich erfahren durfte, dass *das liebe Leben* einen letztlich doch nie mit unzumutbaren Schicksalen konfrontiert, und es kommt immer nur so schlimm, wie man geschaffen ist, es zu meistern. Der Verlust des Elternhauses und damit des Weingutes traf mich hart, zielte ins

Zentrum meiner kompletten Existenz, machte mir schwer zu schaffen, und ich habe wie entwurzelt dagestanden, habe viel gelernt in diesen und in den Folgejahren. Doch erst einmal 'Prost'! Nun war es da, das Neue, das Unbekannte, das Angsteinflößende, das Desaster, welches ich so gerne vermieden hätte – wie der Blitz aus dem Gewitterhimmel. Donnerschlag und Krach! *Mitten ins Herz!* Anfangs das Gefühl von unheimlich und tonnenschwer belastend, befremdend, unfassbar und angstmachend, weil ich vorerst nicht mit dieser Situation, den materiellen und seelischen Tiefschlägen sowie der daraus erwachsenen Scham, umgehen konnte.

Es war auf eine besondere Art eine neue Welt, eine fremde und leere Welt, ein wenig auch eine interessante Welt, in die ich von heute auf morgen gestoßen wurde. Gleichzeitig zerbrach das Bild der 'heimeligen, wohlbehüteten Welt' mit allen dazugehörigen Gewohnheiten in mir. Eine Menge Vertrautes, Gefühle von Geborgenheit, Zuhause, Wurzeln, Existenz- und Zukunftspläne sowie vieles mehr musste ich loslassen. Hätte ich *loslassen* müssen, doch mit diesem Wort konnte ich zu der Zeit noch nicht viel anfangen. Zuerst wusste ich nicht so recht, wo ich hingehörte, habe verdrängt, mich weiter eingemauert, wurde zum Eremiten für eine geraume Zeit. Konnte die Welt nicht verstehen und schon gar nicht, warum gerade mich ein solches Schicksal ereilte.

Das, woran mein Herzblut hing, mein Winzerleben und meine Weinzukunft, sollte es nicht mehr geben? Ein erneuter Stich – wahrhaft *mitten ins Herz!* Oder sollte es meine Pläne an diesem Ort nicht mehr geben? Wie sollte es weitergehen? Ans

Singledasein hatte ich mich schon gewöhnt, so dass das Alleinesein in dieser 'Rückzugsphase' nicht weiter schwierig war. Ja, jetzt war ich mit mir alleine. Das war auch gut so! Ich hatte alle Zeit, die ich brauchte, um mein Leben neu zu ordnen. War alleine, doch ich fühlte mich nicht wirklich verlassen, sondern eher einsam, und das brachte ein wenig Licht ins endlose Dunkel.

Einsamkeit ist der Weg, auf dem das Schicksal
den Menschen zu sich selber führen will.

> Hermann Hesse <

Fragen begleiteten mich stetig. Ich ertappte mich sogar beim Beten und in den unmöglichsten Phantasievorstellungen. Dazwischen immer wieder Fragen: Wo würde ich jetzt wohnen? Wie würde es mit meinen alten, noch gesunden Eltern weitergehen? Wie sollte es beruflich weitergehen? Finanziell? Ein paar gute Weinberge waren mir geblieben, doch wie sollte ich sie ohne Betrieb bewirtschaften? Fragen über Fragen, und ich begann an der Existenz eines gerechten Gottes zu zweifeln, weil ich mich für die 'Misere' nicht verantwortlich fühlte. Stets war ich rechtschaffen und tat niemandem etwas zu leide. Doch warum landete ich jetzt in der Sackgasse? Was hatte ich falsch gemacht? Warum gerade ich? Ab und zu meldete sich die mir eigene Sturheit (vielleicht fühlte sie sich vernachlässigt ...☺) und ließ die aus diversen Situationen erwachsenden Prozesse, für deren schnelles Ende ich manchmal dankbar gewesen wäre, im Schneckentempo dahin eilen.

War ich etwa selbst schuld? Hatten die Leute recht, wenn sie mich als 'immer schon etwas anders als die anderen' bezeichneten? Aber konnte ein solches Ende nicht auch Neuanfang bedeuten? Ich begann, mich der Meditation zu widmen, die hier und da ein wenig Ruhe in mein aufgewühltes Leben brachte. Bücher, die meiner Seele gut taten, begleiteten mich zunehmend mehr. Mir wurde immer bewusster, dass es in der Vergangenheit stets mein Denken und Wünschen war, diesen strategisch ungünstigen Betriebsstandort sowieso zu verlassen. Kam es deshalb so? Und in Gedanken an die neuen Besitzer unseres Anwesens meine ich heute: Ein jeder arbeitet sich halt auf jener Verhaltens- oder Bewusstseinsebene voran, auf der er sich heimisch fühlt. Eine lehrreiche Erkenntnis, die einmal mehr die Richtigkeit meiner frühen Vermutungen und beabsichtigten Pläne eines Ortswechsels bestätigte.

Heute sehe ich, dass mir Lüge und Betrug nur deshalb begegneten, weil ich mich selbst während dieser Zeit so häufig belogen hatte, mir selbst gegenüber nicht ehrlich war, mir etwas vorgemacht hatte. In mir hatte sich aufgrund verschiedenster Vorfälle der Glaube eingenistet, dass ich vieles verstecken müsste, weil mir das Widerfahrene sehr unangenehm, und manches sogar schleierhaft war. Ich schämte mich für das mir Geschehene, obwohl es ja nicht wirklich einen Grund dafür gab. Eine Zeit, in der ich deshalb nicht immer die ganze Wahrheit gesagt hatte, mich manchmal feige zurückgezogen hatte, weil sich vieles peinlich anfühlte und so wurde ich immer verschlossener, mein Verhalten immer seltsamer. Die Erziehung und die Prägung, die unsere Gesellschaft verursachten, hatten mich zu so etwas wie ihrem Opfer, einem

'Lügner' und manchmal sogar unfairen Aussenseiter gemacht – indirekt! Deshalb, weil ich diese Energie in mir trug und aussendete, wurde ich in der Folge ungerecht behandelt und auch betrogen. Ich bekam all das zurück, was ich im Vorfeld ausgesät hatte. Was du säst, das erntest du – früher oder später. Es ist nun mal so! Auch das wurde mir klar! Manchmal glaube ich sogar, dass ein Sich-selbst-belügen dabei noch schwerwiegender in die Waagschale geworfen wird, als andere zu belügen. Des öfteren zeigte mir das Leben diesen Spiegel, bis ich hineinschauen und das so sehen, verstehen und annehmen konnte. Ab diesem Tag – Gott sei Dank und siehe da – sollten die Gefühle von Ehrlichkeit und Vertrauen in meinem Leben wieder mehr Gewicht bekommen.

Eine Zeit, in der es mir schwer viel, das Gute im Menschen zu sehen. Ohnehin hatte ich mich zurückgezogen, eingekapselt, immer noch härtere Schalen zum Schutz meiner harten Schalen um mich herum geformt. Damals wusste ich es nicht, doch heute sehe ich, wie ich mein tiefes Inneres – mein Herz – zu meinem Schutz undurchdringlich abgeschottet hatte. Eine harte Nuss war aus mir geworden, und das können alle bestätigen, die mich kannten und bemüht waren, mit meinen Gefühlen zu kommunizieren. Keine Chance! Liebe und Gefühle – habe ich sie überhaupt gekannt? Ja, gekannt hatte ich sie, aber ich konnte sie nicht mehr leben, nicht darüber sprechen, nicht fühlen. Jahre, in denen ich gezwungenermaßen meine Schauspielkünste weiter perfektionierte. Niemanden ließ ich an mein wahres ICH heran, zu sehr fühlte ich mich verletzt und enttäuscht. War sogar stolz darauf, so hart sein zu können. Der Härteste wollte ich sein – schmerzfrei! War ich jetzt ein Mann, weil Männer doch hart sind?

Meine Gefühlsignoranz überspielte ich geschickt mit meinem Humor, meinen sympathischen Umgangsformen, meiner aussergewöhnlichen Fähigkeit des Zuhörenkönnens, lösungsorientierten Denkens und einigen anderen positiven Eigenschaften. Heute kann ich es kurioserweise nachfühlen, was damals in mir vorging. Den anderen wollte ich Freund sein, wollte helfen und Gutes tun, ein gutes Bild hinterlassen und das tat ich – soweit ich es konnte. Gute Ratschläge geben, sie bei mir selber aber nicht anwenden, das konnte ich auch. Manchmal wusste ich gar nicht mehr, was überhaupt noch wichtig war in meinem Leben. Es ging mir nicht besonders gut dabei, aber der Fluss dieses ungewöhnlichen, neuen Lebens nahm mich mit und hatte anscheinend noch einiges mit mir vor.

Nun war ich also mitten drin, in der härtesten Probezeit meines bisherigen Daseins. Und soeben wird in dem Zusammenhang die Erinnerung an eine meiner systemischen Aufstellungen geweckt, in der ich meine eigene Geburt noch einmal durchleben/-fühlen durfte. Ein genial-sagenhaftes Erlebnis! Es war für mich gefühlt sehr schmerzlich, aber im Nachhinein so etwas von wertvoll für mein Seelenleben, dass ich die Essenz dessen heute auf Abruf sehr bewusst präsent habe. Ich erlebte es in solcher Intensität, dass ich in Mamas Bauch sogar das Gegluckse des Fruchtwassers um mich herum hören konnte. Ein vergleichbar ähnliches Geräusch, wie wenn der Fernsehfilm einen Taucher zeigt, dessen ausgeatmeten Luftblasen gluckernd und tanzend in Richtung Wasseroberfläche steigen. Es war für mich eine fantastische Wahrnehmung, die mich zum jetzigen Zeitpunkt meiner spirituellen Entwicklung völlig sicher sein lässt, dass ein jedes Embryo im Mutterleib sämtliche akustischen Signale – auch von ausserhalb des mütterlichen Körpers – unbewusst registriert. Lautstark harte Streitworte genauso wie die zärtlichen Liebkosungen des Elternpaares. Gleichermaßen das völlig gefühllose, alles übertönende, 'schräge (Musik-)Gewumme' moderner Unterhaltungselektronik und so auch die weichen, lieblich-harmonischen Töne klassischer Melodien. Auch glaube ich, dass misshandelnde Umgangsformen der gleichen embryonalen Wahrnehmung unterliegen wie die wohltuenden Berührungen eines lieben Menschen.

Nun gut – als die Wehen meiner Mutter signalisierten, dass sie mich jetzt ins Tageslicht und in mein eigenes Leben abgeben sollte, stemmte ich mich mit Händen und Füß(ch)en gegen das Verlassen des wohlbehüteten Mutterleibes. Ich wollte einfach nicht in die augenscheinliche Freiheit und Selbständigkeit dieses Erdenlebens hinaus. Da war eine Instanz in mir, die sich wehrte, durch diesen engen Geburtskanal hindurch zu müssen. Eindeutig nahm ich eine Angst und ein Wissen wahr, um die Erfahrung die mein Leben mir bringen sollte. Dennoch war es unmöglich diese schmerzliche Tortur von Enge zu umgehen, die ich jetzt, etwa vierzig Jahre später, genauso wie bei der Geburt, nicht verhindern konnte. Jetzt nämlich ging es tatsächlich ums Überleben, denn gefühlt stand meine psychische und physische Existenz für mich auf dem Spiel. Der Höhepunkt einer unterschwelligen Angst die ich einige Berufs- bzw. Lebensjahre in abgeschwächter Form unbewusst durchlebte, gipfelte nun im Verlust meines gesamten Hab und Gutes und damit allem, was die Basis meines bisherigen Lebens ausmachte. Unumgänglich näherte sich eine Situation die ich ähnlich empfand, um es makaber zu sagen, wie einen Brückenschlag zurück in den Schoß des Urvertrauens.

Mir wurde bewusst, dass dieses bis dahin unterdrückte Gefühl des manchmaligen Überlebenskampfes mich auf meinem gesamten Lebensweg – mal mehr mal weniger – aber doch mit all seinen Auswirkungen begleitet hatte. Von Geburt an hatte ich Angst davor, ob ich in dieser Welt überhaupt willkommen wäre, Angst davor, dass nicht gut für mich gesorgt wäre, Angst, dass mir Lob und Anerkennung vorenthalten würden, Angst vor dem Verlust mir wichtiger Menschen und materieller Dinge, Angst vor Misshandlung, Ignoranz und Liebesentzug. Heute glaube ich sogar – Angst davor, meine Gefühle uneingeschränkt zeigen zu dürfen. Wie auch immer, plötzlich stand ich unbeschreiblichen Ängsten gegenüber, die vereinnahmend und um sich greifend aus einem tiefen, dunklen, modrigen und vergessenen Kellerloch wild an die Oberfläche wucherten. So als hätten sie sich alle zusammengetan, um sich komprimiert in dieser Situation als überdimensionales, eitriges Geschwür zu zeigen. Vielleicht wollte auch wort-wörtlich ein alter Schwur aufbrechen, um mich von irgendwelchen Lasten, die ich von meinen Vorfahren übernommen hatte, zu erlösen. Wer weiss, über längere Zeit herrschte in mir dieses damals unangenehmste aller Gefühle, wie ich es bis dahin nicht kannte. Alles, was mein Lebensweg, meine angeeigneten Verhaltensweisen, Denk- und Glaubensmuster und nicht zuletzt die Kirche mit ihren Leid- und Schuldsuggestionen in mir verankert hatten, kroch nun aus den hintersten, düster-muffigen Ecken meines Inneren hervor, um sich als Existenzkampf im Aussen zu zeigen.

Einmal mehr – *wie im wahren Leben* – zeigt sich bei einem jeden irgendwann das im Aussen, was seine tiefste innere Prägung ist. Dazu fällt mir eine Geschichte ein, die ich in einem meiner alljährlichen Neujahrsbriefe vor vielen Jahren an gute Freunde und Bekannte niederschrieb:

Das Spiel mit der Angst und ihrem stetigen Begleiter – der Sicherheit

Es war einmal ein ängstlicher Mann, der in einem sehr umtriebigen und unzufriedenen Leben zuhause war. Eigentlich war er ganz mutig und zeigte sich auch gerne so, doch in seiner kleinen, eigenen, inneren Welt, in die keiner hineinsah, da wurde sein Mut häufig überschattet von einem Bild, das ihm sein Lebenslauf mit auf den Weg gab. Da innen drin im Herzen, da war er traurig, einsam und ängstlich, doch das wollte er niemandem zeigen. Sehr gerne überspielte er es mit seinen nicht enden wollenden, ablenkenden Sprüchen, Witzen und ständigem Gerede inhaltloser Sätze. Oft fragte er sich, warum das so war? Und tatsächlich kam er sich selbst ein klein wenig auf die Spur...

Schon seine Eltern lebten es ihm so vor, weil auch sie sich auf diese Weise von den eigenen Ängste ablenkten. Vielerlei Ängste schwelten in ihnen. So zum Beispiel die vor einem Gott, der ihnen von Ihrer Religion als 'jemand' verkauft wurde, der sie bestrafen würde, wenn sie 'sündigten'. Sie hatten Angst vor ihren eigenen Eltern, die sie tatsächlich bestraften, auch körperlich 'züchtigten', wenn sie unerlaubte Dinge taten. Sie hatten Angst vor ihren Lehrern, deren Aufgabe anscheinend das strenge Maßregeln war. Sie hatten Angst vor ihren Arbeitgebern, weil sie gelehrt wurden, zu gehorchen und alles möglichst 'richtig' zu machen, denn sie mussten schließlich ihre Arbeit behalten, um Einkommen zu haben. Sie hatten Angst vor ihrer Dorfgemeinschaft und dem Bekanntenkreis, weil ihr Ansehen doch ein gutes sein sollte. Später dann hatten sie Angst vor ihren Kreditgebern, weil sie glaubten, dass die ihnen ihr Haus, ihr Auto wegnehmen, wenn sie die Raten nicht pünktlich bezahlten. Hatten Angst vor Krankheiten, sogar vor lächerlichen Erkältungen, weil der Hausarzt ihnen etwas von Viren und anderen Horrorgeschichten erzählte und ihnen einredete, dass es inzwischen vielversprechende Vorbeugemaßnahmen gab; hatten Angst vor Unfällen jeglicher Art, da es doch mittlerweile in fast allen Lebenslagen Sicherheitssysteme gab, die sie und ihren Besitz schützen könnten. Hatten Angst um ihr Leben und das Wohlergehen ihrer Kinder, weil man ja mit fortschreitender Zeit immer mehr hörte von allen möglichen Tragödien, von schlechten Menschen, Dieben, Mördern, Einbrechern und Betrügern.

All diese Ängste hatte dieser Mann aus seinem Elternhaus kompensiert mit auf seinen Weg bekommen, waren ihm so oft eingeredet worden, dass sie ganz unauffällig Teil von ihm, seinen Verhaltens- und Denkweisen wurden. Hinzu kam, dass diese Ängste tagtäglich von den Medien gefüttert und stetig gesteigert wurden. Er war in diesem Angstgespinnst gefangen wie der Hamster im Käfig, der auch glaubte, er käme vorwärts in seinem Rad. Ängste begleiteten sein Leben und dehnten sich aus mit Beginn des neuen Jahrtausends – der Zeit des technisch-elektronischen Fortschrittes, mit all seinen verlockenden Möglichkeiten und daraus erwachsenden Bequemlichkeiten. Mit den Ängsten schlich sich auch die immer wichtiger werdende Kontrolle ein, um alles besser 'im Griff' zu haben. Neue Ängste konnten über neue Medien blitzschnell weltweit verbreitet werden. Es war kaum möglich, sich dem zu entziehen. Das Gegenteil der Angst war augenscheinlich die Sicherheit mit dem Paradoxon, dass eines vom anderen abhängig war und sich völlig unbemerkt gegenseitig hochschaukelte.

Über all seine Ängste war er sich nicht bewusst, doch er spürte, dass da 'etwas' war, was ihn immer wieder beunruhigte. Mit der Zeit schickte ihm das Leben Lösungen, diesem unangenehmen 'Etwas' zu begegnen, so dass er sich besser und erleichtert damit fühlte. Er bemerkte nämlich, dass er seine eigenen Ängste einfach weitergeben konnte. Er redete sie seinen Freunden und Mitmenschen ein, seinen Bekannten und Kollegen und selbst seiner eigenen, jungen Familie. Es war so schön bequem, den anderen einfach nur Angst einzureden und lösungsorientiert, selbst als der Gute dazustehen. Wie schmeichelte es ihm, wie war es so befreiend, diese einengenden, ängstlichen Gefühle auf diese Weise loszuwerden oder wenigstens zu teilen. Nicht nur das – wenn er es geschickt anstellte, stieß er sogar auf Bewunderung, Anerkennung und Dankbarkeit bei all denen, die er auf die 'Lücken in ihrem Sicherheitssystem' hinwies. Auch seiner eigenen naiven Familie konnte er Zuspruch entlocken und durch sein ängstliches Gespür für Sicherheit nahm seine berufliche Laufbahn unvorhersehbare Ausmaße an. Er wurde ein großer Mann in der Versicherungs- und Finanzbranche – ein Manager ersten Ranges! Allerdings blieb seine Familie mehr und mehr dabei auf der Strecke, und er bemerkte es nicht, wenngleich seine Frau ihm desöfteren ihren Missmut darüber ausdrückte.

Eines Tages am frühen Morgen eines frostigen Adventstages war er etwas verspätet mit seinem teuren Firmenwagen zu einem Termin unterwegs. Die Straße führte durch ein Waldstück. Seine Luxuskarosse rollte behäbig und ruhig über den Asphalt. Sicherheitshalber funkte ihm sein I-Phone parallel zum 'Navi' den aktuellen Wetter- und Straßenzustandsbericht. An einer schattigen Stelle reagierte bereits die Traktionskontrolle des Sicherheitssystems auf die glatte, völlig vereiste Fahrbahn. Vor sich sah er eine Kurve, er fuhr viel zu schnell und rutschte trotz Lenkversuchen auf spiegelglatter Fahrbahn einfach gerade aus. Sein Antiblockiersystem samt den 'Super-Mega-Ultra-Crip-Winterreifen' nutzten ihm so wenig wie seine Abstandssensoren, als er auch schon einen steilen Abhang hinunterrutschte, sich einmal überschlug und seine Fahrt an einem knorrigen und sehr stabilen, dicken Baum endete.

Sein Navi meinte, er solle 'bitte wenden', weil er auf dem falschen Weg sei, und der Bordcomputer zeigte den Verlust von Kühlflüssigkeit und den Hinweis, eine Werkstatt aufzusuchen. Von einem Foto am Armaturenbrett lächelten seine Frau und seine beiden Söhne hinein in die klimatisiert-warme Leere des Fahrzeuges. Der Fahrer des langsam und vorsichtig hinter ihm fahrenden Autos hielt sofort an, um zu helfen. Am Wagen angekommen sah der Helfer den anscheinend bewusstlosen Mann so eingeklemmt im Airbag hängen, dass keine Bewegung möglich schien. Während der Rutschpartie die holprige Böschung hinunter wurde er bewusstlos und sackte so unglücklich in den Sicherheitsgurt, dass der Airbag ihm voll ins Gesicht drückte und den Atem raubte. Erschüttert stellte der Helfer fest, dass die systemautomatisch-verriegelten Türen von aussen nicht zu öffnen waren und das Sicherheitsglas der Scheiben hielt seinen Schlägen stand. Alle Sicherheitssysteme waren so stabil, dass sie jeder menschlichen und gut gemeinten Hilfe trotzten. Als die Feuerwehr nach 20 Minuten den Wagen gewaltsam öffnete, konnte der Notarzt nur noch feststellen, dass dieser arme Mann ohne ernsthafte körperliche Verletzungen in seinem rollenden 'Hoch-Sicherheits-Trakt' erstickt war.

Soweit die Geschichte über zwei nimmersatte Gefährten, deren ungeahnte Kräfte sich ständig und gegenseitig hochschaukelten, ohne die daran beteiligten Menschen in irgendeiner Form überhaupt zu berücksichtigen. Quasi als unzertrennliches Zwillingspaar sind es immer wieder *die Angst* und ihr ständiger Begleiter – *die Sicherheit!*

Auch ich suchte lange meine Sicherheit. Die Angst war schließlich da, und meinen Hochsicherheitstrakt baute ich aus dicken Mauern und harten Schalen um mein verletztes Herz herum. In all den auftauchenden Ängsten reagierte ich so wie jeder Mensch es tut, und sogar in der Tierwelt sind diese Reaktionen zu beobachten. Wobei Angst und Furcht für mich nicht das Gleiche sind. Angst kommt stets aus dem Verstand, wird dort geschürt und ist eigentlich nur eine Art künstlich erzeugte, uns eingeredete und ständig hochgespielte Unsicherheit, um jemanden in Schach/unter Kontrolle zu halten. In der Furcht hingegen ist ein instinktiver Überlebenstrieb in uns verankert und wahrhaft wichtig! Deshalb handeln Mensch sowie auch Tier bei der Begegnung damit gleichermaßen wie folgt:

➧ davor weglaufen ➧ dagegen ankämpfen ➧ sich totstellen.

Heute sehe ich, dass die Furcht bei mir anklopfte und hatte deshalb eine Kombination aus alle dem gewählt. Meine versteinerte Schale zeigte nur einen einzigen weichen Punkt, ein winziges Fensterchen, durch das ich hinausschauen konnte. Aber keiner sah, wie ich mich dahinter zusammenkauerte und um Hilfe schrie. Dieses kleine Fenster war mein Beruf und damit der Wein. Wenn es um den Wein ging, spürte ich Leben, Wohlgefühl und Liebe, dann öffnete ich mich ein bisschen und blühte auf so gut es ging. Meine Augen leuchteten, Schöpferkraft konnte fließen, und ich glaubte in diesen Augenblicken, fühlen zu können. Nur über den Wein war meine harte Nuss zu knacken. Ein zartes flinkes Mäuschen, eine hungrige Krähe oder ein noch so geschicktes Eichhörnchen würde das nicht schaffen, da musste schon etwas Gewaltigeres kommen, denn ich wollte schließlich hart sein, das war mein eiserner Wille.

„Wenn auch die Saite eines Instrumentes
die Fähigkeit zum Tönen hat -
sie muss berührt werden um zu klingen.“

> I–Ging <

Frauen brachten die Wende

Eines Tages während einer Weinreise (wann sonst ...☺!) kam das Heraufbeschworene ohne Zweifel Gewaltige, fast schon Gigantische auf unvorhersehbare Art und Weise, quasi aus heiterem Himmel auf mich zu. Ein spektakulärer Luftangriff, den ich als Fahrer eines Reisebusses durch die Frontscheibe auf mich zukommen sah. Und das zu einem Zeitpunkt, während ich Johanna, eine Schweizerin, näher kennenlernen sollte. Aus dem warmen orange-roten Licht der tiefstehenden Abendsonne – hey(!), plötzlich vor mir – ein dunkler, markanter Schatten aus dem Nichts! Mitten im französischen Burgund stieg ein riesiger Bussard, von der 'rechten Seite' der kurvigen Landstraße kommend, völlig unerwartet unmittelbar vor dem fahrenden Omnibus auf! Sogleich ließ mich dessen Anblick erschrecken, erstarren und hellwach sein im selben Augenblick. Herzklopfen überfiel mich, während ich in gleicher Sekunde mein Gefährt mit etwa vierzig Insassen seicht abbremste, um einen Zusammenprall zu verhindern und gleichzeitig in so etwas wie einen Schockzustand versetzt wurde.

Der kräftige und ebenso geschmeidige Körper dieses Vogels, getragen und gelenkt von mächtigen, prachtvoll befederten Flügeln, die mein Sichtfeld verdeckten, war plötzlich direkt vor mir. Den fortlaufenden animalisch genialen Bewegungsablauf habe ich jetzt noch wie im Zeitraffer vor Augen. Seine Geschicklichkeit nutzend, drehte der große, grau-braune Vogel mit ungeheurer Eleganz im selben Moment wieder ab, um einen Aufprall und somit Verletzungen oder gar seinen Tod zu vermeiden. In Bruchteilen von Sekunden war mir, als dass der federgeschmückte Schwanz mich fast berührte. Ich sehe noch seinen Kopf, beim Anflug zielstrebig zu mir gerichtet, seine durchdringenden Augen, die mich sehr mahnend anvisierten. Unvergesslich der starke, angsteinflößende, vorne spitz nach unten gebogene Hakenschnabel und seine kräftigen Fänge, die über seine Zehen hin in krummen, spitz-scharfen Krallen endeten. Direkt vor mir, greifbar nah, nur durch eine Glasscheibe getrennt und im selben Moment schon wieder lautlos und unauffällig in die Weiten der burgundischen Hügellandschaft entschwunden. Einigen verdutzten Businsassen in den vorderen Reihen sowie mir selbst stockte der Atem. Später in meinem Hotelzimmer kam mir dieses Erlebnis halbschläfrig vor wie ein mahnender Angriff aus so heiterem Himmel, dass er so etwas wie einen nachhaltig-positiven Schock – tief ins Hirn eingebrannt – bei mir hinterließ.

Oder auch... *mitten ins Herz!* Im träumerischen Grübeln über diesen 'Zwischenfall' entdeckte ich seltsamerweise und ein wenig phantasievoll Johanna – auf dieser Reise erst kennengelernt – in diesem gewaltigen Vogel irgendwie wie ein Fabelwesen. Es war eine derart faszinierende und berührende Begegnung, Bekanntschaft und Verbindung, dass es mir vorkam, als würde der Bussard uns beide mit sich nehmen auf einen endlosen Flug ins Paradies in eine mir unbekannte Welt. Der Bussard war stark, geschickt, wendig und klug und konnte die harte Schale knacken, hinter der ich mich versteckte. Nun stand ich da, spürte, dass die Schutzhülle geöffnet war, fühlte mich aber trotzdem nicht schutzlos. Ich war wie verwandelt, ähnlich wie unbekümmert, witterte eine wohltuende Freiheit, die mir fremd geworden war. Jugendliche Verhaltensweisen kamen plötzlich an den Tag, ich wollte gesehen werden und empfand keine Angst dabei, weil ich die Zuneigung, die Wärme – die Liebe dieser besonderen Frau in Verbindung mit dem Schutz des kraftvollen Vogels in seiner ganzen Wildheit spürte.

In dieser Geborgenheit begann mein innerer Kern, der lange im kühlen Dunkel dahindümpelte, zu keimen und wieder zu wachsen, ganz unbemerkt zu Anfang, hinein ins Ungewisse meiner selbst. Dieser gigantische Überfall, der meine gesamte Gefühlswelt auf einen Schlag und in einem ungeheuren Schrecken durcheinanderwirbelte, war nach sehr langer Zeit der Auslöser einer inneren Veränderung und nach gefühlter Ewigkeit mein erster wirklicher Berührungspunkt mit den Gefühlen der wahren Liebe. 'Mein lieber Schwan' – und was für einer! Es war ein Erlebnis der besonderen Art, über das die Menschen gerne urteilen: „Jetzt ist er total verrückt!“ Aber das macht nichts, denn ich weiss es einzuordnen. Alsdann zog mich die Liebe in ihren Bann und faszinierte mich mit zunehmender Zeit mehr. Ahnend, dass die weiblich-zarten Gefühle der Schlüssel zu meinem Innersten waren.

Gefühle

Bald Tag – bald Nacht, viel nachgedacht –
auch gelacht! Rundum gedreht, nicht angelehnt.

Ausgewogen, tief hinein, in neuen Raum voll Schein.
Wind gespürt, der tief berührt.

Weiterziehen ohne Furcht - durchzudringen an den Ort,
wo alles schwingt, nicht mit Zweifeln ringt.

Dort fließt die Kraft, die alles schafft.
Dir die Größe zeigt und einen wahren Weg dir weist.

Die vorwärts geht, immer länger währt und reich dich macht,
den Glauben entfacht, weil Freiheit lässt.

Liebe fließt – die Tag und Nacht zu Wundern macht.
Dankbar genommen – weil in dich gekommen!
Dich so beseelt, dass Freude ist... in dieser Welt.

>Josefine Obrist<

Auch nachdem Johanna kurz darauf wieder in der Schweiz und ich an der Mosel war, konnte ich ihre Nähe spüren. Wahnsinn, ich spürte, wie sie sich fühlte, wusste, wenn es ihr schlecht ging, spürte, wenn sie an mich dachte, hörte am Klingeln des Telefons, wenn sie es war, und das Briefpapier erledigte den Rest – es war vor der allgemeinen Internet- und 'Nachrichten-schnell-versende-Zeit'. Nach langem hatte es ein menschliches Wesen geschafft, den Keim der Liebe in mir – mein wahres ICH – zu berühren und aus seinem Tiefschlaf aufwachen zu lassen. Ich öffnete mich vorsichtig und langsam, weil ich Vertrauen, Licht und Liebe in einem Maß spürte, wie ich es schon lange nicht mehr kannte. Anscheinend war nach meinem Eremitendasein jemand nicht an meiner Schale, sondern tatsächlich an meinem darin schlummernden Pflänzchen, *dem Stefan*, so wie er wirklich war, interessiert. Es war ein gutes Gefühl, ihr konnte ich vertrauen, sie war einfach nur da, immer wenn ich sie brauchte. Trotz weiter Entfernung spürte ich ihre Liebe, die mich umhüllte, so als wenn sich die großen Flügel des Bussards wie ein unsichtbarer Schutzmantel um mich herumlegten.

Unfassbar, das kannte ich nur aus märchenhaften Erzählungen, so etwas hatte ich noch nicht erlebt. Eine aussergewöhnlich intensive Verbindung war entstanden, die mir unbegreiflich war. Dennoch konnte ich es zulassen, ohne wie gewohnt, verstehen und mit dem Verstand analysieren zu müssen. In mir drin spürte ich, dass das, was mein Kopf alles wusste, unwichtig wurde, denn das angesammelte Wissen, meine Intelligenz brauchte ich nicht, um ein so überwältigendes Gefühlserlebnis einfach nur zu spüren und zu leben. Emotionale Verbindung war einfach da, über hunderte von Kilometern und bis heute, viele Jahre danach ist eine wertvolle Freundschaft geblieben, für die ich unserem Schöpfer und (s)einem Bussard von ganzem Herzen danke. Und jetzt noch – es ist unglaublich, je nachdem in welcher Situation mir draussen in der Natur ein Bussard begegnet, spüre ich, wie er mir Kraft gibt, und was er mir sagen will, wie er meinen Solarplexus berührt, begleitet von einem sehr wohligen Gefühl.

Es war so etwas wie eine Neugeburt, aber 'geheilt' war ich noch lange nicht, denn nun war ich zwar auf dem richtigen Weg, doch es brauchte noch etwas Zeit, bis ich meine Schale selbständig und im Alltag zu öffnen wagte. Da musste noch viel Vertrauen wachsen, – über viele Jahre – das kann ich dir sagen. Inzwischen hatte mich das wahre Leben wieder. Und das brachte die Tatsache mit sich, dass ich da stand mit so gut wie Nichts. Das aushilfsweise Reisebusfahren brachte mir zwar viele neue Bekanntschaften, und ich kam viel herum, aber das daraus resultierende Geld war ziemlich schnell wieder im alltäglichen 'Überlebenskampf' versiegt.

Irgendwie ging es immer weiter, doch die Geldnot sollte mich noch eine Zeit lang verfolgen. Demzufolge, dass der neue Besitzer unseres Hauses es trotz meines Verlangens dauerhaft verweigerte, die mir nachweislich gehörenden Vermögenswerte auszuhändigen, konnte ich vorerst auch nicht mehr über meine wichtigste Einkommensquelle in Form von Wein verfügen. Es war die Zeit, in der ich zusammen mit einem Partner in Trier einen Weinhandel betrieb, kombiniert mit einer Vinothek und Telefonverkaufsbüro. Nun ja, *wie im wahren Leben* – im Zuge meiner Lernaufgaben kam eines zum anderen. Von einem Gründungskredit abgesehen brachten die laufenden Geschäfte natürlich auch die ein oder andere Verbindlichkeit mit sich, und darin war meine nächste Aufgabe versteckt.

„Aus dem Chaos sprach eine Stimme zu ihm:
Lächle und sei heiter,
denn es könnte noch schlimmer kommen...
und er lächelte und war heiter
... und es kam noch schlimmer!“

> *Verfasser unbekannt* <

Dieser Partner zeigte sich nach kurzer, erfolgversprechender Zeit von einer äusserst unseriösen Seite. Er wurde auf meine Kosten größenwahnsinnig und machte sich, mir sämtliche finanzielle Verantwortung überlassend, samt des ihn belastenden Beweismaterials erst mal unauffindbar aus dem Staub. Seinen Teil der Verpflichtungen bzw. Verbindlichkeiten konnte ich unmöglich alleine schultern. Und so dauerte es nicht lange, bis ein kraftraubender Kampf mit verschiedensten Gläubigern, Geldeintreibern und Gerichtsvollziehern begann. Währenddessen erkannte ich ganz nebenher, dass ich wohl über recht gute Umgangsformen und 'verkäuferisches Talent' (um mich selbst zu verkaufen) verfügte, wodurch mir manchmal auffiel, wie einfach es doch war, Banken, Finanzbeamte, 'Geldeintreiber' und sonstige unangenehmen Besucher mit dem entsprechenden 'gewusst wie' um den kleinen Finger zu wickeln.

Nichts desto trotz war ich in einer Sackgasse und selbige hat ihren Namen nicht umsonst. In dieser Zeit wurde ich, wie es so schön heisst, 'mit vielen Wassern gewaschen', und das war eine sehr lehrreiche Erfahrung. 'Geläutert' könnte man sagen, doch es half mir nicht, 'meine Kuh vom Eis zu bringen'. Als Ergebnis blieb mir keine andere Wahl, als mich per Insolvenz aus dem alten Leben zu verabschieden. Waren jetzt alle gegen mich? War denn jetzt endlich der absolute Nullpunkt erreicht, oder hatte ich immer noch Spielraum, um in meinem bunten Clownkostüm zu zappeln? Konnte es noch tiefer gehen? Völlig mittellos, das musste ich mir erst mal auf der Zunge zergehen lassen; absolut Überhauptnichts war mir geblieben! Das hatte ich nun vom Festhalten-wollen des materiellen Besitzes. Restlos alles wurde mir genommen, das war meine Lehre. Und wie anfangs schon erwähnt, wer nicht das nötige Kleingeld hat, der kann sich auch keinen Anwalt leisten, der zum Recht verhilft. Das waren Fakten, die mir schwer zu schaffen machten. 'Mittellos' stand ich da, ohne eine Chance, in dieser scheinheiligen Gesellschaft zu meinem Recht zu kommen. Traurig aber wahr!

Der Anflug von Verzweiflung – ein Gefühl, das ich bis dahin nicht wirklich kannte – schaffte es hier und da, mich zu erobern. Und trotzdem verschwendete ich nicht einen Gedanken daran, dass ich längst ein Fall fürs Sozialamt geworden war. Doch diese Blöße wollte ich mir nicht geben. Lag ich denn wirklich so tief am Boden? Es kam mir nicht so vor, denn immer wieder fand ich irgend etwas, was ich zu Geld machen konnte. Irgend ein 'Geschäftchen', manchmal am Rande der Legalität ('schwarz' ...☺), ließ sich immer machen. Andererseits war mir die deutsche Steuergesetzgebung zu der Zeit sowas von egal, denn es ging mir schließlich ums nackte Überleben.

Einige Wochen lebte ich bei meinen Eltern, die eine günstige, gut auf sie zugeschnittene Parterre-Wohnung mit Terrasse und

Garten gefunden hatten, wo es ihnen gut ging – frei von ihren Sorgen. Bald schon fand ich einen Halbtagsjob in einem Weingut im nahen Luxembourg. Damit und mit meiner Geschäftstüchtigkeit 'am Rande' konnte ich zeitnah eine günstige Wohnung in Trier anmieten und gerade so das geliehene Auto meines Kumpels Ludwig unterhalten. Ich erinnere mich, dass ich damals am Monatsende mit etwa 10 DM in der Tasche überlegte, ob ich für 6 oder für 7 Mark Benzin tanken sollte, weil ich das Auto brauchte, um beweglich zu sein. Den Rest wollte ich für Brot und etwas Salami oder Käse übrig behalten. Kannst du dir das vorstellen, eine Woche ohne jegliche Vorräte mit 10 DM in der Tasche (in der heutigen Praxis etwa 4,50 €) zu überleben. Danke an den treuen Kumpel Ludwig, der mir damals sehr hilfreich war und mir in vielerlei Hinsicht unter die Arme griff! Eine typische Männerfreundschaft über einige Jahre hinweg. Inzwischen hatte die Währung sich in Euro gewandelt und hier und da konnte ich jetzt schon ein paar 'schwarze Euros' übrigmachen, die wir beiden sogleich sehr erfolgreich in der Trierer Gastronomie versenkten (...☺). Eine willkommene Ablenkung.

In dieser Zeit der Enthaltsamkeit und Besinnung durfte ich das Einteilen und Umgehen mit vorhandenen 'Energien' vieler Art kennenlernen. Mit einem Schmunzeln in den Mundwinkeln denke ich gerade, dass ein alter Kühlschrank, meine gute 1980er-Jahre-Stereoanlage, ein Computer, der Schreibtisch, das Telefon, einige Warenrestposten samt Ausstellungsregal und diverser Papierkram das Einzige waren, was ich aus den ehemaligen Geschäftsräumen in das neue Leben gerettet hatte. Darüber hinaus sah meine 'Wohnung' eher aus wie ein einigermaßen aufgeräumter Lagerraum mit zwei Zimmern und Bad. In der Ecke eine Matraze als Bett, der Wecker stand auf einer umgestülpten Obstkiste, ein Tisch mit zwei Stühlen war schnell organisiert, eine gebrauchte Küchenzeile gab's geschenkt und ein paar Pflanzen an den Fenstern ließen von draussen Leben in dieser Wohnung erahnen. Genau so abenteuerlich und primitiv wie ich das Leben in gespielter Form im damals von uns Kindern selbst gebauten Häuschen im Gartengrundstück kannte.

Was ich sonst so brauchte, brachte mit der Zeit der Sperrmüll (natürlich unauffällig) sowie der gute Riecher für 'Brauchbares' bei Freunden und einem riesigen Bekanntenkreis. Meine recht guten handwerklichen Fähigkeiten taten ein Weiteres dazu. Spärlich, aber gemütlich und zufrieden verbrachte ich auf diese Weise etliche Monate eines kargen Lebens. Ja, symbolisch vielleicht vergleichbar mit der Tiefe und dem Ursprung von gebärendem Mutterschoß, in dessen 'Nichts' ich hinabgesunken war. In dieser Tiefe sollte ich lernen, was der Mensch wirklich zum Leben braucht. Erfahren und in das Gefühl und die Erkenntnis einzutauchen, dass es wirklich möglich ist, ohne den üblichen völlig überflüssigen 'Ziviliasationsballast' weiterleben und auch loslassen zu können. Ich durfte endlich bewusst wahrnehmen, dass in Zukunft in meinem Leben nicht das Haben, sondern das Sein viel wichtiger werden sollte. Es war die Zeit der Selbstfindung, über einen längeren Zeitraum so etwas wie eine Askese. Heute weiss ich es, und irgendwie war es mir auch damals klar. Logo – nur in dieser absoluten Leere, in diesem 'entleerten' Zustand konnte ich Neues zulassen und in mich aufnehmen. Die leere Batterie mit neuer, anderer und gesünderer Energie befüllen. Ja, etwa so, wie neu geboren werden! Als würde mir über Nacht klar, was es heisst, eine grundlegende Erkenntnis zu haben, die in dem Moment lautete:

„Erst wenn die materiellen Hürden überwunden sind, und es an die eigentliche Lebenssubstanz und die nackte Existenz eines Menschen geht, dann erst lernt er – so durfte ich es erfahren – diese Schöpfungsgeschichte, ihre Hinweisschilder und das, was in diesem Leben wirklich wichtig ist, zu fühlen und zu verstehen. Absolut nichts besitzen, dennoch spüren und erfahren, dass das Leben weitergeht, brachte mir wieder ein gewaltiges Stück Urvertrauen, innere Ruhe und Zufriedenheit zurück."

Währenddessen bescherte mir die Arbeit in den luxembourgischen Weinbergen Ausgleich, neue Erfahrungen, liebe neue Bekanntschaften und natürlich etwas Einkommen, was den freien Fall nach unten abfing. Ich befand mich in einer Lebensphase, in der ich mich der Literatur widmete, sie regelrecht verschlang. Bücher über die Liebe, die Gefühle, die Poesie, das menschliche Miteinander, Partnerschaften, vielerlei Esoterik und ähnliches wurden meine 'Gesprächspartner' und ordneten mein richtungsloses Leben auf weise und heilende Art. Ebenso versank ich in Lektüren aus verschiedenen Richtungen der Psychologie, der Psychosomatik und aussergewöhnlicher Heilmethoden. Hinzu kam die Astrologie, Telepathie, Traumdeutung, Körpersprache, und ich streifte das Gebiet fernöstlicher Lebenslehren. All das durfte ich durch meine vielfältigen, ständigen Menschenkontakte mit der Lebenspraxis abgleichen, vergleichen und daraus lernen. Einfach grandios –, und es fühlte sich an, als entstünde so etwas wie Weisheit in meinem Inneren.

Mittlerweile hatte das Schicksal es so eingerichtet, dass ich keine Chance hatte, wieder in mein altes, rein funktionales Überlebensmuster zu verfallen. Das Muster, in dem ich wieder begonnen hätte, mich zu verstecken, Mauern um mich herum aufzubauen oder meine Schale um ein weiteres Stück zu verschließen und zu verhärten. Nein, es kam anders, wenngleich es hier und da schwierig war, die Mauern, deren Widerstand ich manchmal heute noch spüre, abzubauen...

„Die Knospe einer Rose wächst im Dunkeln,
sie weiss nichts von der Sonne,
doch sie reckt sich furchtlos in die Finsternis,
die sie umgibt, bis die Hülle schließlich birst,
bis die Rose erblüht und ihre Blätter im Licht entfaltet.“

> ...aus „Die Päpstin“, von Donna W. Cross <

Plötzlich, 'zu-fällig' und unvorhersehbar – *wie im wahren Leben* – begegnete mir mitten in dieser schweren Zeit wiederum eine Frau, die mich durch dieses 'Jammertal' begleiten sollte und ab sofort zu meinem Leben gehörte. Sie war Teil von mir und hat mir so viel Kraft gegeben, ohne die ich nicht wüsste, wie ich es überstanden hätte: Was sage ich, es war nicht einfach nur eine Frau ...! Sie begleitete mich über lange Zeit hinweg durch 'das Gröbste' hindurch in einer sehr wohltuenden, liebevollen Verbindung. Das tat sie wie selbstverständlich, obwohl ihr Ehemann und die Kinder über diese, unsere Liebe wussten. In dieser Offenheit umhüllte uns dennoch etwas Geheimnisvolles. Doch das spielte keine Rolle, wir brauchten nur uns und lebten uns selbst gegenüber in absoluter Ehrlichkeit, die es ermöglichte, ein Gefühlserlebnis von aussergewöhnlicher Qualität und Intensität zu erfahren. Zwei Menschen fanden in-sich-selber das, was sie beide zu dem Zeitpunkt *im wahren Leben* so sehr vermissten: die Liebe!

Ein Gefühl, mit dem ich viele Monate zuvor über weite Entfernung bereits in Berührung kam, sollte mir nun in der Nähe begegnen. Deshalb war es eine andere Liebe, die mir bis dahin so noch nicht begegnet war. Aber wiederum eine Liebe, die keine Worte brauchte, keine Gewohnheiten, auch keine ständige körperliche Nähe, keine materiellen Werte – nichts als eine faszinierende Energie, ein Gefühl, das uns unaufhörlich verband – einfach da war. Punkt!

Es sensibilisierte unsere Antennen füreinander genauso spürbar in der Entfernung wie auch Kribbeln-verursachend-stark beim Zusammensein. Ermöglichte das Abtauchen in die Tiefe der Seele sowie die Höhenflüge in die Welt der unendlich schönen Gefühle. Es mag seltsam klingen, aber die Verbindung zu ihr wurde mir so häufig signalisiert durch einen Vogel – die Amsel. Ich wusste so oft, und spürte es mit solcher Sicherheit, dass immer dann, wenn wir aneinander dachten, die Amsel in mein Blickfeld kam. Wohl auch deshalb entwickelte ich in dieser Zeit eine besondere Beziehung zu Vögeln, deren Symbolik ich ansatzweise verstehen lernte.

Meinem Gefühl folgend bringe ich liebgewonnene Menschen seitdem gerne in Verbindung mit einer mir häufig parallel dazu begegnenden Vogelart und finde die daraus entstehenden Zusammenhänge äusserst interessant.

Diese Beziehung war rückblickend so etwas wie mein Rettungsanker und hat unser beider Glückshormone auf besondere Art tanzen lassen. Ich spürte ein stimmiges Gefühl des Sich-schon-ewig-Kennens, absolutes Vertrauen, eingebettet in dieses besondere *Wohl-fühl-Gefühl,* wiederum mit diesem Schutzmanteleffekt, in dem ich mich geborgen und sicher fühlte. Aus meinem inneren Keim der Liebe *(dem kleinen Stefan)* wurde ein Pflänzchen, das wachsen wollte und konnte, während es so langsam ein neues Licht erblickte hinter der alten Dunkelheit. Wir waren ein Liebespaar, das ich mit heutigen Augen als so etwas wie eine verschweisste Schicksalsgemeinschaft bezeichne.

Sie ermöglichte es uns, in einer unbeschreiblichen Intensität von Gefühlen zu leben, die unendlich schienen. Liebe die Geborgenheit gab, Vertrauen, Kraft, Mut, Kreativität, Verständnis, Respekt, ein Gefühl von Zeitlosigkeit, Freude und Glück. Alles, was dazu gehörte, natürlich auch wohltuende Zärtlichkeit, Sexualität, Ratschläge, Unterstützung und manchmal 'nur' ein gutes Gespräch. Sie war das Wasser an meinen Wurzeln, welches meine innere Blume am Blühen hielt. Sie war der Wein in meiner Flasche, die Glas und Etikett erst einen Sinn gaben. Diese Frau ermöglichte mir, das Gefühl für die Liebe und das Leben sowie den Glauben daran und an mich selbst aufrechtzuerhalten. Sie war der emotionale Ausgleich, der mir ein Überleben in all dem materiellen Schlammassel ermöglichte. Ihr bin ich sehr dankbar und denke sehr gerne an diese Quelle der Kraft, an diese aussergewöhnliche Frau, deren Name unser beider Geheimnis bleibt, zurück.

Mit wirklich nichts ausser einem riesigen in mir schlummernden Schatz, dessen ich mir zu der Zeit nicht bewusst war, überlebte ich mehr oder weniger gut. Dieser Schatz bestand zum einen aus vorhin genannter 'Energiequelle', zum anderen aus meiner wieder wachsenden Kontaktfreudigkeit, Berufs- und Lebenserfahrung, meiner Menschenkenntnis, meiner stetigen Offenheit für das Neue, einem guten 'Riecher', meinem 'unkaputtbaren' Optimismus, meinen Plänen und scheinbar nie enden wollenden Gedanken und Visionen in allerlei Richtungen. Mein unbeugsamer Wille weiterzukommen und der Glaube an die bessere Zukunft erwiesen sich zu einer weiteren stetigen und unerschöpflichen Kraft. Die erlernte Selbständigkeit und das Wissen um meine Fähigkeiten nutzte ich als wichtigen Teil meiner Überlebensstrategie. Diese Lebenseinstellung und der fortwährende Glaube an das Gute, der mir eigen war, wurden zu meinem Rettungsring in diesem Strudel, der mich ab und an nach vielen Seiten und nach unten zu zerren versuchte. So wie die Erde sich weiterdrehte, ging auch das Leben weiter und nahm mich mit auf seinem lehrreichen Weg.

Kein Therapeut oder Berater, kein Lebenshilfebuch und keine gut klingenden Ratschläge und Weisheiten hätten mich das lehren können, was mir diese Zeit an Erfahrungen, Erkenntnissen und Wissen brachte. Die 'Amselfrau' hatte inzwischen ihren eigenen Weg gefunden, und ich war wieder alleine. Doch die Verbindung war noch da, denn ab und zu begegnete mir die Amsel, und ich war mir sicher, dass diese Frau in ihrer Gedankenwelt bei mir war. Manchmal wurde es durch ein Telefonat bestätigt, aber der absolute Hammer war, als ein Bussard – ja, ein Bussard – mir sagte, dass die Verbindung jetzt zu Ende sei. Er teilte es mir auf die Weise mit, dass ich plötzlich etwas Ähnliches hörte wie ein lautes dumpfes Klopfen ans Küchenfenster, als er mit seinen Flügeln heftig daran schlug. Gerade in der Küche tätig, wandte ich mich erschrocken um, und sah diesen großen Vogel keine richtige Landung machen, sondern nach seinem 'Anklopfen' drehte er sich gleich wieder weg, flog davon und hinterließ mir eine tote Amsel auf der Fensterbank. Nun denk' darüber was du willst, aber mir war nach diesem Ereignis völlig klar, dass die Gefühlsverbindung zwischen uns beiden jetzt zu Ende war und der Kontakt (leider) abbrach.

Im Großen und Ganzen kam während dieser Jahre nichts weiter auf mich zu als das, was ich mir schon lange wünschte – Veränderung und Ortswechsel. Doch weshalb war der Anfang auf eine so schmerzhafte Art und Weise eingetreten? Konnte ich nicht etwas angenehmer und sanfter auf den neuen Weg gebracht werden? Die Möglichkeit hätte es sicherlich gegeben, doch es scheint die Aufgabe des Schicksals zu sein, diejenigen Menschen, die nicht beizeiten hören, sehen und vor allem fühlen wollen, auf die 'harte Tour' in eine andere Richtung zu lenken, weil sie sonst ihre verfahrene Situation nicht wirklich begreifen und erkennen. Heute weiss ich, dass ich einer von denen war, die sich lange innerlich weigerten, den Schritt hin zur entscheidenden Veränderung wirklich zu tun. Die Gelegenheiten dazu hätte ich gehabt. Meine Gedanken in die Tat umzusetzen, traute ich mich letzten Endes in der Vergangenheit nicht wirklich, denn ich hatte Angst. Angst, die auch du wahrscheinlich kennst – Angst davor, nicht zu wissen, wie es weitergeht.

Angst vor dem Schritt in die Ungewissheit. Ja, Angst einen Weg zu gehen, dessen Verlauf und erst recht dessen Ziel ich weder planen noch erahnen konnte. Genau deshalb durfte ich an dieser Stelle meines Lebens das Loslassen und Lockerwerden immer wieder üben und lernen. Die Zeit, oder ICH war wohl endlich reif dafür! Allein das war der Grund, weshalb ich vom Schicksal ins kalte Wasser geworfen wurde, denn schlussendlich will dieses Schicksal uns Menschen nur den rechten Weg zeigen. Nichts bringt es uns, woraus wir keine brauchbare Lehre ziehen könnten. Und es bringt uns auch nichts, was früher oder später nicht gut für uns wäre. Letztlich geschieht es aus Liebe, wenn es auch zu Anfang manchmal zusammenhanglos aussieht oder völlig unverständlich ist. Alles was geschieht, dient dem eigenen Weiterkommen, dem Wachstum, der Heilung des inneren Kindes – also mir selbst. Das war meine Lektion, die ich damals nicht verstehen konnte/wollte, und um deren Erkenntnis ich heute – einige Jährchen später – so froh bin (...☺).

Nun ja, es waren ja nichts weiter als die Auswirkungen dessen, wofür ich den Samen bereits früh gelegt hatte und was die Zeit meines Erwachsenwerdens in mir hervorrief: Dadurch, dass ich damals meine Gefühle immer mehr verdrängte, wurde ich ihnen gegenüber immer trotziger, und dieser Trotz ließ in der

Konsequenz Veränderung nicht zu. Wenn ich heute so darüber nachdenke, ist mir völlig klar, dass Sturheit eine Eigenschaft ist, die durch ihre alleinige (noch so kleine) Präsenz jegliche Flexibilität unterbindet. Mit ihr als Begleiterin ist der Weg in eine Sackgasse früher oder später vorbestimmt. In dieser Zwickmühle, immer mehr fixiert auf das Materielle, war es unmöglich, die Auswirkungen meines Fehlverhaltens zu bemerken. Mein Gott, ich glaubte tatsächlich, dieses Festhalten am Altvertrauten mit all seinen Gewohnheiten und Erinnerungen wäre die einzige Chance, um (über-)leben zu können. Aus dieser irrsinnigen Vorstellung heraus entwickelte ich gleichzeitig eine unheimliche Kreativität, weil ich 'mangels Masse' oft zum Improvisieren gezwungen war. Not macht erfinderisch! Aus quasi Nichts etwas Nützliches machen und sich immer irgendwie 'durchwurschteln', wurde zu meiner Eigenschaft, ohne dass ich es bemerkte. Bis dahin wollte ich trotzig und stur meinen eigenen Weg gehen und wurde eines Besseren belehrt. Und was dessen Folgen waren, davon habe ich vorhin eingehend berichtet.

Unterstützend zu alle dem, was ich mir in diesen Jahren aneignete, kam etwas hinzu, was für mein Empfinden eine der genialsten menschlichen 'Erfindungen' überhaupt war oder ist – das 'Werkzeug' der Familien- oder Systemaufstellungen. Hier bekam ich Gelegenheit, mich selbst und mein So-Sein von Grund auf kennenzulernen. In Seminarrunden mit gleichgesinnten Menschen, die auf einzigartige, gefühlvolle Weise, alle von der gleichen Energie getragen, das gleiche Ziel hatten: nämlich im liebevollen Miteinander durch die Liebe in die eigene Liebe zu finden. Schmunzel (...☺)! Dies bedarf eines guten Seminarleiters, und ich hatte einige 'verschlissen', bis ich den für mich passenden, einfühlsamen, liebevollen und absolut kompetenten Menschen aufspürte. Ihm bin ich sehr, sehr dankbar für eine lange Zeit, in der er und eine sehr sympathische Menschengruppe mich begleiteten. Diejenigen von euch, die sich ebenso für diesen Weg entschließen, sollten bedenken, dass es wie bei allem auch auf diesem Gebiet mehr 'Möchtegerns' als wirklich gute Seminarleiter gibt. Also achtgeben, hineinfühlen und hinterfragen! Auf jeden Fall aber absolut empfehlenswert für Jedermann und -frau, denn es hat überhaupt nichts mit dem zu tun, was man schlechthin als eine Therapie bezeichnet, sondern es ist einfach nur eine Art 'Liebesdienst' an sich selbst. Ich nenne es: Weiterbildung im Sinne von Kennenlernen des eigenen ICH mit faszinierend magischer Tiefenwirkung!

Es tat sich mir regelrecht ein anderes Universum auf – das hatte ich nun davon (...☺) – und mit dem Verstehen kam ...Veränderung. Es hat etwas gedauert, bis ich den Missstand in mir selbst erkannt hatte, und er sich wandelte. Nachteilige Denkmuster, alte verbesserungswürdige Glaubenssätze und Verhaltensweisen bewusst erkennen und als solche loslassen, so lautete eine der Aufgaben. Die Eigenheiten des Vaters, die ich von ihm nicht-besser-wissend übernommen hatte, erkennen, als meine eigenen annehmen und verzeihen, um endlich mein eigenes Leben und meine Vorstellungen davon – losgelöst von ihm und den alten hinderlichen Gewohnheiten – leben zu können. Das nämlich war *die Lösung!* Eine schwere Last fiel von mir! Und weil diese von den Eltern übernommenen Muster verdammt tief und fest sitzen, war es entsprechend schwer, 'wahr-zu-nehmen', anzuerkennen, aus einem tiefen Gefühl heraus aufrichtig zu verzeihen und loszulassen. Heute noch, viele Jahre nach der ersten Bemerkung – „Du bist wie dein Vater!" –, ertappe ich mich manchmal in seinen Verhaltensmustern. Doch heute gibt es einen wesentlichen Unterschied tief in mir drin: Ich habe diese Ähnlichkeit angenommen, mich selbst akzeptiert und lieben gelernt, so wie ich bin, wissend, dass ich sehr vieles von meinem Vater übernommen habe. Logisch, von wem sonst! Er war schließlich bis zum Erwachsenwerden, wenn auch unbewusst, aber dennoch mein männliches Lebensvorbild. In der Liebe war und bin ich dankbar mit ihm verbunden.

All das, was ich bisher als 'nicht so gut' an ihm erkannt hatte, kann ich jetzt an mir selber verändern, wenn's auch manchmal schwer ist. Schließlich habe ich viele Jahre gebraucht, um so zu werden, wie ich bin. Also darf ich jetzt Geduld mit mir haben, weil ich weiss, dass ich mich in einem ständigen Veränderungsprozess befinde. Aus diesem Prozess heraus ist auch das Wissen geboren, dass mein Vater bzw. meine Eltern nicht Schuld waren am Stil ihrer Erziehungsmethoden. Folglich darf ich ihre Vorgehensweisen nicht verurteilen. Auch sie haben diese Verhaltens- und Lebensmuster letztlich nur von ihren Eltern übernommen. Zusätzlich haben ihr Schicksal und ihr Weg sie geprägt und das in ihnen verankert, was sie an mich und meine Geschwister weitergaben. Es ging gar nicht anders, als es wie gelernt und am eigenen Leib erfahren an die nächste Generation weiterzugeben. In diesem tiefen Wissen kann ich vor allem meinem Vater verzeihen und mag ihn heute sehr. Der Hass, den ich früher nicht selten für ihn empfand, ist durch dieses Erkennen und eine tiefe Einsicht zu Bewunderung und Liebe geworden, gebündelt in einem sagenhaft guten Gefühl von Respekt, Verbundenheit, Würde und Dankbarkeit. Heute kann ich ihn verstehen und ganz von selbst hat er sich – parallel zu mir – liebevoll verändert (...☺)!

Zu Mark Twain kam einmal ein Siebzehnjähriger und sagte:

„Ich verstehe mich mit meinem Vater nicht mehr.
Jeden Tag ist Streit. Er ist so rückständig, hat keinen Sinn
für moderne Ideen. Was soll ich machen? Ich laufe aus
dem Haus und davon!“ Mark Twain antwortete:
„Junger Freund, ich kann sie gut verstehen.
Als ich 17 Jahre alt war, war mein Vater genauso ungebildet.
Es war kein Aushalten mit ihm. Aber haben sie Geduld
mit so alten Leuten. Sie entwickeln sich langsamer.

Nach zehn Jahren, als ich 27 war,
da hatte er so viel dazugelernt, dass man sich schon
vernünftig mit ihm unterhalten konnte.
Und was soll ich ihnen sagen: Heute, wo ich 37 bin –
ob sie es glauben oder nicht – wenn ich keinen Rat weiss,
dann frage ich meinen alten Vater.
So können die sich ändern!“

Diese Wandlung, die mit eben dieser Erkenntnis stattgefunden hatte, hat das Verhältnis zu meinen Eltern und nicht zuletzt mein Leben in andere Bahnen gelenkt. Eine 'Ent-wicklung', über die ich mich sehr freue, denn der Groll, der uns gemeinsam war und somit verbunden und ganz unbemerkt regelrecht verschweisst hatte, wurde durch die Liebe aufgelöst und endlich verabschiedet. Eine Menge an Tränen trugen dazu bei, die verkrusteten, alten und harten Schichten aufzuweichen. Ja, die Lektion lautete: „Auch der Hass bindet aneinander!“ Jeder kann es im eigenen Leben beobachten, dass es oft Streit ist oder eben Hassgefühle, die die Menschen ganz stark miteinander verbinden, obwohl die Betroffenen das Gegenteil, also Abstand damit beabsichtigen. Sie bemerken diese unbewussten, unheimlich starken Verbindungen oder ausgesandten Gefühle nicht, die ein Loslassen voneinander unmöglich machen. Egal ob Hass oder Mitgefühl, ob Ignoranz oder Zuneigung, ob Sturheit oder Offenheit. Stets sind es unsichtbare Gefühle, die 'ver-binden', ohne dass die Betroffenen es 'wahr-nehmen'.

Endlich konnte ich es wahrnehmen, konnte loslassen. Ein gutes, stimmiges Gefühl und wohlwollende Nähe verbinden uns heute! Ich kann es spüren, und es gibt Kraft und tut mir gut! Das, liebe Leser/Innen, was wir uns ersehnen und somit ständig mit unserer Energie speisen, das bekommen wir tatsächlich vom Leben geliefert. Es ist nur eine Sache der Wunschäusserung, der Zeit und des Glaubens daran. Und ganz wichtig – des Loslassens der diesbezüglichen Gedanken. Insofern lautet meine Empfehlung: Formuliere deine Wünsche oder Bestellungen ans Leben stets positiv und wünsche dir das, was du willst. Nur so kannst du es bekommen! Der 'himmlische Bestellservice' versteht keine Negationen oder zweifelhaften Formulierungen wie: nie, nicht, kein, nein, vielleicht, ungefähr, möglicherweise usw. Sie werden einfach übersehen, weil derart formulierte Satzgebilde in unserem gesamten Sprachgebrauch meines Erachtens tatsächlich völlig überflüssig sind.

In der negativen Form – also: Ich will *nicht* wie mein Vater... – konnte das deshalb niemals funktionieren. Nur in der positiven Form erfüllt sich absolut treffsicher das Ersehnte, weil eine unmissverständliche Aussage vorausgeht. Was bringt es schon, wenn ich zum Einkaufen gehe und sage der Verkäuferin, dass ich *keinen* Tabak will, wenn ich Butter brauche! Jegliche Gespräche des täglichen Lebens bedürften also im Grunde genommen viel weniger der vielen manchmal negativen Worte als der eindeutigen Unmissverständlichkeiten. Nur so kann die Botschaft dessen, was ich will, auch eindeutig ankommen! Stimmt doch, oder? Ich finde sogar, dass unser heutiger, oftmals unnötig verdreht-komplizierter Sprachgebrauch tiefgreifend überdacht werden sollte. Viele überflüssige (ungewollte oder gewollte) Missverständnisse könnten dadurch vermieden werden. Angepasst an die Gesetze der Liebe und des Lebens, die stets positiv, einfach, geradlinig und klar verständlich funktionieren. Für mich ist das logisch, *wie im wahren Leben!*

Das war mir eine weitere wichtige Lektion, und es ist recht einfach, sich umzugewöhnen und positiv zu formulieren. Mit ein bisschen Übung wird durch diese Art Kommunikation vieles im Leben leichter – weil klar, wahr und deutlich. Probiere es aus, die Versuche werden von Erfolg gekrönt sein, während du dich darüber wunderst! Viele lehrreiche Erfahrungen werden dir behilflich sein, und davon wünsche ich dir jede Menge

(...☺). Ich für meinen Teil durfte schon viele machen und mache ständig neue. Es ist schön, dass es immer weiter geht auf dem unendlichen Weg zu mir selbst, über Erfahrungen und Erkenntnisse verbunden mit tiefen Gefühlen. In diesem Wissen zu leben, mir 'be-wusst-sein' darüber, was die eigene Persönlichkeit ausmacht, lässt mich so vieles mit anderen Augen sehen, lässt verstehen und verzeihen, lässt Freiheit, macht vieles einfacher, liebevoller, herzlicher und somit lebenswerter und glücklicher. Eine wunderbare Erfahrung, die ich jedem nur wünschen kann!

Brücken zum Glück

In meiner eigenen Geschichte – ja, in mir selbst gefangen – war es unmöglich, den Blick zu erheben und offen hinauszuschauen. Deshalb glaubte ich lange Zeit und völlig unbewusst an die Wahrheit dieser Aussage. Der Glaube daran und der Blick dahin bestimmten den Weg!

Lange habe ich nach unten gesehen und folglich tiefe Täler, Sumpf und Flüsse, die mich viel Anstrengung kosteten, durchwandert. Habe mich selber belogen, Schmerz unterdrückt, Schwäche gekonnt versteckt, das Unangenehme 'schön geredet' und oft den Clown gespielt. Stets bemüht, nach aussen ein schönes Bild zu wahren. Habe mich während dieser Zeit gewundert, weshalb ich von so vielen Menschen belogen wurde, weshalb sie mir Schmerz zufügten, weshalb ich ausgenutzt wurde und innerlich darunter litt.

Jetzt weiss ich, dass ich von meinen Mitmenschen lediglich das zurückbekam, was ich ihnen gab - nämlich: Durch die eigene falsche 'Einstellung' strahlte mein tiefes Inneres Lüge statt Wahrheit, Ohmacht statt Selbstwert, Schmerz statt Wohlgefühl, Schauspiel statt Selbstbewusstsein, Böses statt Gutes, Abweisung statt Annahme und Groll statt Liebe aus.

Doch jetzt hat sich etwas verändert. Nach Leid, Schmerz und vielen Erkenntnissen, welche mir in der Tiefe begegneten, habe ich die Brücke endlich gesehen, die mich aus meinem Morast hinausführt. War ich vorher blind? Anscheinend gab es die Brücke schon immer, denn hier ist richtig was los, mir begegnen viele Menschen, die ich vorher nicht sah – nicht mit diesen Augen sah!

Jetzt kann ich 'auf der Höhe' bleiben, weil ich das Tal und den stetig tiefer ziehenden Sumpf ausreichend erkundet, erkannt und verlassen habe – endlich!
Diese Erkenntnis als Basis lässt mich die nächsten Täler einfacher meistern – ich spüre es.

All die vielen schönen Dinge um mich herum – das Leben – habe ich nie wirklich wahr genommen, weil ich in einem jahrelang antrainierten, gut organisierten, aber falschen System lebte. Durch die Umstände von mir selbst geschaffen und in einer Perfektion zelebriert, die mich an dessen Richtigkeit glauben ließ und Zweifeln keine Chance einräumte. Jetzt sehe ich es, und die Wertigkeiten verändern sich – Gott sei Dank!

Mit offenen Augen habe ich nicht hingesehen,
die Zeichen des Schicksals übersehen – wollte nicht sehen –,
habe den Kopf nach unten gesenkt, anstatt zu dieser Brücke
hoch zu schauen, die mich über die Abgründe hätte führen
können hin zum Paradies.

Hier bin ich nun und sauge das Neue in mich auf. Die Ferne
rückt näher, die Tiefe weicht der Höhe, Licht verdrängt die
Dunkelheit, Sonne wärmt, was vorher kalt war, und ein
'Wohlfühl-Gefühl' löst Schmerzen ab und lässt Wunden heilen.
Der Horizont scheint greifbar nah und fast schon kann ich
sehen, dass dahinter etwas Neues wartet – ein neuer Horizont!

Wartet er auf mich? Ich bin noch etwas zögerlich und
gleichermaßen gespannt. Kann mein Glück nicht fassen,
ungewohntes Neuland, ein Gefühl, mit dem ich mich erst
anfreunden muss. Bitte habt Geduld mit mir und helft mir.
Erst einmal brauche ich Zeit und muss üben,
damit umzugehen und Neues zuzulassen.

Ein ungewohntes Gefühl, das ich nicht kenne – oder doch?
So ganz leise und zart erinnert es mich an Kindertage, an denen
es dieses Gefühl des unbeschwerten Lebens bereits gab. Oh ja!
Und gerade darf ich es wieder erfahren und spüre, dass es mir
sehr gut tut. Ja, hier möchte ich bleiben, denn ich fühle mich
wohl und behütet in diesem besonderen Gefühl.

Das Neue fasziniert mich und kommt mir vor, als will es mich anschubsen, ganz vorsichtig, behutsam und sachte in eine andere, 'wunder-volle' Welt. Interessante Erfahrungen machen mir Mut, steigern mein Selbstbewusstsein, mein Selbstwertgefühl und mit jedem Schritt, den ich nach vorne tue, geht es mir besser.

Ich kann es kaum glauben und schaue ab und zu noch mal nach hinten und hinunter oder werde durch eine Begegnung an den alten Sumpf erinnert. Doch es macht mir nichts, ich kann damit umgehen – drüber stehen. Jetzt, nachdem ich auf den richtigen Ebenen verstanden habe, fühle ich mich wohler, während ich lerne, dafür dankbar bin und einen Schritt nach dem anderen in ein neues Leben tue.

Ich schaue nach vorne, atme tief durch, tiefer als ich es jemals zuvor konnte, nehme das Leben in mir auf, sehe Licht und spüre Liebe auf dem Weg zu neuen Zielen. Eine gute Energie begleitet mich, und bei Tag bringen die Sonne, bei Nacht der Mond und die Sterne Erleuchtung auf meinen Weg. Mein Weg, nun hab' ich ihn gefunden. Mein Weg – hin zu meiner Wahrheit und somit zu meinem Glück.

Und gerade frage ich mich: Was ist das da hinten in der Ferne? Kitzelt dort gerade ein klitzekleiner Sonnenstrahl einen neuen Horizont ins Licht? Bin gespannt, wohin mich die nächste Brücke bringt. Die nächste Brücke auf dem Weg zu neuem Glück – die nächste Brücke auf dem unendlich spannenden Weg zu mir selbst...

Wie sollte es anders sein, in meinem weiteren Leben fügte sich das Chaos so ganz allmählich in übersichtlichere Bahnen. Die vorangegangenen Zeilen, die mir eines Abends förmlich nur so aus den Fingern flossen, habe ich schon so oft gelesen und bin immer wieder erstaunt über den tiefen, symbolischen Sinn, den ich in ihnen fühle. *Wie im wahren Leben!* Zeitgleich lernte ich eine ungewöhnliche Französin kennen – die nächste wundersame Begegnung –, mit der ich eine schöne und wiederum lehrreiche Zeit verbringen durfte. Als die Wogen um mich herum sich so langsam glätteten, und ich meinen Scherbenhaufen genauso langsam weiterhin ordnete, war Florentine das Glück, das mir begegnete. Sie zeigte mir einen neuen Horizont, nein, sie war der Horizont und gleichzeitig die Brücke dahin.

Ständig treffen wir Menschen auf solche Menschen, die gerade jetzt und in diesem Moment zu uns gehören. Und wir können sicher sein, das 'Schicksal' weiss, warum es uns zusammenführt, weil jedesmal andere Lernaufgaben darin stecken. Um so schöner, wenn sie dann von Liebe begleitet sind, und diese Liebe die Menschen so viel erkennen lässt. Auch Florentine möchte ich als ganz besondere Frau auf meinem Weg bezeichnen, denn auch sie hat mich einiges an und in mir bewusst erkennen lassen, was seinen Teil zur Entstehung dieses Buches beigetragen hat. Heute, nachdem jeder von uns beiden für sich selbst einen anderen Horizont gefunden hat, erinnere ich mich gerne an die Symbolik dieser liebevollen *Brücke ins Glück.*

Zu ihr empfand ich eine ebenfalls tiefe und besondere Verbindung. Eine Liebe mit 'Wellengang', begleitet von Einblicken in wiederum ganz neue Welten, die ich bis dahin noch nicht kannte. Es waren andere, neue Gefühle, die mir begegneten und die uns in gegenseitiger Achtung voreinander gleichermaßen an neue Dimensionen sowie unsere damaligen Lernaufgaben heranführten. Eine dieser Lernaufgaben kam zum Ende dieser Beziehung anfangs wie eine dunkle Wolke auf mich zu. Eine schwierige Prüfung, deren Verlauf sich aber, nachdem ich all meinen Mut zusammengefasst hatte, irgendwie verselbständigte. Damit meine ich die Formulierung meinerseits, wie ich diese Zweisamkeit beenden sollte, denn ich spürte, dass die Zeit dafür gekommen war. Genau das schien mir zu diesem Zeitpunkt meines Lebens die aussergewöhnliche Lektion zu sein. Hatte ich es doch in der Vergangenheit meines 'früheren Lebens' ausnahmslos so erlebt, dass einschließlich meiner Ehescheidung, stets die Frauen unsere 'offizielle' Paarbeziehung beendeten.

Anscheinend hatte sich tatsächlich etwas in mir verändert, denn nun kam es zur ersten bewussten Ausnahme. Dieses Mal war ich es, der 'Schluss machte', und zwar deshalb, weil ich seit geraumer Zeit unsere Herzensverbindung nicht mehr fühlen konnte. Donnerwetter! Das brodelte in mir und ließ die Ohnmacht – die meine Gefühlswelt schon viel zu lange in Schach gehalten hatte – wie einen riesigen Felsblock von meinem Herzen fallen! Dieses Mal war ich alles andere als wie gewohnt ohnmächtig, sondern war tatsächlich in der Lage, meiner Partnerin in ehrlichen Worten zu formulieren, dass ich sie nicht mehr fühlen konnte und mich deshalb trennen wollte. Eine tiefgreifende, emotionale Entscheidung, die mir wiederum ein Stück mehr Selbstvertrauen gab und mir Zeichen dafür war, dass mein Herz sich weiter öffnete.

Ich weiss, dass Florentine sehr darunter litt, doch ich spürte meinerseits, so makaber es vielleicht klingt, eine Art Stolz, Durchatmen und Freiheit; Selbständigkeit, Bewusstheit und irgendwie ein Gefühl von 'vollständig in der Macht über mein eigenes Handeln' zu sein. Für mich ein tolles Erlebnis, und das Schicksal hatte wohl diese Frau dazu auserkoren, mein Leben und meinen 'Gefühlskörper' ein weiteres Stück zu komplettieren. Auch für Sie lag darin eine Lernaufgabe verborgen und ich wünsche ihr, dass sie mir verzeihen und daran wachsen konnte. Danke, liebe Florentine, für deine Hilfe, für deine Geduld, für deine Zärtlichkeit, für deine Ehrlichkeit, für deine Spontanität, für deine Weltanschauung, für so vieles, was ich entdeckte ...für deine Liebe. Rückblickend stimmt es mich sehr froh, dass ich über einige Jahre ein Stück des Weges gemeinsam mit dir und deinen Kindern gehen durfte.

Gedanken über Ehe und Familie – ein spezielles Thema:

...in dessen Tiefe alle Leser/Innen wirklich *e h r l i c h* hineinfühlen sollten. Deshalb vielleicht auch so etwas wie eine 'Fühl-Übung'. Ich selbst kam mit jeder Partnerschaft mehr, meinen Gefühlen für die Liebe näher, und zwar der Liebe zu mir selbst. Und rückblickend sage ich heute aus all diesen (Liebes-)Erfahrungen (...☺), inklusive meiner vorehelichen, dass ein jeder in seinem Leben – altersunabhängig – möglichst viele Partnerschaften intensiv leben sollte, denn darin steckt unsagbar viel an Gefühls- und Lebenslernstoff für alle Beteiligten. Weiterhin meine ich, dass der heutige Mensch, mit Ausnahme nur weniger Paarbeziehungen, nicht geschaffen ist, um lebenslang monogam zu sein. Sicherlich begegnen sich manche

Paare als innig vertraute Seelenverwandte/-partner und verbringen ein Leben lang eine überwiegend gute, erfüllende und glückliche Zeit miteinander. Jedoch sehe und spüre ich in so vielen 'normalen' Paarverbindungen Unzufriedenheit, Misstrauen, Zwang, Druck bis hin zu Qual und Leid. Demzufolge seelischem Eingesperrtsein, das mit den Jahren (natürlich unbewusst) ziemlich fragwürdige Verhaltensmuster, Krankheit und schmerzliche Schicksalsschläge herbeiführt. Muss das heute noch sein, in einer Zeit in der wir doch sonst alles so modern und fortschrittlich handhaben wollen?

Ich will an dieser Stelle nochmals an den Bussard erinnern. Versetzen wir uns in ihn, nutzen wir seine scharfen Augen und damit den neutralen Überblick von oben, um aus Sicht der Liebe in dieses Thema hineinzuschauen. Lasst uns in diese Liebe hineinfühlen und der vom menschlichen Verstand geschaffenen 'Ehekonstruktion' mit fühlendem, neutralem Blick begegnen. Mit diesen Augen nutze ich jetzt meine 'Fettnäpfchen-Freiheit' (...☺) und sage das dazu, worüber vielleicht viele Menschen ähnlich denken, sich aber nicht trauen darüber zu reden, geschweige denn es wahrhaft ins Leben umzusetzen. Und ich werde es einfach nur niederschreiben, als wertfreie Einladung oder Ansatz, mal darüber nachzudenken:

Zu Anfang dessen glaube ich, ***weil bei den Kindern der Anfang von allem liegt,*** dass Kinder beizeiten auf liebevolle Art und Weise lernen sollten, dass Mann oder Frau nicht lebenslang mit gleichen Partner/Innen zusammen bleiben müssen. Ehescheidungen aufgrund andauernder, unstimmiger Gefühle und Ereignisse bringen nicht wirklich Probleme, wenn sie in gutem und ehrlichem Umgang miteinander vollzogen werden. Und zwar ohne 'Materialschlacht', Streit oder sonstige Verletzungen! Gemeinsamen Kindern sollte liebevoll erklärt werden, warum es so ist, wie es ist, und Lösungen für die l(i)ebenswerte Zukunft aller lassen sich immer finden. Dazu braucht es auch keine Volljährigkeit! Wichtig scheint mir nur, diese Argumente als Wahrheit auch den Kindern gegenüber fühl- und sichtbar vorzuleben und bei später auftretenden Fragen trotzdem möglichst gemeinsam füreinander da zu sein.

Also – Trennungen sind nichts Schlimmes, sondern langfristig oft der bessere und vor allem der lehrreichere Weg. Und für die Kinder bleiben die Eltern letztlich immer die Eltern und sind nicht austauschbar. Natürlich steckt in dieser (freiheitlichen) Lebensphilosophie symbolisch sehr viel Flexibilität, die nur einen einzigen Nachteil hat und sie deshalb bisher nicht zum Zuge kommen lässt: Es steht ihr ein gedankliches Dogma im Weg, das mindestens seit der christlichen Zeitrechnung als 'Es-geht-ja-gar-nicht-anders' in unseren Köpfen felsenfest und eisern als absolut 'richtig' verankert ist: Das Eheversprechen oder einfacher... die Institution der Ehe! Wir haben sie als gültige Non-plus-Ultra-Lebensgemeinschaft in unseren Hirnwindungen und den sozialen Strukturen eingemeisselt und halten bisher krampfhaft und bieder an deren Fortbestand fest (*Vertragsbruch* darf nicht sein, ehern = eisern!).

Wozu jedoch braucht die Liebe Verträge? Wir alle wissen, dass es sogar Ehen gibt, die nur aus steuerlichen Gründen oder sonstiger finanzieller Begünstigungen geschlossen werden. Zeugt nicht alleine das schon von einer gesetzlichen und auch gesellschaftlich-gedanklichen Schieflage, die zur rein rationalen Ehe veranlasst oder gar verführt? Es ist gleichzeitig ein weiteres Zeugnis davon, dass die Ehegemeinschaft überwiegend zu nichts anderem als dem bequemen Überblick der sozialen Zusammenhänge, Zugehörigkeiten und des Zusammenwirkens von Mann und Frau, Familien, Haushalten, Wohnsitzen usw. dient. Ebenso vereinfacht sie die Existenz vieler finanzieller Strukturen; von Rentenkassen, Gesundheits- und Schulwesen, vielerlei Statistiken, Erbschafts-, Herkunfts-, Geburtsregularien, Steuergesetzgebung, sowie unzähligen sozialen und kommerziellen Kontrollmechanismen. Für mein Gefühl sind es ausschießlich menschengemachte, einschränkende, rein rationale Systeme (meist auf kontrollierendem Hintergrund basierend) die bei tieferem Hineinschauen/-fühlen, dauerhaft mit wahrer Liebe, die doch das Ehefundament sein sollte, nur soviel zu tun haben wie die Kuh mit dem Eierlegen (...☺).

Doch warum sollen Partner/Innen (mit oder ohne Trauschein), die heute völlig berechtigt, und wie ich meine nicht nur scherzhaft 'Lebensabschnittsgefährten/Innen' genannt werden, zusammen sein und bleiben, nur weil sie vielleicht einmal ineinander verliebt waren? Darauf aufbauend haben sie sich viele Gemeinsamkeiten, ideelle Werte und 'ansehenlichen' Status geschaffen, halten sich an schönen Erinnerungen glücklicher Zeiten (die es mit Sicherheit gab) fest, haben sich an die Eigenarten des anderen gewöhnt, aber lieben sich nicht mehr wirklich. Bei solchen Paaren wird die Ehe fast nur noch aus dem Verstand gelebt und von einem Urlaub zum nächsten gerettet. Oftmals sogar auch die sogenannte 'Liebe', weil der Verstand seine eigene Art hat, Scheingefühle in Perfektion vorzutäuschen. Die Partner passen sich einander an, schließen Kompromisse, Individualität wird unterdrückt, sie versprechen sich Besserungsabsichten, übernehmen des anderen Verhaltensweisen und glauben dadurch, sie würden es 'richtig machen' (vielleicht sogar, es gut machen, ...vor den Augen der Partner/In, ihrer eigenen Eltern und der sie beobachtenden Gesellschaft). Jedoch ist etwas 'richtig-' oder 'gutmachen' wiederum eine reine Verstandssache und hat mit den Gefühlen füreinander – der dazugehörigen Liebe – rein gar nichts zu tun!

Aber Ehe und Familie wird uns nunmal 'so' beigebracht, vorgelebt und wird sogar staatlich gefördert. Letztlich um wie in vielen anderen (amtlichen) Beispielfällen, den Tod eines längst überholten kranken Systems (hier: 'Familienstandsüberblick!), der besseren Kontrolle wegen, möglichst lange hinauszuzögern. Völlig unzeitgemäße und langfristig zum Sterben verurteilte Ansichten, Regelungen, Denk- und Verhaltensweisen werden quasi künstlich (beatmet ...☺) am Leben erhalten. Kannst du so manchen Sinn oder Unsinn darin erkennen? Nichts gegen alte Strukturen, doch sie anzuzweifeln ist erlaubt!

Auf diese Weise bleibt wie in der Kindheit gelernt und uns seit Jahrhunderten antrainiert, die Familie schließlich zusammen, wird mehr oder weniger gezwungen sich durchzuboxen, meistert Probleme gemeinsam und ist auch noch stolz, den eigenen Kindern zeigen zu können, wie Härte gegen sich selbst gelebt und wahres Glück dafür geopfert wird. Das mag sich bei einem Teil der Paare als richtig erweisen, doch die meisten würden am liebsten ausbrechen aus ihren tatsächlich krankmachenden Ehen, wenn sie denn wüssten, dass es gleich anschließend auf gutem, sicherem Weg möglichst mit anderem Partner – ohne das daraus resultierende schlechte Gewissen – weiterginge. Das Gewissen – also der 'es gut meinende (?) Verstand' – ist oft die unscheinbare aber wahre Glücksbremse im Leben!

Ja, du darfst 'am Ball bleiben', während ich mir die Freiheit nehme, die Ehe weiterhin zu hinterfragen. Über deine Offenheit, interessiert weiterzulesen, freue ich mich. Nun gut – wer oder was verursacht eigentlich dieses schlechte Gewissen?

Dazu nur einige Antworten (...☺): Die kirchlichen Lehren! Das von irgendjemand eingepflanzte unterschwellige 'Gefühl', etwas Falsches/Böses zu tun! Gesetzlich einzuhaltende Regularien! Das mit Fingern auf einen zeigende Umfeld (...das macht man doch nicht!)! Jenes in den Hirnen verankerte gesellschaftliche Bild, das gewahrt bleiben muss! Die Bequemlichkeit, altvertraute Gewohnheiten verlassen zu müssen – loszulassen! Der eigene Sturkopf, der jemandem oder sich selbst etwas beweisen will! ...Es gibt noch mehr solcher Antworten die du in deinem Inneren finden kannst, wenn du wahrhaft ehrlich dir selbst gegenüber bist, tief in dich hineinschaust und diese Wahrheit er*fühlen* kannst. Meist bleibt die wahre Liebe angesichts dieser Argumente auf der Strecke, sonst wäre unsere Gesellschaft nicht so krank – physisch wie auch psychisch. Kannst du es sehen, ...'von oben' durch des Bussards Augen?

Das altüberlieferte Familienkonstrukt ist die kleinste Zelle in unseren aktuell sozialen Strukturen. Dort und im Kindbewusstsein beginnt ALLES! Jegliche Wahrnehmung des Lebens, die Erziehung und damit das Erlernen von 'richtig' oder 'falsch', die Prägung des späteren Charakters, das daraus resultierende Verhalten und die sich daraus ergebende Vorstellung über die eigene Partnerschaft, die nach aktuellem Vorbild wiederum meist in der Ehe endet, um den Kreis zu schließen. Jedoch kann meines Erachtens in einem Kreis der sich immer wieder schließt keine Entwicklung stattfinden, oder sehe ich das falsch? Vielleicht sollte dieser Kreis einfach aufgebrochen und eine Spirale daraus gemacht werden! So könnte eine wahre (evolutionäre) Weiterentwicklung in eine neue vielversprechende, partnerschaftliche Zeit stattfinden. Richtig?

Und um Herz und Gefühl nicht zu viel Raum zu geben, hat der Mensch den 'Trauschein' erfunden, was ja nichts weiter ist als ein amtliches Dokument darüber, dass ich jemandem traue (...☺). Lachhaft, oder!? In heutiger Zeit überwiegen bei den meisten Paaren die gemeinsamen Verbindungen auf Verstandsebene, weil sie uns kontinuierlich im täglichen Leben begegnen, um uns deren Wichtigkeiten zu demonstrieren und sie letztlich zu aktzeptieren, so wie wir es gelernt haben. Gleichzeitig kommt hinzu, dass die ehelichen Verstandsansichten uns ständig ihre unumgängliche Beachtung in Form von Vernunft, Verantwortung, Sicherheit und ähnlichem einhämmern.

♂... Im übrigen findet Ehe auf zwei Ebenen statt. Die eine ist reiner Verstand (männlich) und beginnt bei der standesamtlichen Eheschließung (Vertragsunterzeichnung!), wird fortgeführt durch gemeinsame rechtsverbindliche Vereinbarungen, materielle Anschaffungen, sowie sonstige unterschriebenen Formalitäten und erweitert sich in viel zu viel Rationales, was wenige Abschnitte zuvor Erwähnung findet.

♀... Die andere Ebene ist die der Gefühle (weiblich), sie verzichtet auf jegliche Unterschriften/Formalitäten und erfolgt rein emotional. Dies geht spürbar über das liebende Herz, und das genauso zwischen den Partnern als auch im Bezug auf dazugehörige Kinder. Es ist in der Regel auch die Ebene, die Mann und Frau einst glücklich zusammenführten.

Wahrhaft glücklich verheiratet ist wunderbar, aber heute schon eher selten! Falls du dich selbst in zweifelhaftem Fall widerfindest und schon länger mit dem Gedanken spielst dich zu trennen, dann fühle intensiv in deine Situation, besprich es möglichst friedlich mit deinem Partner/Partnerin ohne Schuldgefühl, -zuweisung und Gewissensbisse bevor entschieden wird. Eine wohlüberlegte, wirklich wirksame Scheidung muss auf beiden Ebenen stattfinden. Trennst du dich 'nur' auf dem Papier – also vorm Scheidungsrichter (Ver-Standesamt!) und lässt die Gefühle unbeachtet, bleibst du emotional am anderen haften und wirst in deinen Gefühlen niemals wirklich frei sein!

Trennst du dich 'nur' von einer anhaltend unzufriedenen Gefühlslage, so bist du ebenfalls nicht wirklich frei, weil in deinem Unterbewusstsein die unterschriebenen Verträge und andere Verstandsangelegenheiten weiterhin energetisch wirken! In beiden Fällen trennt man sich zwar 'irgendwie' voneinander, doch es gilt zu bedenken wie wichtig es ist, auf beiden Ebenen eine konsequente (Ab-)Trennung zu schaffen. Man muss sich also unumgänglich sowohl im Verstand als auch im Gefühl in FRIEDEN voneinander verabschieden um ein neues Leben wahrhaft frei und zuversichtlich in Geist und Gefühl beginnen zu können. Die Wichtigkeit dessen wird meist unterschätzt (Verstand halt eben) und kann lange Zeit Schmerzen und Reibereien verursachen, die nicht sein müssten!

Die Gefühlsebene ist wie alles in der Liebe bedingungslos, traurig oder glücklich, aufbrausend oder zufrieden und spiegelt sich in gesund oder krank, Freude oder Leid. Sie sollte ausschließlich die Grundlage einer jeden Partnerschaft sein! Schau in dein Leben und beobachte, ob sich beide Ebenen – Verstand als auch Gefühl – *wahrhaft* stimmig anfühlen. Falls es so ist, dann gratuliere ich dir zu einer guten Partnerschaft. Wichtig ist dabei: Bitte sei ehrlich deinem Herzen gegenüber!

Der Umfang dieser Thematik zeigt, dass ich mich aufgrund meiner eigenen Ehescheidung recht intensiv mit diesem Tabu-Thema unserer Gesellschaft beschäftigt habe. Deshalb möchte ich dich aus gelebtem Leben und aus meiner Sicht zu all diesen Gedanken einladen. Es ist schön, wenn du sie zulassen kannst, ohne darüber zu urteilen – mehr braucht es nicht – danke.

In all meinen Gesprächen, Erfahrungen und Gefühlen begegne ich so vielen ehelichen 'Schieflagen', dass ich mir nichts schönreden muss. Bei all den kriselnden Ehen die im Gefühl längst zuende sind (das sind die meisten!), ist seit dem 'wahrhaft-im-Herzen-glücklich-sein' Zeit vergangen, und es hat Entwicklung stattgefunden – ganz normal! Jeder der beiden Partner hat sich mit jedem Jahr mehr in die Richtung weiterentwickelt, die er/sie für richtig empfand und die im jeweiligen göttlichen Seelenplan vorgesehen war. Dies gilt es zu akzeptieren – friedlich, liebevoll und achtsam! Warum also nicht die Beziehungen wechseln, bestenfalls mitfühlend und ohne zu verletzen?

Ich würde sogar sagen, dass Verletzungen nur dann auftreten können, wenn sie aus zurückliegenden schmerzhaften Erlebnissen im Herzen des Partners/der Partnerin eingeschlossen, zwar vernarbt aber nicht wirklich verheilt sind. Diese bisher ungeheilten alten Herzenswunden werden durch sich wiederholende unangenehme Berührungen/Ereignisse erneut aufgebrochen, und man gibt dem/der aktuellen Partner/In unbewusst tatsächlich die Schuld für diese, in solchen Situationen aufschreienden, lange zurückliegenden Verwundungen, die mit ihm/ihr meist gar nichts zu tun haben. Immer wieder – doch ist solch gewohnheitsbedingte Reaktion wirklich richtig? Und dabei bieten oftmals neue, stimmigere Partnerschaften eben genau diese einmalige Gelegenheit, alte Verletzungen anschauen zu dürfen, aufzuarbeiten und zu heilen – beiderseitig zu heilen.

Ich weiss nicht mehr, wo ich einst las und es mir aufschrieb, *„...dass jede neue Beziehung eine Gelegenheit ist, durch die grenzenlose Kraft der Liebe sich selbst und die Vergangenheit zu heilen, denn in einer anderen Dimension lebt die Vergangenheit schließlich in Form von alten Glaubensmustern, Erinnerungen und Verhaltensweisen weiter. Und sich im JETZT mit den diesbezüglich aufkommenden Gefühlen gemeinsam, offen und ehrlich, sich gegenseitig achtend zu beschäftigen, schließt einen Heilprozess ein, der aus der Vergangenheit durch die Gegenwart wirkt, hinein in die Zukunft.“*

Deswegen meine ich, dass es gilt, die wahre Liebe zu finden – und zwar erst einmal in sich selbst! Denn wo sonst als in der bedingungslosen Selbstliebe ist es einfacher, Veränderung zuzulassen, Freiheit zu gewähren, Neues zu erfahren, Vertrauen entgegenzubringen, andere Menschen und sich selber besser kennenzulernen/zu akzeptieren, Offenheit zu genießen und sich damit der Freude, dem Glück und vielleicht sogar der Gesundheit und Spiritualität hinzugeben? Ich gehe sogar so weit und erwarte zukünftig, dass man in einer modernen Welt keineswegs verheiratet sein muss um Familie zu haben und auch als solche anerkannt zu werden! Ja, soviel Fantasie gönne ich mir an dieser Stelle ohne darüber nachzudenken wie das rechtlich (wenn überhaupt geregelt) aussehen könnte (...☺)

Also nochmal: Aufseiten der Liebe und der guten Gefühle braucht es keine Verträge oder Rechtslagen, soviel ist schon mal klar. Und Wahrheit, Vertrauen und Freiheit sind ein wesentlicher Bestandteil der reinen Liebe. Und diese Liebe macht uns niemals ein schlechtes Gewissen so wie der Verstand es oftmals tut, in dem er uns (Schein-)Gefühle einpflanzt die nach Schuld riechen, nur um selber beachtet/gelobt zu werden, weil er ja glaubt, es im Sinne der alten Gesellschaftsregeln gut mit uns zu meinen. Wie so oft bemüht sich der stets belehren wollende Verstand, wieder einmal wie gewohnt und vergangenheitsorientiert die Oberhand zu gewinnen, anstatt sich rauszuhalten aus dem Gefühls-, Kreativ- und Fantasieleben!

Als angenehme Randerscheinung eines offeneren, *neuen partnerschaftlichen Lebensmodells* würden sich gleichzeitig und selbstverständlich jegliche Geheimnisse oder Situationen des Nicht-ganz-vollständig-die-Wahrheit-sagens erübrigen die sich zwangsläufig in vielen Ehen und eheähnlichen Gemeinschaften auf der Gewissens-/Verstandsebene ergeben. Daraus und aus den Augen der reinen Liebe betrachtet: Ohne die Verstandsansicht gäbe es kein 'Betrügen' oder 'Fremdgehen', denn auch das ist nur eine Erfindung von einem konservativ regelkonformen Ego, das Angst hat, sich aus alten eingefahrenen Systemen zu lösen und deshalb stur (eisern/ehern) daran festhält.

Zum besseren Verständnis der Versuch einer 'weicheren' Erklärung: Sollten sich in solchen Fällen Partner/Innen wirklich in eine 'andere Richtung' orientieren ('fremdgehen' ...☺), dann gilt es doch lediglich achtsame Lösungen zu finden, aber keinesfalls zu verurteilen zu streiten und in alten Verletzungen herumzurühren! Nie liegt die Ursache nur bei einem und jegliches Tun folgt letztlich den vorangegangenen Gefühlen/Gedanken/Befürchtungen/Wünschen. Bei derartigen Auseinandersetzungen vergessen die Betroffenen in ihren Argumentationen leider, dass fernab der Liebe nur ein verletztes Ego gesehen werden will. Wahre Liebe hingegen lässt eine verzeihende Sichtweise zu und ein sogenanntes 'Fremdgehen' kommt eh nur in Partnerschaften vor, die nicht vollumfänglich in Ordnung sind. In meinen Augen wäre ein solches Umdenken ein wahrer Fortschritt, welcher Partnerschaft jeder Art zuließe und die Beschäftigung mit wahrer Liebe fördern würde. Deshalb und um dein Gewissen zu beruhigen, müsste derartige Veränderung nicht gleichzeitig das Abschaffen der Ehe bedeuten.

An diese Abschnitte angelehnt, noch einige Gedanken zu einer neuen Paar- oder Familienphilosophie: Unser Verstand und sein Denken hätten sich schnell an neue Verhaltensmuster gewöhnt, denn alles und jeder fühlt sich wohler in einem Leben, das jedem seine Freiheit lässt die man ohne Einschränkungen auch kommunizieren darf. Die einzige und alleinige Schwierigkeit wäre es, dass es einer (bisher unvorstellbaren!) amtlichen Vorraussetzung/Veränderung/Neuerung (Flexibilität) bedürfte, die das Einwohnerkontrollsystem – ich gebe es zu – wahrscheinlich erschweren würde (...☺). Was aber nicht sein muss! Oder hat sich bisher schon jemand mit einem 'alternativen System' beschäftigt oder konnte dessen Tauglichkeit testen? Wahrlich ein Grund, darüber nachzudenken, dass solche alten, eindeutig nicht mehr zeitgemäßen Systeme – erst recht mit Blick auf die Scheidungsrate(!) – einfach nur überdacht und durch eine neue, wahrhaft menschenfreundlichere und unkomplizierte Handhabung ersetzt werden könnten. Und Menschen gewöhnen sich im Gegensatz zur trägen Ratio des Amtsschimmels (Verstand!) schnell an neue Regeln und Verhaltensweisen, vor allem wenn sie sich gut anfühlen.

An dieser Stelle magst Du lächeln, weil diese Art (Paar- und Familien-)Leben dir erst einmal unbekannt, vielleicht sogar unvorstellbar ist, und deine streng gesellschaftliche und vor allem religiöse Prägung das nicht zulassen *darf!* Aber ich spüre, dass eine Stimme aus deinem Inneren flüstert: „Das wäre eine Neuerung, an der etwas Sinnvolles und Wahres dran ist(!) und langfristig sehr positive Veränderung brächte.“ Ist es nicht genau das, was *d e i n G e f ü h l* in dem Moment verlauten lässt? Obacht, denn ich möchte wetten, dass gleichzeitig und noch nicht ausformuliert, dein Verstand schon auf der Matte steht, den drohenden Zeigefinger von Vernunft, Verantwortung und Sicherheitsempfehlungen erhebt, um dich zu fragen wie das in die Praxis umgesetzt werden soll? Vor allem, weil so ziemlich jeder Verstand sich dagegen wehrt, die vertrauten gesellschaftlichen und eigenen Normen anzuzweifeln oder gar hinter sich zu lassen. Tja, und da steht sie nun schon wieder, zu einem völlig anderen Thema – deine Angst und damit dein Festhalten an altvertrauter Sicherheit, die in Wahrheit keine ist ...sondern einen anderen Namen trägt: 'Bequemlichkeit', 'Sturheit' oder gar 'Ohnmacht'!

Lieber Verstand, die Lösung ist ganz einfach – so wie vieles andere auch umgesetzt wird – einfach mal ausprobieren, und das Leben/die Zeit wird bald schon den besten Weg präsentieren. Und wir dürfen alles, aber tatsächlich alles an Regelwerk, in dem wir leben und uns hineinpressen lassen, mal nicht ganz so eng sehen, sondern wenigstens gedanklich damit 'spielen' lernen. Und das, ohne andere vorsätzlich zu verletzen oder ihnen zu schaden. Insofern ist es meine Empfehlung, das allernächste Umfeld genau zu beobachten, hineinzuspüren und dessen Botschaften wahr-zu-nehmen, weil es keine besseren Lehrmeister gibt als Partner/Innen, Kinder, Pflanzen und Tiere. Und das Schöne daran – es gibt davon unendlich viele, die mit ihren Lektionen nur darauf warten, von uns erkundet zu werden. Richtig – es braucht ein bisschen Mut und einen sehr offenen Geist, so wie bei jedem ungewohnten Schritt in eine neue Richtung. Ich bin überzeugt davon, dass sich zum Thema 'Ehe und Familie' in unserer zukünftigen Gesellschaft noch einiges zu Gunsten der wahren Liebe verändern wird. Was meinst du? Ich fänd's schön – so sei es!

Mein Fazit: *„Wenn Liebe und Erkenntnis dir winken, dann folge ihnen. Schau hin, spüre hinein, lerne anderen gegenüber vor allem mitzufühlen; sage denen die es angeht die Wahrheit, dann gehe achtsam und liebevoll voran!" (...☺).*

Nach diesem 'Kurzausflug' in die Ehe blicke ich dankbar zurück, lasse viele Jahre Revue passieren und sehe, wie aus diesem eingeschlossenen Keim hinter der harten Schale – dem Kern meines inneren SELBST – so langsam aber sicher ein Pflänzchen namens *Stefan* gedieh und größer wurde. Inzwischen wuchs es symbolisch über mich hinaus, und ich spürte, wie sich ein wurzelstarker, kräftiger und widerstandsfähiger Baum daraus formen wollte. Das Gefühl für die Liebe war wieder da – spürbar und ausgeprägter als je zuvor! Es tat mir unendlich gut und half mir, mich auf meinem Weg zu entfalten. Bei diesen Gedanken erinnerte ich mich an eine 'Bestellung', die ich in der Folgezeit einmal in das weite, visionäre Feld von Energie und Liebe (...☺) gesandt hatte: Ich wünschte mir sehr bewusst „eine Frau in mein Leben, mit der ich glücklich bin!“ Fertig! Das war für mich ein Wunsch, der alles beinhaltete, was der Mensch so braucht, was zufrieden und herzensfroh macht. Und da es bekanntlich für jeden Topf einen Deckel gibt, kam zur rechten Zeit wieder eine Frau in mein Leben.

Die vergangenen Jahre hatten mich zu einem anderen Menschen geformt, und als solchen sollte Carla mich kennenlernen und in eine neue Zukunft begleiten. Ein gemeinsamer Weg begann, auf dem wir vieles erlebten und gemeinsam wachsen durften. Höhen und Tiefen haben ihre Eindrücke hinterlassen. Wir haben uns aneinander gerieben und uns aneinander geschmiegt. Wir durften auf ganz besonderer Ebene der Liebe erfahren, was es heisst und bedeutet, die uns verbindenden Gefühle heute noch zu spüren, dafür dankbar zu sein und mit der Erkenntnis leben zu können, dass Partner sich in der Tiefe ihrerselbst sehr ähnlich sind. Und so sind es von Zeit zu Zeit die unangenehmen Ähnlichkeiten, die wie in jeder Beziehung die Gefühle aufbrausen und manchmal überkochen lassen. Das Erkennen und Sich-darüber-bewusst-sein ist es letztendlich, was in diesen Spiegel schauen, verstehen und verzeihen lässt.

In Carla fand ich eine ratgebende, mitfühlende und auch kritische Zuhörerin sowie eine liebende Partnerin. Und da frage ich mich, weshalb es mir manchmal schwer fällt, ihr meine Sorgen vollumfänglich anzuvertrauen. Gefühle zu verschweigen, ist wohl die 'Männerkrankheit Nr. 1', die auch mich immer mal wieder stumm schaltet (...☹). Doch sie ist nicht nur Zuhörerin und Partnerin, sondern auch eine fantastische Gastgeberin, zugleich eine Köchin, bei der sich manch gutes Restaurant noch eine Scheibe abschneiden könnte. Ihre anfängliche Kritik über das Manuskript dieses Buches hat sehr zu seiner jetzigen Form beigetragen. Eine selbständige Allround-Frau, diplomierte Oecotrophologin (→ Ernährungsberaterin), die zu dem auch singt, musiziert und malt. Aktuell sind es ihre Wildkräuterwanderungen, die viele Menschen zu uns bringen. Ihr Malstil, der sich nach vielen Zwischenstationen vorwiegend auf die Aquarellkunst verlagert hat, entwickelt sich derzeit dahin, dass sie sich die Freiheit nimmt, in eigener Technik mit ihrem inneren Kind zu malen. Die Kurse bei ihr, im kleinen Atelier, erfreuen sich immer wieder großer Beliebtheit.

Mir selbst gibt sie Gelegenheit, das zu üben, was mir als Mann eine stetige Lernaufgabe zu sein scheint: Gefühle zulassen, darüber reden und diese auch leben! Sich beispielsweise umarmen, wenn's ihr oder mir schlecht geht und auch mal miteinander weinen. Das Weinen fällt mir zwar schwer, doch wenn ich es zulassen kann, dann tut es so unendlich gut, weil es den Teil der Seele heilt, der aus früheren Zeiten Verletzungen mit sich trägt. Und wie in meinem kleinen Umfeld, so in der großen Welt, denn das Seelenheil der gesamten Menschheit ist angeschlagen! Und dabei hat gerade das eine so enorme Bedeutung der wir uns viel mehr widmen müssten.

Aus meiner Sicht führt dies über die Heilung unserer, und im weitesten Sinne auch eurer Herzgefühle und auch derer, die dieses Buch erst später lesen ...natürlich auch all der anderen (...☺). Dir, liebe Carla, mein ganz besonderer Dank in einer herzlich-liebenden Umarmung. Deine tatkräftige Unterstützung, treue Begleitung, aufbauenden Worte, liebevolle Art und nicht zu vergessen die selbstgemachten, wunderbaren und verwöhnenden 'Köstlichkeiten' lassen mich immer wieder an mein eigenes und unser gemeinsames Wachstum denken. Ein Wachstum, welches sich im Äusseren darin zeigt, was wir über viele Jahre an Aufbauarbeit für unser gemeinsames Herzensprojekt geleistet haben. Aufbau und Neubeginn in einem Alter, in dem die meisten Gleichaltrigen schon 'Abbauen'. Ja, jetzt gönne ich mir ein heimliches Grinsen.

Mit ihr und unser beider gebündelten Kompetenz konnte die göttlich-natürliche Idee 'GOLDKÄFER-Naturweinbau' wie Phönix aus der Asche auferstehen. Insbesondere kam ich damit meiner Berufung – dem Wein – wieder in einer Weise näher, die ich zuvor für unmöglich hielt. Nein, noch nicht einmal das, denn die Art und Weise, wie ich ab diesem Zeitpunkt Wein anbaute und erzeugte, ist in 'meinem früheren Leben' in keinem Gedanken wahrhaft existent gewesen.

Neues Leben mit anderer Sichtweise

Unzählige Winzerkollegen/Innen erinnern mich oft genug an das, was ich in meinem Beruf in jungen Jahren erlernt hatte und was damals angeblich richtig und wichtig war. Heute teilweise schon wieder überholt und Schnee von gestern. Deshalb ist es sehr einfach, den jungen Leuten aktuell vorherzusagen, dass das, was derzeit an Schulen und in Berufen aller Art gelehrt wird, in dreissig Jahren – also nur einer Generation – durch neue 'Wahrheiten' abgelöst sein wird ...'hundertpro'!

Das ehemals Erlernte und die Vielzahl der alten Kollegen/ Innen sagen mir, was man unbedingt 'machen muss', um das Höchstmaß an Weintrauben zu ernten, damit möglichst viele große Fässer/Tanks gefüllt werden können. Denn in den meisten landwirtschaftlichen Köpfen – egal welcher Produktionsrichtung – herrscht die Meinung vor, dass nur die Menge des jeweils erzeugten Produktes das betriebliche Überleben sichert. Viel Wein für wenig Geld (kleiner Preis!) kann aber in meinen Augen keine Lösung sein, was ich in meinem beruflichen Engagement schon in den 1980er Jahren propagierte. Auch heute noch entstehen in diesen konträren Meinungen fachlich-kollegiale Gespräche, in denen ich manchmal mit Branchenkundigen herumsimple, die sich aber nach wie vor mit meiner Auffassung von Weinbau und wahrhaft modernem Marketing in keiner Weise decken. Ebenso höre ich von dem ein oder anderen schon mal, mit einem Unterton von Abwertung und von einem Lächeln begleitet, dass das doch gar nicht möglich sei, was ich mache: Weinbau betreiben ohne jegliche Chemie ...!? Meine Frage an diese Menschen lautet: *Wie kann ich etwas beurteilen, was ich selber nie ausprobiert habe?*

Es sind Meinungen von Kollegen/Innen, die sich ständig an dem orientieren, was ihnen wiederum andere Kollegen/Innen, Mentor/Innen, Seminare, Fachzeitschriften, sowie Verkäufer/Innen damit verbundener diverser Industriezweige suggerieren. Anscheinend bemerken sie nicht, wie sie als Winzer immer weiter weg von ihrer fachlichen Bodenständigkeit und wahren Selbständigkeit, vor allem aber ihrem gesunden Menschenverstand manipuliert werden. Selbige wollen mir erklären, 'wie es richtig gemacht wird', obwohl ich dieses 'Richtig' kenne, und es trotzdem anders mache, weil ich eine eigene Meinung habe, die aus umfangreicher und jahrelanger Erfahrung entstand. Ich bin diplomatisch genug, um mich aus kaum enden wollenden Konfrontationen und Diskussionen herauszuhalten und mich nicht rechtfertigen zu müssen, denn sie würden meine Aussenseiterargumente nicht verstehen oder wirklich ernst nehmen. Es ist in Ordnung – ich habe gelernt, damit zu leben und habe im Dschungel der modernen 'Müssens' meinen Weg am äusseren Rande einer komplizierten europäischen Weingesetzgebung gefunden. Regularien, die sich laufend ändern, und die sämtliche landwirtschaftlichen Bedingungen aller Länder auf diesem Kontinent, der einfacheren Bürokratisierung und Kontrolle wegen, gleichmachen wollen. Alle und alles blind und rücksichtslos über einen Kamm scheren trotz manchmal extrem unterschiedlichster Produktionsbedingungen – ja geht's noch!?

„Sich immer anpassen, ständig das Vernünftige und Richtige tun müssen, endet in unerträglichen Zwängen, die alles Lebendige und jedes Gefühl dafür abtöten.“

Weil ich diesem 'Weinbau-Funktionssystem' zwangsweise entrissen wurde, waren mir natürlich auch die Möglichkeiten genommen, wieder brav funktionierend (so wie es üblich ist ...☺) dort einzusteigen. Gebäude, Maschinen und Gerätschaften waren mir schließlich größtenteils genommen. Allein schon die Tatsache, mein Vorhaben in heutiger Welt, ohne diese Basisausrüstung im Weinbau anzufangen, kann kaum jemand nachvollziehen der sich nicht in meine Situation hineinversetzen kann – muss auch nicht! Ich für mich wusste ganz sicher, dass mein Weg durch dieses Leben mit Weinbau, meinen diesbezüglichen Visionen und damit zusammenhängender Intuition zu tun hat. Allein schon deshalb blieb mir zu dem Zeitpunkt nichts anderes übrig, als einen sehr einfachen und damit geradlinigen Weg einzuschlagen: ...den Weg der Natur!

Da war auch noch etwas anderes Kurioses, was mich schon seit vielen Jahren immer wieder berührte und bewegte. Als Kind hatte ich im Alter von ungefähr fünf bis sieben Jahren einen Traum an den ich mich immer wieder erinnerte, und dessen Symbolik mir Jahrzehnte später sehr bewusst war. Mir wurde klar, dass dieser Traum für mich irgendwann von großer Bedeutung sein sollte – warum auch immer. Erstaunlich, denn dieser Kindheitstraum, der damals für mich ein Albtraum war, ließ mich am frühen Morgen erwachen. Ich konnte kaum wieder einschlafen, weil mich der Inhalt wie folgt sehr tief im

Inneren berührte: Und zwar kam ich als Kind durch die Tür in unsere damalige Scheune, wo neben vielem anderen auch die Weinkelter stand. Diese Gerätschaft und der damit zusammenhängende Arbeitsablauf war mir im alljährlichen Weinleserhythmus schon als Kind vertraut. Im Traum sah ich diese tonnenschwere Kelter an ihrem fest angestammten Platz stehen, und unmittelbar davor im steinharten Betonfußboden entdeckte ich einen riesigen Fußabdruck. Jedenfalls – auf mich als kleiner Junge wirkte er riiiiiiesengroß. Auch die Tatsache, dass er sich in altem ausgehärteten Beton zeigte – praktisch unmöglich – war mehr als nur eindrucksvoll. Optisch wirkte es auf mich, als wenn jemand seine Spur im Schnee hinterlassen hätte, aber in meiner Traumwelt sah ich dieses Kuriosum seltsamerweise unauslöschlich ausgehärtet im Beton.

Für mein damaliges Empfinden rührte der Abdruck von einem Urtier, vielleicht einem Dinosaurier oder etwas ähnlichem. Mein 'Traumbild' zeigte nur diesen einen Fußabdruck, weiter war nichts zu sehen, doch in meinen kindlichen Emotionen berührte es sehr tiefe alte Schichten, die mir Angst machten. Es löste eine derart angsteinflößende Erfahrung und einen solchen Schrecken in meiner Kinderseele aus, dass ich mich am folgenden Tag nicht traute diese Scheune zu betreten. In meiner Angst, dort einem wilden Urtier zu begegnen, erzählte ich es meinem Vater, und wir schauten uns gemeinsam die Scheune an. Natürlich war nichts zu sehen, was in den folgenden Wochen meine Furcht wieder schwinden ließ. Dennoch hatte ich diesen Abdruck noch lange Zeit in ängstlicher Erinnerung immer dann vor Augen, wenn ich unsere Scheune betrat. Mir war, als hätte ich ihn nicht nur dort im Fußboden gesehen, sondern in meiner Emotionswelt war ebenso ein tiefer Abdruck davon zurückgeblieben.

Heute noch, wenn ich über meine Art Weinbau philosophiere, in Gedanken versinke, oder meinen Visionen nachgehe, denke ich manchmal an diesen Kindheitstraum, der mir seit vielen Jahren ganz eindeutig sagt, dass ich selbst – wenn man so will – dieses 'Urtier', dieser Dinosaurier bin. Ein Urgeschöpf des Weinbaus, das unbeirrbar seinen eigenen Weg geht, das wie vor vielen Generationen seinen Weinbau betreibt, an gewachsener, gesunder Tradition festhält und trotzdem neuzeitliches Wissen nutzt. Denn all das Moderne, was uns heute als wichtig verkauft wird, das haben die Mesopotamier, die Griechen, die Kelten, die Römer und unsere direkten Vorfahren nicht gebraucht um guten, trinkbaren Wein herzustellen. So darf ich Jahr für Jahr erfahren, dass es auch heute noch auf sehr einfachem Weg möglich ist, in natürlich individuellen Maßstäben wunderbaren und einzigartigen Wein zu erzeugen.

„Tradition kann nach gesundem alten Holz duften
oder nach fauligem Moder riechen.
Das hängt ganz davon ab, wie man sie pflegt.“

> Stijn Streuvels, belg. Schriftsteller <

Da ich den Beruf des Winzers noch von Grund auf erlernt habe (inkl. Großvaters Erfahrung) und schon von Kindesbeinen an darin tätig bin, verfüge ich noch über altes Fachwissen, auf das jüngere Kollegen/Innen kaum zurückgreifen können. Das Wissen darüber wie es möglich ist, ohne umfangreiche technische Ausrüstung und Hilfsmöglichkeiten in aufwendiger, manchmal mühevoller aber liebevoller Handarbeit guten Wein erzeugen zu können. Dieses Wissen und das zu Beginn geliehene, wirklich nur allernötigste Equipment, gestaltete das Fundament meines neuen Anfangs. Ein paar wenige Weinberge des ehemaligen Familienbesitzes waren mir geblieben – keine eigenen Gebäude, keine Kunden, nicht mal ein Traktor aber mit all der erforderlichen Kompetenz ausgestattet, um diesen Betrieb in angemieteten Räumlichkeiten, so wie man ein Kind ins Leben begleitet, langsam ans Laufen zu bringen.

Meine mittlerweile etwa zwanzigjährige Erfahrung ohne Chemie sagt mir, dass unsere Schöpfung die Weinrebe nicht 'erfunden' hat, damit wir sie mit 'Medikamenten' am Leben erhalten! 'GOLDKÄFER' ist ein anderer Weinbau und er bedarf wahrhaft alter Reben deren Genetik mindestens aus den 1950/'60er, besser noch früheren Jahren stammt – 'wurzelecht' und unverfälscht. Somit 'ur-original' über unzählige Jahre abgehärtet, und nicht nach modernen Richtlinien 'verzüchtet' ist.

Aus dieser Erfahrung glaube ich kaum, dass meine Vision mit aktuell üblichen Züchtungen/Pfropfreben überhaupt möglich ist. Diese modernen leistungsgezüchteten 'Sensibelchen' fügen sich lediglich besser in die maschinelle Bearbeitung, bringen oft bessere Mostgewichte (Süße), oft auch mehr Ertrag, füllen trendige Marktlücken und sind angeblich der ein oder anderen Rebkrankheit gegenüber resistent. Doch extreme Jahrgänge, mit entsprechend ungünstigen Witterungsbedingungen zeigen, dass auch dies eine Lüge ist. Demzufolge habe ich mit meinen alten Reben eine eigene sogenannte Erziehungs- und Bearbeitungsmethode entwickelt, womit es möglich ist, hochwertige Weine bei zufriedenstellenden Erträgen zu erzeugen. Und die Erwähnung und somit das Wetteifern in den allseits bekannten (Mainstream-) Weinführern ist nicht mein Ziel!

Die Ertragsmengen dieses natürlichen Weinanbaus sind logischerweise wesentlich geringer als bei den spritzenden Kollegen/Innen, doch dafür unterscheiden sie sich in wesentlichen Eigenschaften von deren Weinen und allein diese Individualität ist es für mich persönlich schon wert, diesen Weg als Vorreiter eines in unserem Jahrhundert einzigartigen Weinstils beizubehalten. Keinesfalls möchte ich den herkömmlichen Weinbau und die darin arbeitenden Winzer/Innen durch meine Betrachtungsweise kritisieren oder gar anprangern. Doch ich habe für mich einen anderen Weg gefunden, einen der mich zufriedener macht! Das ist schon alles, damit tue ich niemandem in der Branche etwas zuleide und möchte mich einfach nur akzeptiert wissen, ohne belächelt oder dafür abgewertet zu werden.

Schon öfter in diesem Buch gab es Hinweise oder Beweise dafür, dass diejenigen, die andere Wege einschlagen als es der 'Mainstream' vorsieht, es schwer haben, und gerade das ist manchmal schon Herausforderung genug, um als Aussenseiter in diesem ratiogesteuerten, geldgierigen Markt bestehen zu können. Etwas Neues anzufangen, erst recht! Und ein neues Geschäftskonzept – wenn man es denn so nennen will – funktioniert nach meiner Meinung und Erfahrung in jeder landwirtschaftlichen Branche nur...

a) ...durch Anpassen an die 'genormten' Vorgaben, so wie es fast alle tun. Dies erfordert in der Regel einen gesättigten eigenen oder fremden finanziellen Hintergrund.

b) ...durch weitestmögliche Verweigerung gegenüber den geldgebenden 'Beeinflussern' und der Bürokratisierung mit allen (vor allem finanziellen) nachteiligen Konsequenzen sowie...

c) ...durch das zielstrebige Einschlagen komplett anderer Wege, eingeschlossen das Inkaufnehmen vielfältiger Einbußen – selbstbestimmt – auf der ständigen Suche nach 'legalen Schlupflöchern' innerhalb dieser, für mich äusserst fragwürdigen europäischen 'Ordnung', die man auch als undurchsichtig-subventionierte Planwirtschaft bezeichnen könnte.

Ich selbst habe die letztere Variante gewählt bzw. bin aufgrund meiner Vorgeschichte durch einen weisen Fingerzeig meines Schicksals regelrecht in diese Richtung gedrängt worden. Im Nachhinein würde ich sagen, dass dies der einzig richtige Weg war, zu meinen wahren Fähigkeiten und meiner Bestimmung zu finden. Die schlussendliche Entscheidung für den selbständigen Weinbau lag deshalb auf der Hand, weil es meinem Charakter, meinen Talenten, meinen Ideen und Visionen am nächsten kam. Doch es sollte ein steiniger Weg werden, der eine Menge fachlicher Kompetenz, Durchhaltevermögen, Diplomatie, Durchblick, Weitsicht und letztlich viel Lebenserfahrung erforderte. Es ist ein weiterhin sehr lehrreicher Weg, den es in aller Konsequenz beizubehalten spürbar lohnt.

Kleinbetriebe der Landwirtschaft (dazu gehört auch der Weinbau), die ihre Arbeit mit Freude und Liebe tun – und das schmeckt und spürt man – passen derzeit absolut nicht ins bestehende komplett kontrollierte Wirtschaftssystem, in dem die 'Großen' schon wie die Geier darauf lauern, wieder einen 'Kleinen' schlucken zu können oder aufgeben zu sehen. Ist es nicht ein Witz, dass dieses kranke krebszellenähnliche Wucherwachstum der Großbetriebe sogar noch durch umfangreiche Subventionen auf Staats- und EU-Ebene gefördert oder manchmal auf fragwürdigen Wegen, des 'guten Bildes' wegen, künstlich am Leben erhalten wird? 'Kleine', ehrlich und mühevoll arbeitende redliche Landwirte, die sich nicht bis ins letzte Detail an diesem ausufernden Kontrollsystem (mittlerweile auf digitale Ebene wechselnd) beteiligen, haben keine Chance, auch nur einen einzigen Euro an Förderung oder Zuschuss zu bekommen – eine Farce!

Landwirtschaft bedeutet in meinen Augen schlussendlich 'gesunde Ernährung', um die Menschen möglichst regional mit Lebensmitteln versorgen zu können. Keinesfalls aber 'Geldvermehrungshandel', an dem sich alle Zwischenhändler auf Kosten des Erzeugers gierig bereichern. Alternativ gibt es die industrielle Herstellung von steril-toten Produkten, die in meinen Augen nur rein äusserlich so aussehen, als seien es Lebensmittel. Sie sind alles andere als wohlschmeckend, wohltuend und nährend für den menschlichen Körper. 'Pseudo-Nahrungsmittel', die nur noch Füllmaterial zum Hunger- und Durststillen darstellen fast ohne jeden den Körper stärkenden Inhalt und Nährwert. Auch wenn die Etiketten ('Beipackzettel' ...☺) mit noch so vielen wichtigen Inhaltstoffen und Lügen die Augen der naiven Käufer blenden. Fastfood und fettleibige Menschen, Ohnmacht und Bequemlichkeit, Aggressivität und Krankheit, Dummheit und Ist-doch-mir-egal-Gedanken erwachsen daraus. Das kann doch nicht unsere und eure Zukunft sein! Oder?

Vieles kann man im menschlichen Zusammenleben sowie der produzierenden Wirtschaft mit- und untereinander gleichmachen/behandeln/handhaben – was oft sogar einfach ist und Sinn macht – aber ich bin mir sicher, dass dies in keinem Produktionsbereich ohne schwerwiegende Folgen möglich ist, der in irgendeiner Form von der Natur abhängt! Deshalb gilt es im menschlichen Zusammenleben eben auch diese Unterschiede mit all ihren fein differenzierten Nuancen, Denk- und Verhaltensweisen zu berücksichtigen. Und wir haben tatsächlich die Möglichkeit, die krankmachenden Dinge und Umstände in allen Bereichen in jederlei Hinsicht zu verweigern (sofern sie noch wahrgenommen werden). Doch wieviele Menschen tun das? Und was industrielle Landwirtschaft mit sich bringt, das sehen wir, wenn wir ehrlich in unsere gefühlskalten und plastikverpackten, 'lecker-sterilen' Lebensmittelabteilungen der Großdiscounter schauen, die in Hamburg genauso herausgeputzt aussehen und Lügen verkünden, wie in München oder in Berlin oder in Köln, auch in Leipzig, Frankfurt ...überall!

Ich persönlich bekomme schon das Grausen, wenn ich die Verkäufer/Innen mit ihrer neuerlich grau-schwarzen Kostümierung inklusive der schwarzen Latexhandschuhe sehe, auf denen sich die Bakterien genauso versammeln wie auf der menschlichen Haut, welche wenigstens noch einen natürlichen Reinigungseffekt hat. Geradezu nichts schmeckt mehr nach dem was es sein soll, und kaum einer bemerkt es. Carla sagt ganz gerne dazu: „Wenn ich in einer Lebensmittelabteilung das nicht mehr rieche, was mich umgibt, und mit verbundenen Augen eine Tomate am Geruch nicht mehr von einem Apfel unterscheiden kann, dann stimmt doch etwas nicht!“ Da ist wohl viel Wahres dran. Billig, billiger und am Billigsten soll die Massenware für die Massenmenschen sein, ohne einen Blick auf die Herstellungsbedingungen, die für solche in jeder Hinsicht 'leblosen' Industrieprodukte verantwortlich sind. Wie lange werden uns noch minderwertige Nahrungsmittel völlig überteuert verkauft?

Ergänzend dazu gibt's ja 'BIO'. Doch was ist die Wahrheit darüber? Der Handel mit Bio-Waren ist inzwischen zu einem undurchsichtigen, gut funktionierenden und fragwürdigen Hochpreismarkt für die geworden, die es sich noch leisten können und tatsächlich glauben, sie würden dort Besonderes erwerben – womöglich in 'Bio-Plastik' verpackt (...☺). Ein Abzockermarkt, der zu etwa 90 Prozent (eigene Schätzung!) eine rein profitorientierte, menschenverachtende Geldmaschinerie ist. Ganz ehrlich – ich bekomme fast schon eine Allergie, wenn ich das Wort 'BIO' nur höre/lese. In den Anfängen als wahrhaft gute Sache ins Leben gerufen, doch was bis heute wirklich daraus wurde und welch natur- und gesundheitsschädigende Praktiken den gutgläubigen Menschen verschwiegen werden, das schreit oftmals zum Himmel. Gut, dass kaum jemand weiss mit welch hochgiftigen Substanzen diese Lebensmittel (legalerweise) behandelt werden dürfen. Aus einer ursprünglich guten Idee sind überteuerte Produkte der 'Marke BIO' geworden, denn nichts anderes ist es mehr. Und alle

Landwirte die an höheren Gewinnen interessiert und dazu auch noch bereit sind, sich ständig kontrollieren zu lassen, hängen sich an diese und die ihr angeschlossenen Marken dran – egal wie ihr Name lautet. Hauptsache das bessere Einkommen ist gesichert! Ganz bewusst distanzieren wir uns von "BIO-" und ähnlich zertifizierten Betrieben, denn wir finden die Handhabung dessen, was doch eigentlich natürlich und normal sein sollte als unkontrollierbare Pseudoqualität! Und dabei bräuchte es einfach nur Ehrlichkeit!

Die natürliche Existenz von Pflanzen, Tieren und Menschen ist auf diesem Planeten bedroht, teilweise schon vernichtet und die dafür zuständige, krankhafte und rücksichtslose Lobby wird weiterhin unterstützt, wird subventioniert und gutgeheissen (...☹). Und hinter dem Wort 'Lobby' da verstecken sich tatsächlich Menschen – Egoisten – und was für eiskalte! Ein einziger Witz – kein Verantwortlicher will hinschauen, Hauptsache die (Schmier-)Gelder fließen. Stattdessen werden die 'Machthaber' verbal und finanziell gefördert, und fast alles ist möglich – nur eine Sache des Preises! Ist es nicht ein gutes Beispiel dafür, dass eine jede Gesellschaft so funktioniert, wie es ihr von 'oben herab' – sprich von der verantwortlichen Politik bzw. dem jeweils herrschenden, hierarchischen System – vorgelebt wird? So auch bei uns!

Ich frage mich, wieviele Generationen wir noch brauchen, bis sich ein System findet, das derart korrupte Ausbeutungsenergien endlich und konsequent stoppt? Welche von uns sogenannten 'Katastrophen' müssen uns noch ereilen, bis wir erkennen, dass man Geld nicht essen kann?

„Erst wenn der letzte Baum gefällt, der letzte Büffel getötet, der letzte Fluss vergiftet und der letzte Fisch gefangen ist, werdet ihr merken, dass man Geld nicht essen kann.“

> *Weissagung der Cree-Indianer* <

Was muss noch geschehen, dass die Regierenden und die, deren Marionetten sie sind, endlich bemerken, dass unsere wunderbare Schöpfung der Natur einer eigenen Gesetzgebung unterliegt, die im positiven Sinne ihres Gleichen sucht. Diese können wir weder überlisten noch berechnen oder dauerhaft beeinflussen, sondern sie ist immer wieder im Stande, ein von Logik geprägtes Hirn zu überraschen. Gut so!

Ich persönlich lasse mich gerne überraschen und kann mich auch einer Klimaveränderung anpassen, ohne dagegen zu rebellieren, sondern halte mich für fähig und flexibel genug, mich den Regeln höherer, natürlicher Mächte anzupassen. Ich unterliege nicht der allgemeinen 'Krankheit', dass alles sich meinem (Wunsch-)Denken anzupassen hat, und ich aus Angst vor etwas Neuem, die Dinge um mich herum verändern, gar bekämpfen muss.

Klimawandel gab es immer schon in der Evolutionsgeschichte dieser Erde, und immer wieder wurde dadurch irgendetwas verändert oder bereinigt, und anschließend ging das Leben weiter – soweit ich weiss – oder etwa nicht? Einen einzigen entscheidenden Unterschied gibt es allerdings zu 'damals': Heute provoziert und beeinflusst ein anderer Menschenschlag ganz erheblich die weiteren Geschicke, wenn nicht sogar den Fortbestand dieses Planeten in seiner jetzigen Form. Und das auf eine unfassbar arrogant-krankhafte, ja sogar totbringende Art und Weise. Gefühlsblind und -taub geworden durch eine unglaubliche Selbstmanipulation auf dem rücksichtslosen Weg hin zu menschenfeindlich technischem Fortschritt, zu egoistischer Habgier und persönlichem Vorteilsstreben.

Von wegen Kampf gegen den Klimawandel! Eine Aussage, über die man nicht wirklich ernsthaft nachdenken darf, denn es ist einfach nur lachhaft, wie die Menschheit sich von den gewählten 'Führern' verarschen lässt. Welcher Lügen, Strategien und Waffen bedarf es wirklich, um ein Klima zu bekämpfen? Gar ein komplettes Klima zu verändern – häää? Kannst du dir dieses, in seinen kosmischen Ausmaßen unfassbare Absurdum überhaupt bildlich vorstellen? Ist diese Dimension und die einzuleitenden Vorgehensweisen unseren 'Anführern' überhaupt bewusst? Ich bezweifle es!

Glaubst du wirklich, dass DIE wissen, was sie tun, wenn in Deutschland Feinstaubregelungen getroffen werden, die sogar Abgase zwischen Diesel- und Benzinverunreinigung unterscheiden? Andere Länder lachen über den Schwachsinn, mit dem hierzulande die Menschen schikaniert werden nur um ihr Kaufverhalten sehr zielorientiert zu manipulieren. Währenddessen wird an anderer Stelle der weltweite Konsumtourismus gefördert, die Rodung von Urwäldern subventioniert, sogenannte Bodenschätze rücksichtslos geplündert und weiterhin wird unser Wohltandsmüll zu einem Teil in die Meere entsorgt. Sind solche (Schein-)Maßnahmen wie z. B. diese Feinstaubregelung nicht in Wahrheit gut getarnte Ablenkungstaktiken von den wahren Ursachen, oder sind es gar Problemverschiebe-Manöver? Vorgehensweisen, die auf ein umwelt- und ozonschichtschonendes Gesamtergebnis bezogen, doch absolut nichts, garnichts, null und überhauptnichts bewirken!

Mein gesunder Menschenverstand kann es nicht fassen! Ist der Kampf gegen einen Klimawandel nicht weit überdimensional anmaßender als in der Geschichte von Don Quichote (...☺)? Doch wenn die Politik sich schon unbedingt kümmern und etwas tun will (besonders zum Zeitpunkt anstehender Wahlen!), dann sollte sie die zerstörerischen und totbringenden Machenschaften unserer vom Wahnsinn besessenen Artgenossen rigoros ausmerzen. Mehr braucht es nicht – mein Wunschdenken... jawohl! Damit wären wir schon einen großen Schritt voran. Und im Übrigen sollten sich gerade DIE mal ernsthaft mit den Naturgesetzen und den natürlichen Rhythmen unseres Universums beschäftigen. Würden sie das nämlich tun, dann wüssten sie, dass man grundsätzlich allem dem man den Kampf ansagt, Energie gibt – also genau das Gegenteil von dem erreicht was man will. Kampf dem Klima, Kampf dem Ozonloch, Kampf dem Terror, Kampf dem Krebs, Kampf der Korruption, Kampf den Hackern, Kampf den Steuersündern, dem Kindesmissbrauch, der Arbeitslosigkeit, dem Verkehrschaos, der Umweltverschmutzung und der Dummheit!

Schau dich um und betrachte das Weltgeschehen mit ehrlich-offenen Augen: Alles was wir 'bekämpfen', wächst und breitet sich weiter aus, weil wir der Keimzelle, der wahren Ursache keinerlei Beachtung schenken, sondern den Fokus oft durch regelrechte Hetzkampagnen allein auf die sich verbreitenden Auswirkungen lenken. So wie in der Schulmedizin, wo auch nur die Symptome diagnostiziert und 'bekämpft' werden, anstatt sich die Ursachen anzuschauen. Und dadurch, dass ich einem (ungewollten) Umstand enorme Beachtung schenke, die ihm in keiner Weise zusteht, stärke ich in Wahrheit das, was ich zu eleminieren wünsche.

Gerade so wie bei einem Kind, dem ich etwas verbiete. Dort wirken die gleichen Energien, und deshalb wissen wir alle, vor allem wir, die wir uns noch an Kindertage erinnern, dass gerade ein Verbot, was ja auch nichts weiter als eine 'Kampfansage' ist, uns Ansporn gab, dies oder das gerade des Verbotes wegen – oft unauffällig – aber doch zu tun. Stimmt's? Und genau so funktioniert der angekündigte Kampf mit allen darauf einwirkenden Energien (in jeder Dimension) auch im richtigen, irdischen Erwachsenenleben (...☺). Ich bin erstaunt über soviel politische Dummheit und fasse nicht, dass sie immer noch steigerungsfähig ist! Wohl dem, der durchblickt!

Vieles gäbe es an dieser Stelle noch zu erläutern oder aufzuzählen. So vieles von dem, worunter unser Nährboden, der Planet Erde, wahrhaft leidet. Zu vieles geschieht, was auf Kosten unserer Gesundheit, unserer Würde, des friedlichen, achtsamen, menschlichen Miteinanders ausgetragen wird, und auf das wir 'ganz normalen' Menschen keinen Einfluss haben. Allein schon deshalb, weil diese Dinge in Größenordnungen ablaufen, die unsere Möglichkeiten des Eingreifens von vorn herein unterbinden. Drum ist es mein Vorschlag, dass ein jeder einfach nur in seinem kleinen Umfeld, auf das er Einfluss hat, diese Dinge anspricht und das verändert, was er persönlich verändern kann. Und wenn das irgendwann alle machen, sind wir doch schon da, wohin wir in der Tiefe unserer Seelen wollen. Hin zu Frieden, Licht und Liebe! Ich freue mich darauf!

Ich kann natürlich nur über meine eigene Einstellung zu diesen Dingen schreiben. Doch alleine schon das Beschäftigen mit der Natur und allem, was in irgendeiner Form damit in Zusammenhang steht, wird auch dich sensibler für die Umwelt fühlen lassen. Sich mit Natur beschäftigen, bedeutet letztlich auch, dass du selber natürlicher wirst und dein Umfeld natürlicher und sensibler wahrnehmen lernst. Und das mit fortschreitender Zeit mehr. Auch hier beginnt bereits Fühlen, das Fühlen dessen, was wahrhaft und was gut für dich und unsere Umwelt ist. Ich meine, dass es auf diese Weise doch ein guter, einfacher Anfang ist, auf dem Weg zu dir selbst. Mit dem Fühlen kann jeder für sich in vielen Bereichen des täglichen Lebens beginnen, also lasst es uns nicht hinausschieben, denn jeder Tag ist des Fühlens, des Erkennens und des Aufwachens wert. Warum nicht heute noch damit beginnen, um mehr und mehr hineinzuwachsen, um letztlich in sich selber hineinzuwachsen? Eines kann ich dir versprechen: Es lohnt sich, und *selbst ein Weg von tausend Meilen beginnt mit dem ersten Schritt!*

Tja, und was mache ich, Stefan Hemgesberg, denn eigentlich innerhalb dieses fragwürdig-seltsamen Wirtschaftssystems, welches gefühlt der Menschlichkeit und aller Natürlichkeit den Kampf angesagt hat? Das einmalige Weinbauprojekt wächst, und mit Carla zusammen habe ich ihm nach beschwerlichen Jahren des Aufbaus, den wohlklingenden und schönen Namen

'GOLDKÄFER-Naturwein' (www.Goldkaefer.com) gegeben. Damit sind wir nach aktuellen Recherchen heute (2020) tatsächlich in diesem Lande der einzige sogenannte Vollerwerbsbetrieb im Weinbau, der seine sämtlichen Weine ausschließlich ohne Anwendung jeglicher Chemie erzeugt. Ohne Düngen, ohne Spritzen und ohne heute übliche moderne, oenologische Weinbehandlungsmethoden (etliche Seiten zuvor habe ich angedeutet was das bedeuten kann). Die Weine die ich in alter, gefühlvoller 'Handwerkskunst' herstelle, sind absolut natürlich, wie gewachsen und im Weinberg schon in liebevoller und aufwendiger Handarbeit betreut. Die einzelnen Parzellen sind entlang von etwa 25 Flusskilometern gelegen, nur in besten, traditionellen Steilhängen an der Mosel. Wer diese Weinregion kennt, der weiss was das bedeutet.

Auf der Suche nach dem besten Wein entstand
ein Bündnis mit der Natur – nicht gegen sie!

> Verfasser unbekannt <

Insofern darf der Wein als mein Herzblut wieder fließen, und dafür danke ich allen, die mich in irgendeiner Form auf meinem Weg bestärkten, wohlwollend begleiteten und unterstützten. Möge dieses – in seiner Naturform – kostbarste Getränk unserer 'zivilisierten Welt' mit all seiner Vielfalt, die Menschen und Weinliebhaber erfreuen und beglücken. Kürzlich erst kam es mir in einer Runde mit lieben, weintrinkenden Menschen so vor, als wolle der GOLDKÄFER-Naturwein die tiefe Wahrheit im Gespräch hervorbringen. Dazu meinte ein Anwesender: *„Es ist regelrecht ein bewusstseinserweiterndes Wahrheitselexier!“*

Falls ihr, liebe Leser/Innen, diese ganz besondere Art von wahrhaft natürlichem Weinbau – GOLDKÄFER-Naturwein – näher kennenlernen oder euch einbringen wollt, dann meldet euch einfach (s.hemgesberg@gmx.net)! Wir freuen uns auf viele sympathische Begegnungen und interessante Gespräche. Ebenso begrüßen wir wohlwollende finanzielle Unterstützung und/oder neue GOLDKÄFER-Kunden. Auch den Wunsch, 'nur' bei der Weinbergsarbeit mitzuhelfen erfüllen wir gerne. Es gibt viele Möglichkeiten über deren Verwirklichung wir uns unterhalten können. Genauso dankbar sind wir für weitere neue Anregungen oder nützliche Kontakte allerlei Art. Eure Ideen und ihr, sind/seid uns herzlich willkommen!

Desweiteren möchte ich die wahrhaft verantwortungsbewussten Kollegen/Innen, die das Wissen dazu noch in sich tragen, einladen, sich ebenfalls mehr und mehr diesem Weg der Weinherstellung zu widmen. Auf dass sie das Gefühl und die Liebe für ihre Arbeit wiederbekommen, und dass die kleinen, ehrlichen Betriebe in der gesamten Landwirtschaft im direkten, persönlichen Kontakt zu ihren Kunden wieder erfolgreich wie Pilze aus dem Boden sprießen. So sei es, weil es die Freude an unserer Aufgabe ist, die eine Belohnung verdient und alle Beteiligten glücklich macht. Darauf trinke ich gerne ein Glas vom 'GOLDKÄFER' – sehr zum Wohle auf euch alle, die noch einen Draht zur Natur haben! Und auf dass gut werde, was von Herzen gegründet ist.

Kann ich selbst eigentlich beurteilen, wer ich heute bin? Wohl kaum, doch zumindest kann ich sagen, dass ich so weit in mir selber daheim bin, dass ich Frieden, Dankbarkeit und Liebe in meinem Leben und meinem Herzen fühle. Mit der Folge, es so zu tun, wie es alle Lebewesen, mit Ausnahme vieler Menschen, zu tun pflegen: Als ICH, selbständig und in einem tiefen Vertrauen, dem Licht und der Liebe entgegen zu streben. Meinen Weg will ich weiterverfolgen, denn ich darf mir sicher sein, dass da noch ganz viel auf mich wartet, was immer es sein mag. Das Ungewisse, die Unsicherheit, manchmalige Rastlosigkeit und unbewusste Angst von früher sind sehr stark gewichen zugunsten von Vertrauen, einer inneren Ruhe, Ausgeglichen- und Zufriedenheit.

Ähnlich wie bei einem Baum oder einem alten Weinstock, der in sich ruht und sich seines Seins auf kräftigem Wurzelwerk bewusst ist. Durch alle Jahreszeiten hindurch lebt er sein Leben, unbeirrbar auf seinem Weg stets dem Licht entgegen. Er hat seinen Platz in unserer Natur, egal ob im Frühling, im Sommer, Herbst oder Winter. Er registriert alle Geschehnisse sehr genau und lässt ihnen ihren Platz und ihre Berechtigung in diesem Leben. Je tiefer und stabiler das Wurzelwerk, um so einfacher, schwierige Zeiten zu überstehen. Das, was diese 'wunder-volle' Pflanze nicht so gut findet, akzeptiert sie trotzdem und erfreut uns mit ihren Früchten und guten Eigenschaften. Sie gibt uns so vieles, was wir in den von uns Menschen geschaffenen Maßstäben nicht erfassen können. Dies ist als Überzeugung in mir gewachsen.

Auch ich *muss* mich nicht mehr anpassen, nicht verstellen, nicht mehr in irgendwelchen zurechtgebastelten, vorteilsorientierten und fremden Systemen funktionieren. *Muss* nicht mehr mit dem Wind ziehen und kann trotzdem hören, was er mir flüstern will. *Muss* mich nicht vor der Kälte verkriechen, sondern spüre voller Dankbarkeit in ihr die Ruhe, die es nach der Ernte braucht. *Muss* mich nicht vor der wärmenden Sonne schützen, denn sie erweckt meine Schöpferkraft und bringt Energie für neues Leben. *Muss* mich nicht vorm Regen verstecken, sondern genieße seine Fülle, weil sie in der Folge Reinigung und Wachstum bedeutet. Scheue mich nicht vor den Stürmen und der Umtriebigkeit, weil sie das Ergebnis meines Schaffens sind.

Trotz alle dem bin ich Mensch, bei weitem nicht so vollkommen, wie sich das hier Gelesene vielleicht anhört. Bin so wie du und begegne diesem Erdenleben mit all meinen 'Macken' (...☺), Tag für Tag. Und genau diese Macken, die erinnern mich gerade daran, dass ich so ganz spezielle Lernthemen habe, so wie auch du. Und wenn sie mir von Zeit zu Zeit wieder begegnen kann es durchaus sein, dass auch ich mich manchmal auf recht unangenehme Weise damit auseinandersetzen darf. So *wie im wahren Leben* eines jeden Menschen.

Wege zu den Wurzeln

Ich bin ich, und du bist du! Im Herzen sind wir gleich, nur unser Verstand, unsere Verhaltensweisen, unsere Denkmuster sind andere. Jeweils so, wie es uns durch unser Leben hindurch antrainiert wurde. Über den Verstand sind wir manipuliert (erzogen und 'ausgebildet') worden und über den Verstand, so wie wir es gelernt haben, 'manipulieren' wir. Das Herz hingegen unterliegt anderen Gesetzen, und Gott sei Dank ist seine Auf-

gabe in diesem Leben nicht zu beeinflussen. Herzen schwingen und pulsieren alle auf der gleichen Ebene, alle auf gleicher Welle im gleichen Rhythmus, leben alle von der gleichen, guten Energie. Was auch geschieht, Herzen bewegen sich stets auf dem Kurs der Wahrheit, des Friedens und der Liebe. Denn sie haben alle nur eine einzige Aufgabe: Das Leben in diesem Kosmos dadurch zu erhalten, dass sie im ständigen Fluss die Liebe annehmen und weitergeben.

Doch der Kopf – also der Verstand – 'denkt' immer, er müsste sich in den Vordergrund drängen. Will auffallen mit seinem Wissen und seinen Fähigkeiten, für alles einen Plan und das Gespeicherte sofort abrufbereit zur Verfügung zu haben. Nicht nur das, er will zudem auch die Verhaltensmuster der vergangenen Erfahrungen ins aktuelle Leben einbringen. Der Kopf muss immer etwas tun, er erinnert uns und hält uns in alten Gewohnheiten, will sich immer profilieren, uns etwas beweisen, automatisch und unbewusst gesteuert. Mit der Gefühlswelt hat er nur soviel zu tun, dass er auch deren 'Eindrücke' abspeichert. Bei genauem Hinschauen gibt es also hier eine Verknüpfung, und wenn ich als Mensch damit nicht angemessen umgehe, verfalle ich sehr schnell in die Übermacht des Verstandes, weil er mir ständig etwas 'zuflüstert'. Und vor allem weiss mein Kopf nicht, dass er ein Ego nährt, welches auch Fehler, Täuschungen und Überflüssiges gespeichert hat. Viele Dinge also, die ich zum Glücklichsein nicht wirklich brauche. Deshalb ist es meine Aufgabe, für ein angemessenes Gleichgewicht zwischen Gefühl und Verstand im Körper zu sorgen. Der Verstand muss lediglich lernen, dass er nur Wissens- und Reaktionsspeicher ist und dem Gefühl das Thema Wahrheit und

Vertrauen überlassen soll. Eine schwere Übung, doch er begreift diese Aufgabenverteilung, wenn er genügend Erfahrung im ständigen Umgang mit dieser neuen gefühlvollen Lebensweise (wenn auch schwierig im Entwicklungsstadium heutiger Zivilisation) machen darf.

In meinem wie auch deinem Körper sind alle vergangenen Gefühlserlebnisse abgespeichert – angenehme, wie unangenehme. Die angenehmen wurden/werden gelebt und die unangenehmen wurden/werden häufig verdrängt oder völlig ignoriert und nehmen dennoch durchs ganze Leben hindurch ihren Einfluss, denn unsere Zellen vergessen nichts! Verdrängte Gefühle entstanden meist durch schwerwiegende seelische Verletzungen (schmerzende Erfahrungen) in der Kindheit sowie im weiteren Lebensverlauf. Sie wurden oft unauffindbar ausgeblendet und schaffen es dennoch, in ähnlichen Lebenslagen des JETZT wieder hochzukommen. Manchmal wirkt ein Stichwort, eine Reaktion, eine Bewegung, eine Gefühlsberührung wie ein Schalter, der in mir umgelegt wird, um einen Text oder ein Verhalten abzuspulen, das gespeichert ist und gelebt werden möchte. Und dabei sollte es doch nur in meiner Vergangenheit, da wo das entsprechende Gefühl seinen Ursprung hatte, zum Ausdruck kommen.

Oft ertappe ich mich dabei, wie ich solch aufgestaute, ungelebte 'Fehlprogammierungen' an nahestehenden Menschen auslasse, in der Parnerschaft, in der Familie, am Arbeitsplatz, in der Freizeit, an allerlei Mitmenschen zu deren Unverständnis, ohne dass ich es bemerke. Ich wundere mich, wenn ich damit wiederum deren alte Wunden, Verletzungen und Muster auf-

breche, und sie mir mit eben solch ebenbürtig sinnlosen Angriffen begegnen, weil auch sie 'es' ja ähnlich in sich tragen.

Auf solche Weise verletze ich und werde verletzt; ich lüge und werde belogen; ich nutze aus und werde ausgenutzt; ich tue Unrecht und es wird mir Unrecht getan; ich ignoriere und werde ignoriert. So sind wir Menschen wohl alle 'gestrickt' – der Verstand ist trotzig gegenüber dem Gefühl, weiter nichts. Doch damit schaden wir uns selbst, ohne dass wir es bemerken. Gleichzeitig bringen diese 'Charakterzüge', die wir mit auf unseren Weg bekommen, es mit sich, dass wir ganz unauffällig schlechte Energien unter den Menschen verbreiten. Und dabei können 'die anderen' nichts dafür, doch sie müssen herhalten für Verhaltensweisen, die unser Unterbewusstsein (damals) eigentlich nur dem Verursacher unserer 'Gefühlsstörung' zugedacht hatte.

Ich glaube, es ist unsere jeweils eigene Aufgabe, dieses in uns selbst zu erkennen und liebevoll zu heilen. Ein erster Schritt ist es wohl denen zu verzeihen, die für unsere Verhaltensmuster verantwortlich sind (überwiegend die Eltern). Können wir wirklich verstehen und fühlen, was der Beweggrund ihrer Lehren und ihres Verhaltens war? Ich bin sicher, auch sie haben nach bestem Wissen und Gewissen gehandelt, denn auch sie wollten uns nur ihr Bestes mit auf den Weg geben. Und alles, was nicht so gut war, taten sie letztlich auch nur, um ihr eigensinniges Ego zu verteidigen. Schließlich wurden auch sie von ihren Eltern zu dem gemacht, was sie geworden sind, und 'Besseres' (auch wenn es noch so schlecht erscheint) wussten sie nicht. Viel wichtiger ist es, bewusst zu erkennen, was wir aus

diesem Zusammenhang anderen oder wiederum unseren Kindern mit dem eigenen Verhalten weitergeben und antun?
Es gilt, die Liebe zu finden, die all das und alles andere in die gute Richtung verändert, wonach sich alle sehnen! Ja, 'Liebe' heisst das Zauberwort! Nur sie lässt wachsen, verstehen, verzeihen und kann heilen! Wann bekommt sie unter den Menschen endlich den Raum, der ihr gebührt? Und dabei möchte sie helfen, möchte heilen, möchte nur unser Bestes! Doch was muss geschehen, damit wir es endlich einsehen, fühlen und zulassen? Damit wir es dankbar annehmen, dieses göttliche Geschenk, diesen Zauber unendlicher Liebe!

Ist das nicht genial? Beim Schreiben den eigenen 'Macken' zu begegnen, und sie auch noch bewusst als solche wahrzunehmen? Es liegt in der Natur der Dinge, dass es allen ehrlichen Bücherschreiber/Innen, Lebensratgeber/Innen oder Mentoren/Innen genau so geht. Deshalb darf ich aus langjähriger und tiefer Erfahrung sagen: Die, oder wir alle, wir haben gut schreiben, und doch sind wir ebensolche Menschen wie jeder andere mit letztendlich den gleichen oder ähnlichen Sorgen, welche aber höchstselten aus dieser Art Literatur herausblinzeln. Vielleicht, weil wir mit unseren Texten die Dinge auf eigene Art beleuchten und auf diese Weise von dir so etwas wie Anerkennung ersehnen. Denn auch als Schriftsteller trage ich eine von den irgendwo vorhin erwähnten Masken. Ich ertappe mich beim Grinsen – so ist es nunmal, *das wahre Leben!* Folglich solltest du niemanden auf einen Sockel stellen, weil wir tatsächlich alle auf der gleichen Ebene stehen. Nur so können wir uns Auge in Auge begegnen. Allerdings kann ich sagen, dass ich meine Einstellung zu dem, was mir begegnet, bewusster und gefühlvoller wahrnehme und lebe als je zuvor. Ich habe gelernt zu unterscheiden und freue mich auf das, was morgen kommt. Auch freue ich mich über dich und dein 'So-Sein', weil du dich auf eine Ebene einschwingen kannst, die dich meine Worte verstehen lässt.

Zum Schluss dieses Buches begegnet mir noch solch wunderbare mich berührende Erkenntnis, die mir persönlich wichtig ist, sie zu erwähnen: In all meinem Tun, Wirken, Denken und Schreiben fühle ich immer mehr, dass es meine Aufgabe in diesem Leben ist, Wahrheit und Liebe ans Licht zu bringen. Wahrheit immer mehr zu erspüren und auch kund zu tun, wenngleich ich mich aus mitfühlenden Gründen manchmal etwas damit zurückhalte (...☺). Dennoch, die Zeit und die Ereignisse tun das Übrige, um letztlich alle Wahrheit aufzudecken und damit Lüge, Täuschung und Manipulation ans Licht zu bringen. Der Verstand, der diese Scheinwelten ständig beeinflusst, darf zukünftig viel mehr in den Hintergrund treten, um unseren Gefühlen endlich wieder den Freiraum zu gewähren der ihnen zusteht – zum Wohle und zur Heilung unserer liebenden Herzen. Mit dieser Erkenntnis umzugehen ist letztlich das was wir alle lernen dürfen. Und eine meiner abschließenden Weisheiten empfinde ich als sehr aussagekräftig:

„Nicht was man redet, sondern was man tut ist jene Wahrheit, die unseren Charakter bloßstellt!"

Dazu gehört es auch, bei mir selber die eigene Wahrheit entdecken, selbst wenn dieses Erkennen manchmal schmerzhaft ist. Wir können es drehen wie wir wollen, die Wahrheit ist das Einzige, was mich und uns alle schon immer im Herzen begleitet hat und hinter vorteilshungrigen Zivilisationsgebahren und vielerlei Masken nur darauf wartet gefühlt, beachtet und gelebt zu werden. Ich bin überzeugt davon, dass wir alle in Zukunft nur auf dem Weg der Wahrheit in jeder Hinsicht glücklich, zufrieden und gesund werden können.

Stimmige Worte und gut geeignet, die letzten Absätze einzuleiten – dankbar für das, was hinter mir liegt, denn es gehört zu mir und ist Teil meines lehrreichen Weges. Ein spannender und unendlicher Weg, der an der nächsten Weggabelung schon das unbekannte Neue warten lässt. Und – hoppla – da ist auch schon das Neue. Ihm will ich mich widmen und schaue einer guten Zeit in Liebe entgegen. Ja, das tue ich, denn ich vertraue immer mehr und kann spüren, dass es genau so kommt, wie und wann es richtig und gut für mich ist – dafür dankbar – gemäß dem 'göttlichen Plan'.

„Essen und Trinken ist weit mehr als ein
natürlicher, lebensnotwendiger Vorgang.
Gemeinsam beim Mahl zusammenzusitzen
und mit allen Sinnen das zu genießen,
was Küche und Keller bereithalten,
ist wie ein Vorgeschmack auf den Himmel!“

> Benediktinerpater Athanasius Wolf <
(Kloster Maria-Laach)

Schlussworte und ein ...Dankeschön!

Das, worüber ich in diesem Buch erzähle, brachte neue Erfahrungen und hat mir sehr viel Einfühlungsvermögen und einiges an Disziplin abverlangt. Der berühmte rote Faden durfte schließlich nicht verloren gehen, was manchmal schwierig war. Jetzt und gerade in diesem Moment bist du lieber Leser/In eine wichtige Person im Zusammenhang mit dem Inhalt. Deine Resonanz wird ein Multiplikator sein – oder auch nicht – und mir zeigen, ob es richtig war, es so zu schreiben, wie es geschrieben ist. Ja, und da spannt sich der Bogen zu dem, was mir im Inhalt wichtig und lehrreich erschien: Es sind die Erfahrungen, die gelebt werden mussten, um mich wieder 'zurück' zu meinen Gefühlen, ja, zurück zu mir selbst zu führen. Nur sie waren es, die mir so viel gegeben haben und mich immer wieder berühren und beeindrucken. Ob eigene oder fremde, jedesmal sind es aussergewöhnliche Geschenke, die mir sehr viel bedeuten, und die ich als sehr wertvoll erachte.

An alle Männer: Auch ihr könnt ihnen – den Gefühlen, Erfahrungen und damit zusammenhängenden Erkenntnissen – überall begegnen und euch das davon mitnehmen, was ihr für euch persönlich als 'brauchbar' anseht. Und weil das alles oft so einfach und schön ist, interessiert und fasziniert mich dieses einmalige *'Spiel des Lebens'* mit all seinen unterschiedlichen Mitspielern, ihren Eigenschaften und 'Randerscheinungen' auch ohne irgendein Fachstudium oder beruflichen Nutzen.

Und wie im Untertitel des Buches bereits angedeutet, freue ich mich besonders, wenn ich dir einige Denkanstöße für deinen weiteren persönlichen Weg geben konnte.

Mögen deine scheinbar unlösbaren *Probleme* (oder nutzen wir stattdessen das viel bessere Wort *'Herausforderungen')* hier auf viele positive Impulse und Erkenntnisse getroffen sein, die Dich zu deren Lösung führen. Ich bin überzeugt, dass der Inhalt dieses Buches jedem einzelnen von euch etwas bringt; wäre es anders, hättest du es nicht bis zum Ende gelesen. Auch du wirst dein eigenes jetzt anstehendes Thema, über das du so häufig nachdenkst, bewältigen – früher oder später. *„Wenn nicht du, wer denn sonst!"*

Den Schatz an meinen bisherigen Erfahrungen, der sich über viele Jahre im Umgang mit Menschen gebildet hat, habe ich hier und jetzt gerne zur Verfügung gestellt. Aus dessen bescheidener Tiefe ist dieses Werk entstanden. Daraus schöpfen zu können, erzeugt ein unbeschreiblich schönes Gefühl in mir. Für diese 'Schatztruhe' bin ich sehr dankbar und freue mich, dass ich aus deren Inhalt weitergeben darf. Das tue ich seit neuestem auch sehr gerne bei meinen *Seelenwanderungen*, währenddessen ich dir mein Wissen, mein Fühlen und meine Erkenntnisse/Erfahrungen in einem tiefgehenden, persönlichen Gespräch verantwortungsvoll übergebe. Eine solche Wanderung durch die Natur kann vielen Menschen, die gerade an einer gefühlt wichtigen Weggabelung oder Entscheidung ihres Lebens stehen und nicht weiterwissen, dabei helfen, den rechten Weg zu finden. Auch ins Herz hineinschauen ist möglich und dort sehen und spüren, wohin die Gefühle wahrhaftig tendieren. Gedacht als wohltuende und unterstützende Begleitung mit der Möglichkeit der Heilung zum Beispiel im Schmerz, in Partnerschafts- und Berufsfragen oder sonstigen schwierigen Lebenssituationen. In der Regel finden wir in meiner oder in der Schatzkiste der Teilnehmer/Innen weiterbringende Lösungsansätze, die durchatmen lassen. Oft stoßen wir auch auf unbewusste Berührungspunkte in Form von alten Glaubens-, Denk- und Verhaltensmustern, oder energetischen Blockaden, die dich beim Erkennen und einem gefühlvollen Umgang damit, innerlich wachsen, reifen und heilen lassen.

Deshalb ist es mein Vorschlag: Nimm dir von meinen Erfahrungen oder auch aus diesem Buch das heraus, was du annehmen und brauchen kannst. Das andere lass einfach stehen und freue dich, dass du deine eigene 'Schatztruhe' hast. Trage das Gute in die Welt hinaus und sei dankbar für das, was dir zugetragen wird. Nie war es wichtiger als heute! Ausgesandtes in Gedanken, Worten und Taten wird früher oder später vielfach vermehrt und verstärkt zu dir zurückkommen, deshalb überlege weise, wie Du mit Deinen Mitmenschen und mit dir selber umgehst. Denn in einem kannst du sicher sein: Was du säst, das wirst du ernten...!

Auf diesem deinem Weg mit unzähligen 'wunder-vollen' Erkenntnissen, spannenden Begegnungen sowie magischen Momenten und zauberhaften Überraschungen setze dir in deinem Vorwärtsstreben niemals eine Grenze 'nach oben'! Gib dem 'Guten' in einer unendlichen Liebe und Fülle stets die Möglichkeit, dir zu begegnen und sei dankbar dafür. Manchmal gehe ich persönlich sogar soweit, die Engel, meine Ahnen, die

Schöpfung oder auch die schamanischen Krafttiere um diese Dinge oder um Hilfe zu bitten. Das Ergebnis zu erfühlen und anschließend dankbar für das erhaltene Geschenk der Antwort selbst dann zu sein, wenn diese vielleicht noch gar nicht erkennbar ist. Du hast deine eigene Art und Weise, damit umzugehen und das ist völlig in Ordnung. Mögen die dabei entstehenden Gefühle dich an das erinnern, was wirklich wichtig ist in deinem Leben. Auf diesen, unseren jeweils individuellen Wegen – wie ich meine, mit gleichem Ziel – haben wir alle die Chance, uns vom Licht zur Heilung führen zu lassen, einer goldenen Spur folgend, in eine neue und gute Zeit.

Dies wünsche ich aus der Tiefe meines Herzens!

Euer Stefan Hemgesberg ...☺☺☺

Am Ende ist alles gut, und wenn es noch nicht gut ist,
dann ist es noch nicht das Ende!

> Oscar Wilde <

Ach ja, noch etwas bedarf der Erwähnung, weil es in unserer von Krankheit, Leid und Angst überfluteten Welt wichtig geworden ist. Etwas, was unsere Herzen zwar voller Unverständnis sein lässt, doch sie können gut damit leben, dass euer Verstand folgendes wegen 'der Sicherheit' hören oder lesen will: *„Dieses Buch erhebt keinerlei Anspruch auf die Richtigkeit seiner Aussagen, denn es spiegelt lediglich meine persönliche Meinung und Erfahrung wider!“* So – damit ist auch das gesagt – danke für's Verständnis!

Ein weiterer Spruch aus der Tiefe meiner Erinnerung bittet zum Abschluss um Beachtung und lässt mich schmunzeln:

„Zuerst lachen sie dich aus, dann denken sie darüber nach... und dann machen sie es nach!“

> Verfasser unbekannt <

Weitere Dankesworte möchte ich an dieser Stelle an einige Menschen richten, die entweder zu meinem persönlichen Umfeld gehören oder aber in der Zeit meiner seelischen 'Umwandlungs- oder Bewusstwerdungsphase' wichtig für mich und meine Entwicklung waren. Jede dieser Begegnungen hat mich auf seine eigene besondere Weise in der Vergangenheit unterstützt, berührt und/oder begleitet, so dass ich gerne an diese Weggefährten/Innen denke. Neben der wunderbaren Carla auch solche, zu denen es keinen oder keinen intensiven Kontakt mehr gibt. Doch ich spüre, dass es eine Verbindung war oder ist, die von aussergewöhnlich guten Schwingungen getragen wird – schön, dass es euch gibt! Ein Dankeschön also *'mitten ins Herz'* lehrreich-bewegter Zeiten (...☺) – alphabethisch – an: Andrea, Anke, Anne & Paul, David & Helena, Esther, Florence, Francis, Gaby, Hans-Georg, Hasan, Josefine, Judith, Kirsten, Kolly, Leo, Lutz, Margret, Maria, Marianne, Monique & Jean-Pierre, Patrick, Siggi, Sylvia, Sylvia und Thekla.

Einen ebenso lieben Gruß an den deutschen Liedermacher Stefan Waggershausen, denn als ich während der Fertigstellung meines Manuskriptes einen seiner alten Tonträger hörte, überfiel mich bei einem Titel von 1984 die Gänsehaut, und ich wusste sogleich den Titel meines Buches: '*Mitten ins Herz*'!

„Wenn du nicht vergessen sein möchtest,
wenn du tot und verwest bist, dann schreibe entweder Dinge,
die des Lesens wert sind, oder tue Dinge,
die des Aufschreibens wert sind.“

> Benjamin Franklin <

Schau doch einfach mal rein und lass' dich überraschen...

www.Goldkaefer.com

...denn was uns verbindet, führt uns zusammen.

Demnächst erscheint als 'Seelen-Heil-Roman':

Moselkinder

Es kann nicht sein, was nicht sein darf!

Eine Reise, die vom Verstand einer Frau in ihr Herz und wieder zurück führt. Auf wundersame Weise begegnet sie den Gefühlen für die wahre Liebe, darf sie spüren, erleben und lernen, was diese berührenden Erlebnisse mit ihr machen, wie es sie verändert und welche Lebenslektion für sie darin steckt. Ihr Name ist Julia, sie ist verheiratet und hat eine Tochter. Zu Anfang erzählt ihr Verstand ziemlich trocken von ihrer augenblicklichen Situation, ihrer Sichtweise über die Position der Frau in dieser Gesellschaft, und ihrer langweiligen Ehe die ständig einen neuen Kick braucht, um weiterhin bestehen zu können. Parallel dazu führen Julia's berührende Erlebnisse immer tiefer in die Gefühlswelt. Ihr Herz, der Schmerz, ihr Schutzengel, die betroffenen Gefühle und die Transformation melden sich zu Wort, und lassen tief hineinblicken in die unbekannte Zauberwelt ihres eigenen 'SELBST'. Es geht wie bei so vielen Menschen um den Selbstwert der ihr als Kind genommen wurde, und nun darauf wartet wieder entdeckt, beachtet und gelebt zu werden. In dieses Gefühl führt sie Charly, ihr Nachbar, und zwischen den beiden kommt es zu einer wundersamen Begegnung in der Liebe, bis ihr Mann sie wieder in die 'Realität' zurückholt...

Die Welt...

...können wir nicht verändern,
aber diesen, unseren kleinen Bereich;
dieses winzige Umfeld, auf das wir
Einfluss haben und das uns auf dieser Erde
anvertraut wurde – anständig, liebevoll
und mit Respekt in Ordnung zu halten,
das sollte die Aufgabe eines jeden sein!

> *Stefan Hemgesberg* <

Leserstimmen zu **„Mitten ins Herz ...getroffen“** – sinngemäß:

„Sooooo schön geschrieben, ich könnt's gleich wieder lesen.“

> Anne S. <

***

Die Worte fühlen sich offen und ehrlich an – gepaart mit Weisheit – aus der Vergangenheit bis hin zum Jetzt.

> Karl M. <

***

„Ein Buch, das erfrischende Impulse und Diskussionen in unserer Familie anregt.“

> Edith M. <

***

„ Spannend, weil ich so viel über mich selbst erfahren habe!“

> Heinz K. <

***

„Bei mir hat es etwas angestoßen, das mich sehr berührt und mich nochmals mit meiner Vergangenheit beschäftigen lässt.“

> Theresia H. <

***

„Es erzählt so schön und lehrreich aus dem 'richtigen Leben', wunderbar als Geschenk geeignet – danke.“

> Martina G. <

***

„Da traut sich jemand, sehr tiefe Einblicke ins Privatleben zu geben und auch Dinge anzusprechen, die ansonsten der gesellschaftlichen 'Tabuzone' angehören – bewundernswert!“

> Friedemann H. <

FSC
www.fsc.org
MIX
Papier | Fördert
gute Waldnutzung
FSC® C083411